中国散文 60 强

在群山的中央

马丽华 / 著

北京联合出版公司
Beijing United Publishing Co.,Ltd.

图书在版编目（CIP）数据

在群山的中央 / 马丽华著. -- 北京 ： 北京联合出
版公司，2024. 8. --（中国散文60强）. -- ISBN 978
-7-5596-7779-2

Ⅰ. I267

中国国家版本馆CIP数据核字第2024LZ1226号

在群山的中央

作　　者：马丽华
出 品 人：赵红仕
出版监制：张晓冬
责任编辑：孙志文
特约编辑：和庚方　张　颖
封面设计：立丰天

北京联合出版公司出版
（北京市西城区德外大街83号楼9层　100088）
三河市同力彩印有限公司印刷　新华书店经销
字数150千字　650毫米×920毫米　1/16　14印张
2024年8月第1版　2024年8月第1次印刷
ISBN 978-7-5596-7779-2
定价：65.00元

中华散文的文脉与发展

——"中国散文 60 强"总序

邱华栋

中国是诗的国度，亦是散文的国度。

穿越千年时空，从明清至唐宋，再由魏晋南北朝至两汉先秦一路回溯，汉语言文学中的散文实乃根深叶茂，硕果累累。无论是"唐宋八大家"之雄文美文，还是骈俪多姿的辞赋，以及名垂史册的《史记》《左传》，均为中国文学史上的璀璨明珠。"散文"与"诗"一道，成为中国文学的"嫡系"。尽管，后来从西方引进嫁接技术所催生的"小说"，大有"喧宾夺主"之势，终究还得"认祖归宗"，血脉和基因是无法改变的。

在中国散文流变历程中，曾出现过两次鼎盛期。一次是被文学史家所公认的"先秦散文"时期。其时，伴随着春秋时期的思想解放，诸子蜂起，百家争鸣，一大批散文家以饱满的气血、驳杂的学识和破茧的精神，创造出了散文的繁荣和辉煌局面，对后世产生了极大的影响。

到了"五四"时期，中国散文迎来了第二次鼎盛期。白话文如劲风激浪，吹刮和涤荡着神州大地。沉睡的雄狮醒来了，偃卧的小草开始歌唱。许多学贯中西的进步文人，肩扛文化变革的大纛，冲锋陷阵，掀起了一波又一波的新文学浪潮。《新青年》上刊载的散文，犹如一束束亮光，不但给人以希望，还给人以力量。"五四"以来的散文作品，无论是观念和主题，还是形式和风格，都跟以往的散文迥然不同。最具代表性的，当属鲁迅先生的散文（包括杂文），其刚健、凌厉的文质，疗救了中国散文长久以来颓靡不振、钙质疏流的顽疾。此外，周作人、郁达夫、朱自清、萧红、沈从文等一大批作家的散文创作亦各具特色，呈一时之盛，影响深远。

时代的前行催生了文学的发展，然而文学与时代有时并不同步甚至充满了"张力场"。"五四"的个性解放虽然催生了一批个性鲜明的散文精品，但这样的生态并未持续多久，中国散文的波峰出现了向低谷滑行的趋势。有论者指出，"散文在 50 年代既是对解放区散文文体意识的放大，又是对五四散文文体精神的进一步偏离。这种放大和偏离表现在个体性情的抒发让位于时代共性或者时代精神的谱写，政治标准优先于艺术标准，批判性为歌颂性所取代等诸方面。"（董健、丁帆、王彬彬《中国当代文学史新稿》）1960 年代初，散文创作一度出现了活跃，"专业"从事散文创作的作家群凸显出来，刘白羽、杨朔、秦牧相继登场，迅速成为散文界的三位名家。但他们的作品后人评价褒贬不一，认为其中颂歌式的写法较为单向，这种模式化的写作，不但对散文的建设毫无益处，反而扼杀了散文的个性和神采。

"文革"十年，中国散文更是一片凋零和荒芜，乏善可陈。1970 年代末，一些历经浩劫的作家开始复血，解除思想枷锁，重新拿起笔来写作，中国散文才又凤凰涅槃，焕发生机。加之各种文学刊物纷纷复刊和创刊，以及大量西方文化读物的译介出版，更为这些饥渴、桎梏太久的散文作者提供了登台亮相的舞台和瞭望世界的窗口。

1980 年代初期，伴随改革开放的热潮，思想解放大旗招展，文化随之繁荣，诸多承续"五四"精神的作家以笔为旗，抒发胸中压抑既久之块垒，出现了一批抒情性质浓郁的散文，使得现代散文这块"百花园"芳菲争艳，蔚为大观。特别是 1980 年代中期，随着作家主体意识的不断强化，中国文学开始呈现出一个崭新局面，作家从"集体意识"中抽身而出，重新返回"个体"，注重对生活的体察和内在情感的表达。这一时期，散文的艺术性得以强化，文本的精神内涵和表现空间得以拓展。

进入 1990 年代，社会发展日新月异，城镇化进程锐不可当，文化领域亦呈多元格局。各种文学思潮相互碰撞，人文精神的讨论更是打开了作家们的创作思路。"大散文"概念的提出，引发了散文界对散文的内涵和外延的重新讨论和界定。风靡一时的"文化散文"热，成为文坛上一道靓丽的风景。"新散文""原散文""后散文""在场散文"等散文流派"你方唱罢我登场"，争奇斗艳，各领风骚。

及至二十世纪末，一批深具先锋意识和文体自觉的新锐作家，像一头公牛闯入瓷器店，使散文天地发生了激烈的碰撞和变化，形成一股新的散文潮流，提升了散文的审美品质和精神向度。

纵观 1978 年至 2023 年四十多年来，中华大地在"改开"的黄金时代中，社会生活奔涌激荡，各种思潮风起云涌，散文创作更是云蒸霞蔚、气象万千，涌现了众多成就斐然、风格各异的散文作家和具有思想深度、艺术上乘的散文作品。岁月的流水冲走了枯枝败叶和闲花野草，中流砥柱却巍然屹立。时间留住了新时代的散文经典，经典在时间的长河中绽放光芒。以沙里淘金的经典散文向"改开"的时代致敬，是我们不可推卸的责任和义务。

别看散文的门槛貌似很低，要真正写好，却实属不易。优质散文是有难度的写作，它不但需要作者的智识、胸襟、眼界、修养和气度格局；更需要写作者的态度、立场、慈悲、良知和批判勇气。遗憾的是，散文创作繁荣和光鲜的另一面，却是大量平庸甚至低劣之作的泛滥，不但败坏了读者的胃口，而且造成了物质和精神的极大浪费。散文作家层出不穷，散文作品汗牛充栋，可真正能让人记住的散文佳构却凤毛麟角。

散文要发展，文学要前行。发展和前行就要从平庸的樊篱中突围。在突围的过程中，散文作家不可太"聪明"，不可太世故，要永存对文学的敬畏之心。一言以蔽之，散文的尊严来自散文作家的尊严。也可以说，要想散文繁荣，首先需要有一批人格健全，品德高尚，铁肩担道义的散文作家。什么样的人写什么样的文章。特别是写散文，最容易看出一个作家的内在品质和境界涵养。一个人格不健全的人，哪怕他作文的技法再高妙，也很难写出撼人心魄、抚慰灵魂的散文来。作家精神品质的高低，直接决定其作品的精神向度。

为了散文写作的突围和发展，为了建设独具特质的当代散文，也是为了更好地从经典散文中汲取营养，我认为有必要正视和重申一些常识性的思考。高头讲章的理论是灰色的，常识之树却蘩葳常青。

一、作家的个体精神决定散文的优劣。常言道，散文易学而难攻。难在什么地方，不是难在技巧，而是难在作家个体精神的淬炼上。倘若作家的个体精神不够丰富，不够深刻，不够清澈，纵使他手里握着一支生花妙笔，也写不出令人称赞的散文。那么，如何才能做到个体精神的丰富性呢，这就要求作家时时刻刻不背离生活，要知人情冷暖，体察人间百态，关心民瘼，有忧患意识，不要做生存的旁观者。一个冷漠甚至冷酷的人，是不适合从事散文创作的。

二、真诚是确保散文品质的基石。散文创作跟作家的生存经验息息相关，可以说，真正优质的散文，无不牵连着作家的血肉和心性。作家的喜怒哀乐，悲欢离合，都或隐或显地暗含在他的作品中。假如在一篇散文作品中，读者既看不到作者的体温，又看不到作者的态度，那这篇作品或许就是失败的。说明这个作者在他的作品中"说谎"或"造假"，缺乏真诚之心。作家一旦失去真诚，为文必定矫揉造作，作品也必定会失去生命力。因此，真诚是散文的"生命线"，也是"底线"。

三、个性是促进散文生长的养料。人无个性便无趣，文无个性便平质。当下，每年都会诞生数以万计的散文篇章，但能够让人记住，且读后还想读的作品并不多，何故？概在于这些数量庞大的散文，无论题材，还是语感都千篇一律，像是从"模具"中生产出来的，缺乏辨识度。散文要发展，必须要求作家具有"个性意识"。"个性意识"不是标新立异，更不是哗众取宠，而是一种"创新意识"和"审美意识"。但凡在散文创作方面被公认的那些大家，都是"文体家"，他们以自觉的写作实践，开创了散文写作的新路径。不合流俗方能独步致远，推动散文的建设和繁荣。

当然，以上几点并非创作散文的圭臬，谁也没有资格去为散文"立法"。

散文是自由的创造，散文精神即自由精神。我之所以提出来，仅仅是希望引起散文同行们的重视和参考，共同为中国当代散文的发展尽力增光。

我们策划、编选"中国散文 60 强"（1978—2023）的初衷，旨在对新时期以来的中国散文创作作出梳理、评价和选择，试图精选出风格各异的代表性散文作家，以每位一部单行本的形式，呈现出中国新时期优质散文的大体样貌。此项目的发起人为资深出版人张明先生。多年来，他一直追求做高品位的纯文学书籍，也曾连续多年与中国散文学会、中国小说学会合作，出版年度《中国散文排行榜》和年度《中国小说排行榜》。2023 年他策划出版了《中国小说100 强》，反响不俗。身处喧嚣、纷杂的环境，能以如此情怀和心力来为文学做如此浩大的工程，不能不令人钦佩！

感谢张明先生邀请我和叶梅、冯秋子、陆春祥、吴佳骏、张英、文欢组成编委会，共同遴选出 60 位作家。我们在召开筹备会的时候，即将作品的思想性、艺术性、代表性以及影响力作为编选的基本原则。在确定入选作家名单时，我们认真商讨，反复研究，生怕因为各自的眼力、审美和趣味之别，造成遗珠之憾。好在我们的工作得到了作家们的积极回应和鼎力支持，惠风和畅，大地丰饶。

60 位入选的作家，既有令人尊敬的文学大家，如孙犁、张中行、汪曾祺、史铁生、邵燕祥、流沙河、刘烨园、宗璞、贾平凹、韩少功、张炜、梁晓声、阿来、冯骥才等。这批散文大家的作品，文风质朴、清朗、刚健，充满了"智性"和"诗性"。无论他们是写怀人之作，还是针砭时弊，歌咏风物，都有着鲜明的文化立场和审美取向。他们或出入历史，借古观今；或提炼人生，洞明世事，输送给读者的都是难能可贵的"精神营养"。

也有被散文界公认的名家，如李敬泽、王充闾、马丽华、周涛、冯秋子、叶梅、筱敏、张锐锋、周晓枫、于坚、鲍尔吉·原野等。这些作家的散文作品，特色鲜明，风格独特，诚挚内敛，从内容到形式，都作出了各自的探索和尝试，为当代散文注入了活力。从他们的作品中，我们不但能够领略汉语之美，更可以借此反观生活与存在，寻找人之为人的价值和尊严。

还有散文界的中坚力量和青年才俊，如彭程、谢宗玉、江子、雷平阳、任林举、塞壬、沈念、傅菲、吴佳骏、周华诚等。从他们的作品中，我们见到的，不只是中国散文的文脉传承，更是自由精神的张扬。他们文心雅正，笔力锋锐，不跟风，不盲从，始终保持着独立的思索和判断，在各自所开辟的散文园地中精耕细作，以崭新的姿态参与和推动当代散文的变革。

其实，细心的读者不难发现，入选本丛书的老、中、青三代作家都有个共性，即他们均在以自己的作品审视心灵，心系苍生，弘扬真善美，鞭挞假恶丑，充满了正义感和人道主义精神。这自然与时下众多书写风花雪月，一己悲欢，充塞小情趣、小可爱的散文区别开来。正是因为有他们的存在，中国当代散文才呈现出一幅绚丽多姿的长卷。

需要说明的是，有些重要的散文家，如张承志、余秋雨、王小波、苇岸、刘亮程、李娟等人，由于版权或其他不可抗原因，未能将他们的作品收录进来，我们深以为憾。

我们还要感谢北京立丰天文化传播有限公司的资金支持，感谢北京联合出版公司的精心编校，他们慷慨和无私的义举，对于繁荣中国当代散文创作、对于赓续中华优秀散文文脉、对于中国新时期的文化积累，均具重大价值和意义，可谓善莫大焉。这套丛书的出版意义将同《中国小说 100 强》一样，旨在给读者以经典的指引，这既是一项重要的原创文学工程，同时也是助力推动全民阅读和研究传播文化的公益工程。

郁郁乎文哉，中国散文有幸！

是为序。

2024 年 5 月 12 日星期日

（作者为全国政协常委，中国作协副主席、书记处书记）

目 录
Contents

第一辑　走过的高原大地

第二辑 遇见的文化旅人

第三辑 书写的古今故事

第一辑　走过的高原大地

走向西藏的山谷

山是大山，川是大川，青藏高原这片荒寒的高大陆就由这些大系山水所组成。用心地想一想，全世界哪里还能见到比它们更加浩瀚的崇山峻岭呢？尤其是，连脚下的地平线都已遥遥地高出海平面几千米，成为世界高极。我喜欢视野里充满山的时候，喜欢从几乎所有可能的角度端详它们：平视，俯瞰，仰望；喜欢看它们在各种光影里隐现：朝晖里，迟暮里，光天化日下；喜欢以各种方式：乘车、骑马或徒步，去尽其所能地穿越和跋涉。在藏多年，以山为伴。

——它是焦干的……

不经意间，我总是习惯于用北方母语自语。"焦干"这方言在眼下刚好合适——不错，它是焦干的，焦干而茫茫。

山野上苍茫无际的阳光和季风丝丝缕缕地剥蚀了岁月，干涸着生命。这生命，不光是哪一个人的，不光是哪一人群的，生命是一种泛指，所有的。

智者说，水是最好的。幸好有了这些奔流不息的水。它们总在山与山对峙的峡谷和平川上要么平缓要么急急地经过，不舍昼夜，而且永不回返。凝神于流水的人，终将成为智者。它们不舍昼夜永不回返地远程奔走，直到海洋的怀抱。沿途，它们就汇集了两岸永不止息地涌流而下的雪水、雨水和泉水。亘古以来雨雪、泉水的冲刷就这样渐深渐宽了纵横交织的山谷，深深浅浅，枝枝蔓蔓，天造地设出这样一个自然环境。人类悄悄地出现并植根于这些大山的皱褶中——那种令我多年来感慨不尽的生命和生活之流正从谷底静静地流淌开来，这生命与生活的原汁啊！我所到过的那许多村庄，无一不坐落在水经过的地方。我总是从这一山谷，进入另一山谷。涉过这一条河，走向另一条河。

近两年来，我这样穿梭奔走于西藏中部的拉萨、山南的雅鲁藏布江山结水流之间，访问着越来越熟悉的村庄和人们。那些山野不再是一扫而过的彼此类同的，不再是纯粹客体的漠不相关的。某种共同和共通维系着我的情感和视线。探求与整理这一地区的文化现象对我来说无疑很重要，不然何以急切向往并兴致勃勃地走近那些村庄和房屋呢？这是一股重要的动力，在民俗学家和人类学家没能张望过的地方，先人一步去领略少为人知的生活存在，无疑是一种优厚待遇的被赐予。然而——

意义不止于此。至少最终和最高的意义不止于此。对我来说，必经的过程要比目标的到达更富有魅力和乐趣——为何对某一现象和行为兴趣浓厚，它们因何感召了我，从哪里获知线索，用何种方式从流至源，经由哪些人们去明了它，由此又牵扯出哪些未知问题，引我走向哪些更纵深的阡陌歧途……

更不待说这些神奇的事物是以我长久感到新鲜的思维方式和语言方式来表现和表述的——我对于西藏民间的全部知识，差不多都是通过藏语获得的。富有表现力的藏语格外悦耳，格外奇崛，抑扬顿挫有如峭崖陡壁；而操藏语者无不健谈，又如同汩汩不歇的江河水流。访谈的时刻正是神思飞扬的时刻，一些能够捕捉到的单词脱离它本来的轨迹去引领思想天马行空。简单的翻译提示，就心领神会，引申联想，举一反三。在那种时刻，就想到自己是存心不肯去精通这门语言的了。

更何况在这一过程中，能够有缘分与那样一些泥土里生长起的人们相逢，从一些表象入手，一度参与了他们的生活。在那里，最神秘的也是最明朗的，最烦琐的也是最单纯的，最平凡的也是最神圣的，最无心的也是最难以忘怀的。

也终于走进了最神奇最玄奥的超验世界。

一度加入了群舞与合唱的行列。

（本文选自作者纪实长篇《灵魂像风》"开篇"部分，标题为另加。初稿时间为 1993 年。）

老拉萨历尽沧桑

　　拉萨市位于西藏自治区中南部，雅鲁藏布江支流拉萨河北岸，地理坐标：东经91°06′，北纬29°36′，海拔3650多米。作为中华人民共和国西藏自治区首府，是西藏政治、经济、文化、宗教的中心；作为行政区划的地级市，下辖5县（当雄县、曲水县、墨竹工卡县、尼木县、林周县）3区（城关区、堆龙德庆区、达孜区），全市总面积约3万平方公里。

　　拥有1300多年建城史，为国务院于1982年首批公布的24座国家历史文化名城之一。

　　位于城中心的地标建筑布达拉宫，包括大昭寺和罗布林卡，1995年列入联合国教科文组织世界遗产名录。5A级旅游景区。

史前文明之光

谁是拉萨河谷拓荒者？荆莽蒿莱中，哪一群人最先于此垦殖畜牧？

曲贡遗址 [①] 发掘出西藏腹地的一个史前时代，也揭示了距今 4000 年前后拉萨河谷"曲贡居民"的生息栖居。可惜了虽有被称为"灰坑"的遗迹保存比较完整，半地穴式的民居遗迹却仅存 1 处，而不见远古村落的布局，想必早已被冲毁不存——足有 6 条冲沟切割了遗址。从前自北向南纵贯拉萨城的流沙河就很有名，一年里大多时间无水，只在雨季成为泄洪道，来水方向正是娘热沟。我们这代人所经历的，直到二十世纪 70 年代末还有山洪暴发成灾，后来治理有方，流沙河渐被淡忘。

虽未见聚落的整体布局样式，仍能从出土物和各种遗迹窥见其文化特征，不妨碍考古学界将雅鲁藏布江中游流域陆续发现的十余处遗址，统归于"曲贡文化"，也不妨碍学者们经由该遗存发现西藏地区种种之"最"：最早的畜养动物牦牛和绵羊，最早的金属器（青铜箭镞），最早的酿造业（陶制酒杯），最早的人祭习俗（环切头骨），最早的"涂

---

① 曲贡遗址位于拉萨北郊娘热山沟曲贡村，距市中区 5 公里，海拔 3690 米，总面积超过 1 万平方米。于 1984 年西藏文物普查中被发现，1990 年起，连续 3 年由中国社会科学院考古所和西藏自治区文管会联合发掘，并入选"1991 年中国十大考古发现"。遗址出土文化遗物数以万计，包括大量石器、陶器、骨器，及少量金属制品，是迄今在雅鲁藏布江中游地区发现的海拔最高、年代最早、面积较大、文化堆积及内涵均较丰富的多种文化因素并存的史前遗址。遗址年代跨度约在距今 3750 年至 3500 年之间，鉴于遗址年代上限并非实际存在过的最早年代，估计可将拉萨河谷开发史上推至公元前 2000 年。

红"习俗（赭石颜料），中国西部最早的磨花陶艺……诸如此类的文明之光，均属先期抵达。

曲贡人生活在全新世大暖期末端，其时正值高原气候向干冷化转型的波动下滑过程中。从地层孢粉分析来看，植被以灌木为主；从灰坑厨余物来看，数量不菲的鹿、麝、鱼、野猪之类遗骨，一方面说明当时环境暖湿度不低于现代，另一方面也说明，狩猎活动仍为生计主业之一项。然而较之年代更早的高原东部的昌都"卡若文化"，曲贡居民在畜牧业方面已有了长足进步：除了卡若遗址见有的猪，曲贡居民驯养的动物还增加了牦牛、羊、狗，其中藏系绵羊的大角羊，据信是从野生盘羊驯化而来。

未见聚落可能曾有的粮窖和谷物，留下好大一片空白和遗憾。好在有略晚于曲贡古村两百年的雅鲁藏布江北岸的贡嘎县昌果沟遗址提供了农作种植的佐证——多半是粟类小米，少量青稞大麦；更晚年代的雅鲁藏布江南岸琼结县邦嘎遗址（距今大约 2600—2500 年前）出土物中则以青稞、大麦为主，亦见小麦、荞麦和莜麦。鉴于这两处遗址与曲贡遗址地理接近，文化属性和生业方式类似，有理由相信曲贡居民是更早的农作物种植者——播种粟和大麦。

曲贡遗址出土的一枚铜镞和一面铜镜，同样意义重大。据此可认定西藏地区已在距今 4000 年前后进入了"金属器时代"，只是由于出土物数量稀少且尚未发现有关冶炼的遗迹或证据，致使专家们尚无法定论这类金属器是本土制造呢还是来自远程贸易。不过在我们非专业人士眼中，无论"本土说"还是"外来说"，同样有价值，让我们有理由相信，曲贡文化以其领先周边的文明程度和地理及出产优势，使拉萨河谷成为藏地未来的政治经济文化中心，当为题中之义。

至于社会生态，因为发现了人殉牲祭现象，应是存在阶级阶层之别的；30 余座墓葬中，遗骸多为二次葬，也显见是遵从了某种原始教义。属于生存所需、实用价值之上的，有艺术和审美，这集中体现在陶艺业方面：曲贡人心灵手巧，技艺高超，从制作材料、器型样式到纹饰图案，莫不用心。其中陶制品的猴和鸟引起特别关注，或被认作图腾崇拜标志。联系到西藏地区古今盛传的"猴鸟"故事，并且作为"和睦四瑞图"中象征友爱互助的吉祥动物，备受藏族人喜爱，到今天仍为城乡民居装饰必备，不由得想到，猴面贴饰既抽象又逼真，它是否是那个后来被附会以观世音化身的神猴原型？是否由4000年前的曲贡人原创？"猴子变人"传说正源，也许就在这儿也说不定呢！

——在此插播一则旧闻。听拉萨老辈人讲，清末驻藏帮办大臣张荫棠，查办藏事、推行一系列改革之余，在拉萨传播新知，宣讲"天演论"。听众对生物进化理论接受了多少不得而知，但当听到"由猿而人"竟成"新说"，不禁相视而笑，说，本来如此嘛！

王城建在吉雪沃塘

　　拉萨河谷历史人事首现于藏文典籍中，已在曲贡人两千年之后。届时西藏地区经历过公元前后数百年的弱暖期，3—5世纪的严寒期，到公元6世纪，随着气候转暖，大地复苏，得河流灌溉之利的麦类作物养育了更多的河谷农业人口，从而更能催生当时社会的复杂化，社会组织想必空前健全起来，分化重组、征伐兼并在所难免，很可能也是人心所向——正如藏谚所云，"只要不是灾难，大的都是好的"，就仿佛搬演来中原春秋战国时代，历经长时期动态演进，高原上40个小邦国到吐蕃前身悉补野部落崛起时，大约只剩下12个；松赞干布祖父达日年塞时代，悉补野部已经强大到坐拥雅鲁藏布江南半壁江山，目光正瞄向江北岸。

江北岸，隔山相望，沿拉萨河及其支流堆龙河两岸，岩波查松小邦地跨今拉萨市大部县份：东起林周、墨竹工卡，西至堆龙德庆和当雄，由森波王世代经营。按说在群雄争霸"天时"下，先天秉有"地利"，貌似最有基础完成一统大业，可是"人和"条件全无——同一森波王族属地，却由二王分而治之——森波杰赤邦松和森波杰达甲吾各据堡寨，据地望考证，一在林周彭波，一在今楚布寺附近。古书上说，二小王皆因内讧而自毁：先是达甲吾小王因生性偏执暴戾，不得人心，被臣子所杀，属民悉归赤邦松；殊料该王同样的昏聩无道，激起更多怨愤，以至于众叛亲离。古书对此有说法："王昏昏于上，臣仆则惴惴于下；王狂悖于上，臣仆则逃逸于下矣！"

于是有韦氏、娘氏、蔡邦氏等家族，密议投靠新生势力悉补野，几番潜入山南雍布拉康，寻求里应外合之策。起初赞普达日年塞心存恻隐，因其妹正做着赤邦松的王妃呢！经不住对方苦求和手下众臣力劝，方才下了决心。然而尚未举兵，达日年塞病逝。

毕其功于一役，将森波邦国即拉萨地区收归麾下的，是松赞干布之父南日伦赞，时间约在6世纪末。所以松赞干布并非出生在祖先故地，而是在新领地，墨竹工卡甲玛沟的强巴米久林宫。听说现在当地已将遗址修复，为了纪念，也为旅游业新辟一景点。

一代英主松赞干布出生之际，父王南日伦赞已完成了尼洋河、拉萨河、年楚河诸流域的征服占领，为吐蕃初创奠定了基业。三河均为雅鲁藏布中部重要支流，统称藏南谷地，受惠于地理位置和季风气候，迄今仍为西藏主要农作区——对于"马上天下"的征服者来说，"粮仓"意义自不待言。

上述史迹来自《赞普传记》，连同一批珍贵的古藏文资料，幸存于敦煌藏经洞中。虽然从口口相传到文字书写，中间相隔数以百年计，难免亦文亦史故事化，仍不失为信史参照，并且因此而生动。从中可见历史命运：失国者森波王不惟缺乏雄心和才干，而胜者一方也并非全凭武力，有一旁例足以证其文明程度更高：古已有之的人殉制，由达日年塞废除。

后世关于拉萨、关于松赞干布的著述密集起来。首先是 13 岁弱冠即位，说的是父王南日伦赞被复叛者门地小王毒害，已归降各部图谋叛离，少年松赞干布临危受命，在一众老臣辅佐下，迅速平定内忧外患之后，以建都拉萨为重要标志，西藏地区空前一统的政权——吐蕃，正式登临历史舞台。

对于都城首善之区的选址无须费心思量，拉萨以其天然优越，毫无争议成为不二之选。1400 年前此地不叫拉萨，拉萨河原名吉曲——寓意为幸福河，地名因河而称"吉雪沃塘"——吉曲河下游大平坝。依山临水，视野何其开阔，古道四通八达，尤其平野中央有山玛布日——"红山"突兀而立，好似君临俯瞰，所以地标建筑布达拉宫最早开建。

与曲贡人拓荒不同的是，这一次属于城邦文明的开辟。硬件设施之外，文化建设跟进，最具代表性的当属藏文创制，现有城北帕崩岗城堡为其象征，那是松赞干布特为"藏文之父"吞弥桑布扎建造的。空前的对外交流也有范例，其中以迎娶外邦尼泊尔和东土大唐两位公主最为人乐道。为供奉她们带来的释迦牟尼八岁和十二岁等身像，特建大、小昭寺，意味着佛教正式传入和神圣之地的由来。

从前森波王的牧场吉雪沃塘，一座城池凭空而起。王室从墨竹工卡甲玛沟迁至新都，文臣武将、庶民百姓追随而来。环绕大、小昭寺盖起民居，工匠的作坊，商家的店铺，八廓街渐成规模，繁荣必是洪荒以来盛况空前的繁荣。

建城过程被后人口碑传扬开来，被不吝笔墨地写下来、画下来，千余年传播中不断进行神话化或佛教化改编，在西藏几乎尽人皆知，外来旅游者也会从壁画上或解说中看到听到。例如文成公主本为白度母化身，初进拉萨并非哪一方向，而是来自四面八方；她怎样夜观天象，推断藏地为罗刹魔女仰卧之像，必建108座寺庙以镇之，大昭寺就建于心脏部位，云云。大昭寺修建过程又生发许多典故，其中一个说的是起初神使鬼差屡建屡垮，松赞干布役使山羊背土填湖，山羊是"惹"，土是"萨"，自此王城之名"惹萨"取代了吉雪沃塘，新旧《唐书》中汉字转音为"逻些"。"拉萨"一名何时出现？据考证，最早见于公元802年赤德松赞所立《噶琼寺碑》。时值佛教兴起第一高峰时段，意为"神圣之地"或"佛地"的拉萨，想来已是约定俗成了。

历经兴亡多少事

拉萨作为吐蕃都城存在了两个多世纪，势必伴随着王朝兴衰而荣枯。这期间发生过太多重大事件，影响着、改变了西藏地区、青藏高原，乃至中古时期整个中国的格局。总之在这个藏民族开始形成的重要时期，随着与中原地区或温和或激烈的交流互动空前繁密，整个西藏地区参与了古代中国波澜壮阔的历史进程，书写着中华多民族共建共享、中华文明多元同构的篇章。

敦煌所藏当年藏文古卷中，有吐蕃"大事纪年"残本，恰好记录了松赞干布去世之后，至赤松德赞当政的百余年间（649年—763年）：金戈铁马，外向扩张，版图达至最大化，吐蕃如日中天。然而，开创历史演绎宏大叙事的同时，权力中心的拉萨却不时有暗潮涌动——与光荣与梦想相伴同行的，是明争与暗斗，忠诚与背叛，阴谋与爱情，举凡中外前殿后宫上演过的剧目情节，可说是一样都没少。若举上层斗争典型一例，要数噶尔家族的命运遭际。噶尔·东赞，即出现在《步辇图》上的和亲使臣禄东赞，官居相位"大论"，一生效力王室，晚年攻破吐谷浑，坐镇于此并终老于此。他的五个儿子继承父业，出将入相，功高盖主。王室深感威胁，遂以"谋反"罪名查抄灭门，一众兄弟或被杀或自杀或逃亡。逃亡者投奔了武则天，从此为大唐建功立业……这类故事来自史实，终成传奇。

正当如日中天，拐点就将出现，从尚武到崇佛，跨度大极的转型轨迹集于一个人生。

率领吐蕃步往巅峰的一代雄强赤松德赞（741年—约799年），在位40多年，不仅以武功著称，文治方面的建树，以其对佛教的扶持弘扬，被后世尊为吐蕃三大"法王"之一。相传这位赞普亲自主持过两场大辩论：一为苯教与佛教之辩，实为新旧势力博弈较量，苯教败北，退出政坛之外，杀牲血祭习俗随之禁绝；桑耶寺于公元775年开建，成为西藏佛法从此倡兴的标志。二为佛教内部的顿、渐之辩，史称"吐蕃僧净"，实为唐蕃关系折射，汉地和尚必然失利，怏怏离藏——拉萨小昭寺是百余年间汉僧常驻地，就此冷落。在后世被故事化了的记载中，和尚们留下一只鞋子，显见菩提达摩当年"只履西归"的翻版，未知是讲故事的人还是故事里的人所为。

近年有热心人从敦煌遗书中整理出一部《大乘二十二问》，系赤松德赞学佛过程若干年里，向远在敦煌的昙旷大师求教请益，高僧为之释疑解惑、一一作答之汇总。此际敦煌已为蕃占区，每每由信使数千里飞骑往返，足见学佛之用心。赤松德赞晚年，索性脱下战袍，让出王位，隐居在桑耶寺背后的山洞里潜修。影响到其后多位赞普，均为虔诚佛徒，息战言和方才真正有了可能。

史上第一个繁荣期结束前，拉萨见证了两起重大事件：公元823年唐蕃会盟；距此20多年后末代赞普达玛乌东赞在大昭寺前遇刺身亡。

继续见证着吐蕃的解体，分据格局的形成，同时开启的还有自身的落寞时期——文章写到这里，忽觉视角改变，不是我们在远观拉萨，而是前身后世的拉萨一直在目送过往的风景和人群：曲贡人，森波人，吐蕃人。然后是达玛身后，王妃各拥其子，于雅鲁藏布江南北对峙，统一局面不存；接下来的是公元869年平民起义爆发，终结了一个时代，权与利重新分配，各地豪强自立。

拉萨自此沉寂数百年，约从9世纪下半叶至14世纪——元代有萨迦政权在后藏地方，明代有帕竹政权在山南乃东，中心他移。

边缘化、地方性，以及虽沉寂而未荒废，是这一时期拉萨的主要特点。首先因了大、小昭寺的存在，当藏传佛教后弘期发端，香火渐炽；当仲敦巴从阿里迎请印度高僧阿底峡，在拉萨地区创建了噶当派，为后来居上的格鲁派深植了根基。守护拉萨的地方势力也是有的，元代被封为万户长的蔡巴家族，为后人所感念的首要功德，是关于拉萨河治理的：疏浚河道、加固河堤，这项工程自古城初建起，就一直列在市政建设日程之首。今人既未见洪泛也少有人提及，是因堤坝经由现代工程技术加固，已达洪水百年一遇标准。

蔡巴家族世居拉萨东郊蔡贡塘，后弘期中建有贡塘寺等两座寺庙。拉萨重新振兴前后，出现了两位人物很著名，其事迹可佐证拉萨文化传统之深厚。一是蔡巴·贡噶多吉（1309年—1364年），15岁接任万户长，但在从政方面并不成功：由于在新旧政权交替之际跟错了人站错了队，与新兴的帕竹政权为敌，其结果是完败，以致丧失了属地。家族衰落后索性受戒出家，专研学问。史学专著《花史》《红史》及续补《史册·贤者意乐》等等之外，还为《蔡巴甘珠尔》撰写了目录及释义的《白史》。《蔡巴甘珠尔》是贡噶多吉特邀布顿大师对勘审订的，布顿大师拥有极高佛学造诣，所以这部大藏经成为藏传佛教经典的标准范本。

另一位是大慈法王释迦也失（1354年—1435年），从追随宗喀巴大师，代师两赴京城，先后从永乐帝和宣德帝那里，受封为"西天佛子大国师"和"大慈法王"，到带回永乐朱砂版大藏经，兴建色拉寺，全都是因缘际会。他还是把新兴格鲁派教法传播到内地的第一人。

拉萨再度繁荣，多半凭依了一个人，宗喀巴（1357年—1419年）。这位少小出家的青海人，先拜各教派高僧为师，游学西藏各地许多年后，以其学识和德行，尤以宗教改革家的身份声名远播，开宗立派为"格鲁"，意为"善规"。因为是在重学问的噶当派基础上发展起来，格鲁派亦称"新噶当派"；又因僧众头戴黄帽而被俗称"黄教"。在帕竹政权和拉萨地方势力支持下，宗喀巴于1409年在拉萨首创了万人大法会，为其后一年一度正月祈愿法会之始。此后不用很久，该派相继兴建甘丹、色拉、哲蚌三大寺和日喀则的扎什伦布寺，派生出达赖和班禅两个转世活佛系统。

拉萨成为名副其实的藏传佛教圣地，作为宗教文化中心率先复兴；距离政教合一的权力中心，还有两三百年的路程要走。

当大幕重新开启

老城区八廓街以大昭寺为中心，实为转经环行道走出的格局；大昭寺历来不属于哪一宗派，而是超然于各门庭之上——寺前广场每年例行传召法会，各派僧众云集，共襄盛举。按说法会创设者兼三大寺拥有者的格鲁派，理应成为"执牛耳"者，其实不然，宗喀巴大师身后足有两百年，这一新兴教派屡遭打压，生存几度濒危：一次在1498年至1518年，甚至被取消了法会参与资格；另一次在1616年第四世达赖喇嘛圆寂后，险遭"不得转世"禁令。兵戈相向中，三大寺僧人也曾一度流离失所……

　　其时西藏地区以噶举派多支系实力雄厚，格鲁派坚定支持者帕竹政权虽领有噶举派一支主巴噶举，但主政者身为元、明两朝任命的万户长、大司徒，尤其位居明朝所封藏地五王之首的"阐化王"，自有大气度在。问题在于，随着强势人物离世，情势逆转——位于雅鲁藏布江以南（今山南市乃东县）的帕竹政权名义上存在了几近三百年，但中后期内乱，兄弟阋墙、父子争位、夫妻反目、家臣谋权，一应情节之曲折，堪比小说家言。所谓家臣，系指占有后藏日喀则大部地区的仁蚌巴家族，为时20年不准格鲁派参加法会，就发生在该家族实际掌控政权时段。然而吊诡的是，此一家臣的家臣辛厦巴，于后藏日喀则地区日渐坐大，最终武力推翻了旧主，自立新政。两股后藏势力互为仇雠，却不乏共同点：均将问鼎拉萨作为战略目标；依止同一教派，与格鲁派为敌。欲使达赖系统中止转世，正是新王藏巴汗所为。

　　时值明末清初，中原内地江山易主，拉萨开启了西藏地区权力中心的历史命运。往后几百年里不时风起云涌，政治舞台上多种政权模式演替，各色人物登场谢幕，而每一推倒重来的节点过程，无不伴以刀光剑影——

　　1612年至1618年，藏史称"鼠牛年战乱"，发生在前后藏之间，"上部之王"藏巴汗夺取政权。20多年里，格鲁派借助外部势力反击，几经挫败，终以搬请来蒙古和硕特固始汗大军而获胜，藏蒙兼僧俗联合执政，由其军威，尤以五世达赖喇嘛和固始汗双双得到清廷顺治帝封授，从而具有了正统权威，政局稳定60余年；其后上层矛盾激化，固始汗曾孙拉藏汗铲除政敌桑结嘉措，独掌大权12年，其间穿插对六世达赖喇嘛的废立；准噶尔部乘机入侵，杀害拉藏汗，"乱藏"3年后，为朝廷大军驱逐。配合作战的功臣得以晋升，然而五位噶伦联合执政局面仅仅维持了6年即崩溃，表现形式居然仍为前后藏代表人物之间矛盾升级白热化。之后朝廷实行郡王制，郡王颇罗鼐在位 20 年，但世袭制弊端出现：其子不肖，天怒人怨，继任 3 年后被驻藏大臣诛杀……

多种政权模式均以乱局收场，乾隆帝为此忧思治藏方略，终于创设出政教合一、大权集于达赖喇嘛、下设僧俗噶伦、由驻藏大臣监督辅佐的格局。廓尔喀之战后，鉴于此前教训种种，再行调整：对驻藏大臣地位予以提升，对大活佛转世实施"金瓶掣签"定制，凡此等等，成效显见：从政坛到社会，相对稳定的局面延至 19 世纪末叶。

有清以降几百年间，汉藏满蒙多文种史料汗牛充栋，口碑传扬的人物事件多不胜数，岂是当下篇幅所能略述一二的。总之历史是编剧，命运是导演，以拉萨为舞台，一幕幕活剧悲欣交集，令后人感慨万端；从中体现的命运感之强，犹胜小说家言。但以文人之心揣度，拉萨送往迎来的守望中，未必在意政坛上的风云变幻吧，好在正当康、雍、乾朝，维持太平盛世之久，远超战乱纷争，老城街景可作繁荣与否的晴雨表风向标。

八廓街房舍密集起来，无论前藏后藏，以及庄园寺院远在东部昌都和西部阿里的官员贵族、高僧活佛，与身份地位相匹配，差不多全都于此建起府邸。常住人口和流动人口密集起来，催生了与之相应的服务业；作为商贸中心，是来自川、滇茶马古道或称（打箭）炉—藏官道的商旅终点，又是辐射全藏的商品集散地。就社会团体而言，形形色色包括各种技术和艺术从业者的行会十分活跃，就连行乞者也有丐帮组织，作为准予乞讨的条件之一，集体承担了一项特别任务：维护拉萨河堤坝。歌舞艺人的组织名叫"囊玛吉度"，本意为"内部人甘苦与共"，不意间成为一种新兴歌舞品种的名称："囊玛"歌舞系由"堆谐"——流行于后藏拉孜一带的"上部歌舞"踢踏舞移植而来，经再创作，遂成拉萨专属的歌舞，时在乾隆末年。舒展的舞姿昭示着属于城市的雍容和高雅，迄今仍是拉萨旅游名片之一。"囊玛"歌舞创始人正是世家子弟多仁·丹增班觉①，他如何从高官回归市井，其沉浮经历一方面折射出 18 世纪末叶廓尔喀之战的前因后果，另一方面，其命运遭际也成就了一生传奇。

盛世宜兴土木，布达拉宫扩建工程开建在五世达赖喇嘛时期，先白宫后红宫，终成今日所见规模的巍峨壮丽。在此尚有一个桥段值得一表：20 多年前我采访西藏自治区档案馆，亲见一批尚未公布的史料，其中就有当年绘制于白棉布上的建筑结构彩图，遂写进文章发表了。那时布达拉宫维修工作进行中，正苦于无资料可凭呢，有心人从拙文中找到了线索——好一个皆大欢喜。

迨至晚清，盛景不再。与内地共同了命运，乱世再现。最不堪的一幕出现在 1904 年，全副武装的英印军队挺进圣地拉萨……

古城拉萨是一巨大载体，容纳着古今多少故事；又是忠实的守望者，目送过数千年沧桑岁月。正像时空交错穿越剧的结尾那样，蓦然回首时，已是今天，但见兴冲冲八方来客。对于旅游者，我会说，只要用心，你将与过往历史不时相遇；对于朝圣者，当地人会说，只要第一眼望见布达拉宫金顶有光芒闪耀，外来人，你便今生有福了。

2016 年 4 月完稿

2018 年 10 月修改

---

① 多仁·丹增班觉是郡王颇罗鼐后裔，从小酷爱民间音乐歌舞，23 岁世袭噶伦，随即为处置廓尔喀之乱往返于前后藏之间，此为后来将"堆谐"踢踏舞移植于拉萨的起因；又因处置廓尔喀之乱有失而被追责，解往北京候审期间，得以在天桥一带学习曲艺器乐和记谱方式。念其为功臣之后又"年轻无知"，朝廷并未将其定罪，只是免去了官职，保留了公爵名号和顶戴花翎。多仁·丹增班觉从此心无旁骛地专注于艺术，从北京带回了工尺谱，修改再创制为藏式乐谱；带回了扬琴和京胡，与六弦琴、笛子、串铃等乐器一起，首创了器乐合奏新形式，这六种乐器的组合同时也成为囊玛歌舞专用的伴奏乐队。

老昌都在水一方

昌都市位于西藏自治区东部，地处横断山区，境内三条大江金沙江、澜沧江、怒江奔涌南下。昌都市辖1区10县，总面积约11万平方公里。本文之"老昌都"，特指今昌都市驻地卡若区城关镇，旧称"昌都镇"；本文内容侧重于2001年作者采访所得旧时老昌都民俗遗风。

扎曲河与昂曲河分别从北方的雪山丛中奔流而来，一东一西环护着昌都镇，在镇南汇流成著名的澜沧江，若从高处俯瞰，这两河一江恰成"Y"形格局。古代昌都仅限于两河之间的坝子，现今的昌都镇则扩展到每一可能空间，各自形成若干社区，每一社区皆为依江傍河，之间有桥通连。《新唐书·西域传》称，东女国"有弱水南流"。前吐蕃时代昌都一带隶属东女国女王治下，有藏学前辈考证弱水即澜沧江。弱水一名顿使老昌都古典而诗意，令人不期然联想起"任凭弱水三千，我只取一瓢饮"，这一禅语金句类同于地老天荒、海枯石烂，似乎广泛适用于情爱方面的信誓旦旦，传达着人类古老而不朽的理想，不过古籍中所言弱水甚多，弱水可视为中国西北西南诸多流水的泛指——古人认为凡水弱不能胜舟，而仅以皮筏泛其上者，甚至连皮筏也载不动的，统称"弱水"。

两河汇聚而成的澜沧江垂直南下，沿途继续汇聚，穿行横断山区，流过彩云之南，进入越南境内改名湄公河，归宿直指南中国海，太平洋。

昌都可谓澜沧江上游第一大镇。昌都在藏语中即是两河汇合处的"河岔口"之意，旧译"察木多"。这条江在当地也不叫它的学名"澜沧江"，二水合流仍称"扎曲"。扎曲系澜沧江正源，源于唐古拉山东北部，青海省杂多县境内，扎曲之意为"岩缝流水"，被认为是圣洁的喇嘛河水；昂曲河源于西藏巴青县万马拉山，被昌都人认为不那么圣洁，是皮匠浸泡牛皮的水。这类人为褒贬大抵为当地人依据水质优劣而确定的感情向背，当地人同时解释说，虽然不那么圣洁，但泡起牛皮来反倒优于圣洁之水。无论圣洁与否，在当下的雨季里，我所看到的两条河，包括澜沧江，都一样很质感的土红色流水。

昌都镇坐落在两河汇流处的台地江畔，高处台地为藏东最大的格鲁派寺院强巴林寺占据。当地人说本镇地貌形态为"大鹏落地"式，台地为鹏身，两河是双翼。又说寺院背后的山名叫朱日，"龙山"。寺院所在为龙首，俯瞰合流后的澜沧江，可见江面有双桥，一名四川桥，一名云南桥。昌都镇是茶马古道上的重镇，来自川、滇的商队官差大都落脚于此，稍事休整再前往拉萨。四川的行旅走四川桥，云南的行旅走云南桥。现在这类过时的伸臂木桥久已不存，连1950年代以来代之而起可通行汽车的水泥大桥也弃置不用，改而为近几年新修建的5座桥梁。老镇上从前还有四川坝和云南坝，相传为清代东来与南来官兵驻地，顾名思义，分别驻扎过四川兵和云南兵。除去云南坝四川坝，昌都镇上叫"坝"的地名还多，"马草坝"、"野猪坝"、中心坝……之类。昌都人夏季喜好游乐，这类户外活动在拉萨叫"逛林卡"，在昌都叫"耍坝子"。坝子、耍坝子的语言习俗来自川西一带，波及了昌都；而且昌都藏族说汉话，大都四川口音。长期在昌都工作的汉族干部，四川人居多；新世纪初对口支援昌都地区的，也还是四川、重庆，另有一个天津（后来四川省撤出，福建省和多家大型国企增补进来）。所以昌都人视四川为一家，爱看足球比赛的昌都人，每有国内比赛，一心维护四川的"全兴队"，视作自家主队，每于电视机前为之加油，几多欢喜几多不忿，让我们这些外人看来全都是自作多情。

不过昌都人耍坝子也很不易，需要驱车好几十公里才能找到一个山青草绿的平阔地搭帐篷，搭起帐篷就玩上几天。位于横断山区腹心地段的昌都镇，可供居住与活动的空间过于狭窄，是个典型的"开门见山"之地，辽阔原野只存在于意念的遥想中，不然机场不会修在140公里开外的邦达草原，使之成为世界海拔最高、距离市区最远的机场。所以昌都镇小地盘就成为整个西藏人口密度之最，房舍建筑密度之最，凡你目光所及并认为可以建房之处，肯定地确凿地自有房舍凭地而起；或是你认为并不可以建房的地方，例如峭拔河岸，道旁陡坡，也有居民硬是辟出一小块平地安营扎寨。

不像江河起源的直观性，昌都镇乃至整个昌都地区的远古景象几乎无从追溯，要是没有考古发掘的话。考古发掘是比较晚近的事情，1970年代末，位于昌都镇中心12公里处有距今近5000年前的卡若遗址出土；之后，距昌都镇中心5公里处有距今4000年前的小恩达遗址出土。已发现但尚未着手发掘的遗址还有距离昌都镇百多公里外的察雅县城某处，据考古学家初判，约略与卡若同时期。

幸好有了科学依据的考古成果，否则昌都的远古仍将是混沌一片。但卡若、小恩达之后三四千年间复又云山雾嶂，格勒博士带领一群学者编纂《西藏昌都》，把卡若、小恩达好生描述过后，线索就中断了。翻找过各文种史籍，只在《旧唐书》《新唐书》等古典中发现了细若游丝的片段：东女国。《旧唐书》卷一九七《南蛮西南蛮传》有载："东女国，西羌之别种，以西海中复有女国，故称东女焉。俗以女为王。东与茂州、党项接，东南与雅州接，界隔罗女蛮及白狼夷。其境东西九日行，南北二十日行。有大小八十余城，其王所居名康延川，中有弱水南流，用牛皮为船以渡。"

此前已有藏学前辈考据过，"康延川"即今昌都一带，"弱水"即今之澜沧江，"八十余城"即今昌都地区全境包括相邻青海的农业聚邑。东女国人居碉房，有文字，历法以十一月为新岁；女权至上，女性崇拜，女王女官，掌权治国，与男权社会恰成颠覆："俗轻男子，女贵者咸有侍男"，可见女权主义古已有之，并且至尊至贵地登峰造极过。男人们做什么？他们不问政治，专司战争与农事，拼却性命和体力的差使。在文化习俗方面，则是高碉建筑，以鸟占卜，尚青赭面，崇信人死后灵魂在另一世界继续存在。在民族交往方面，则似与汉地更为亲善。有记载的是隋时的使者往来，唐朝继续；尤其大周武则天身为女皇与东女国女王惺惺相惜，累有册拜馈赠。直到吐蕃大兵所指，据说失国之君落荒而走，大唐还收留了她们，安顿一隅颐养天年。

差不多同时期还有一个国土似更广大的苏毗，因先于吐蕃强盛，后与吐蕃有激烈交往：被其征服、复又叛乱、再被征服、终被同化，因而被藏文史籍所记载。苏毗亦为女国，女王执政，重女轻男，同样的彩色涂面和巫觋鸟卜，不知与东女国是何关系，也被《西藏昌都》以不太确定的态度收录。几千年间老旧的昌都就这样乏事可陈。

尤其昌都镇，除了三五千年前的大型农业聚邑遗址尚且属于考古新发现，在漫长的历史长河中一直名不见经传。苯教时代的中心在东北方向的丁青一带，吐蕃时代藏传佛教前弘期的寺庙和残存文物古迹在察雅香堆一带，后吐蕃时代藏传佛教后弘期以大建庙宇、教派林立为特征，12世纪下半叶纷纷崛起的著名古刹噶玛噶举的噶玛寺、玛仓噶举的察雅学寺、达垅噶举的类乌齐寺，位置恰在环绕昌都镇以西、以北、以南百余公里开外。昌都镇一带从零落人家到小城镇的形成之间，大约一直耐心等待，直到格鲁派在康区第一寺——昌都强巴林寺出现。

当陈年的迷雾渐渐散尽，历史恢复了能见度，首先浮现于视野之中的是一条宗教史的脉络。我们望见了原本人烟稀少的两河汇流处的台地上，浮现出一片高高在上金碧辉煌的建筑——强巴林寺，寺宇的俯视下渐渐地集合起民居房舍，炊烟渐渐密集。1444年，一位名叫麦·西绕松布的高僧主持修建强巴林寺的同时，也在河面上架起索桥，沟通了朝圣之路也沟通了商贸之路，使之在此后的五百年间成为藏东政教中心和商贸中心。

强巴林寺寺主为帕巴拉呼图克图世系，累经康熙、雍正、乾隆等帝王敕封，迄已传至十一世，亦即现任全国政协副主席的帕巴拉·格列朗杰。强巴林寺至今仍是昌都镇最重要的古迹，最惹人注目的风景，独享着每一天清晨朝阳最初的光芒和夕阳晚照的最后一抹余晖。1991年冬季我们来昌都，正值藏历十月二十五日"安觉"——纪念宗喀巴大师圆寂的"燃灯节"，登上寺院高台地，但见全镇民居阳台上酥油灯串串，一如银河繁星。随转经的人流步入寺内，大殿内五六位青年僧人正围聚一处，用彩色细沙制作几何线条的大圆曼陀罗，一种非常精致的工艺，一幅非人世空间的沙盘浮雕。我拍下了这幅经典画面；去年即2000年再访强巴林寺，适逢帕巴拉活佛在寺内大经堂讲经说法，身材高大的铁棒喇嘛在寺内逡巡，穿戴着极其夸张的服饰行头，貌似凶神，其实友善，很乐意让我们拍照并合影，不过在快门摁下那一刻，又做出威严表情。

强巴林寺以一年数度的宗教节日、每月数度的宗教吉日，恒定着过往的生活，确保着对于来世的承诺。至于现世的护佑方面，地方性护法神"昌都曲雄"所承担的职能更具体一些，相传其来历与第一世帕巴拉有关。这位凶相护法神的形象，借助雕塑、壁画和唐卡在今天的昌都不时可见。

　　横断山区腹心地带的昌都，从四周无论哪一坐标看，都实属偏远。因地理位置而地缘政治而经济制度、地方历史就与藏地别处不同，无论哪一方面都是一言难尽，总之宏观老昌都有一部我行我素的经历。且不说自吐蕃解体后，昌都即成为一个头人林立、教派纷争之地，即使元代在西藏设立十三万户，昌都亦在其外。后虽久隶川属，其"川"也是鞭长莫及。清代以来昌都地区实际由四大呼图克图与各地土司头人分而治之各行其政，由此构成了昌都地区与西藏地区不同的最近一个百年史，百年史开篇即以今人多已不知的改土归流、西康建省拉开帷幕，然后"康藏纠纷"贯穿民国初年，并由此涉及了英帝插手，涉及了领土主权问题，昌都突然成为备受国人瞩目的一个焦点地区。其间昌都镇历经盛衰，《艽野尘梦》（陈渠珍著）描述 20 世纪初的昌都镇尚有"居民六七百户，大小喇嘛寺甚多。汉人居此者亦不少。设有军粮府治理之"。战乱年代及若干年间对于内地商道的封锁，使茶马古道格外寂寞，至昌都解放时，昌都镇也不过 500 户，藏语称"莫堆阿加"。1934 年国民政府大员黄慕松进藏致祭十三世达赖喇嘛圆寂，途经昌都，所见昌都镇一片肃杀："闻昌都有五百余家，汉人不及十之二，惟其中五方杂居，匪类潜藏，游民占多数，正式商家不过四五，余皆手工业。"

　　黄慕松的《使藏纪程》还记载了抵达昌都镇前一日，当地僧俗官员、寺院总管趋前迎接。欢迎队伍里有昌都镇汉人"孝义会"领袖王廷选、马树勋、王永兴等。从前汉人集中定居并建立了民间组织的，看来昌都最完善，包括昌都镇和盐井、硕般多等小城镇。据图嘎先生《西藏昌都历史文化研究文集》"解放前西藏昌都帮会行会组织的兴衰史"一文介绍，旧时昌都有别于西藏其他地区的民间组织，是当地藏汉回各民族在特定历史条件下交流融合的产物。截止到20世纪40年代，昌都民间存在帮会计有：一、孝义会，藏语"甲喜巴"，意为"汉族公共的帮会"，实为汉、回两个民族共同参与经营，是当地人数最多、影响最大的帮会。二、白拉提，是昌都回族的民间互助组织，相关节庆及礼拜活动等主要在清真寺举行。三、妇女结拜会，藏语"接白"实为"结拜"，是昌都镇部分汉、藏女性经由结拜仪式结社而成的互助组织，1930年代成立。四、规模较小且由特定人员自由结社而成的帮会组织还有三圣会、青年会、朝圣同友会等。寺院僧众的自发组织有"多吉奔若"即"金刚兄弟会"，以及类似同乡会的僧众"白则会"等等。至于行会组织，存在过由从事皮匠手工艺人组成的"孙膑会"，主要供奉孙膑神；由富商组成的"仁和会"，倡导在经商活动中讲诚信、讲正义。

有意思的是，当年率众欢迎黄慕松的"孝义会"会首王廷选，正是图嘎先生的祖父。若问定居昌都的具体时间已不记得，唯知祖籍在陕西省泾阳县王桥镇，先辈是一位清朝初年驻藏的汉族官员。虽世代与当地通婚，但直到图嘎祖父、父亲和他三代人，无不兼通藏汉文。像王家这样的汉族后裔在当地还有很多，当地统称"十八家"——十八家姓氏。2001年为采写《藏东红山脉》，我在昌都镇采访了清朝官兵后代的布土丁、四朗扎巴等人，了解到昌都镇上的风土人情，果然不同于别处啊！

老昌都生活过一大群身穿长袍大褂的汉族老者；

老昌都存在过汉人的城隍庙、藏人的喇嘛寺、回民的清真寺，三足鼎立而共生共荣；

老昌都近山有藏人的天葬台、汉人墓地和回民墓地，归宿不同而相安无事；

老昌都的民间生活别具一格。

清末民初定居昌都的"赵尔丰的兵"，活得最长久的世纪老人也于1990年去世。这位世纪老人用藏语讲三国、讲封神榜、讲薛仁贵征西这类汉地故事经典，据说去世时高寿上了百岁。与他同时代的老昌都汉人已先于他陆续谢世。向我讲述往事的已是第三代的四朗扎巴，他生于1941年，他的外公刘向廷曾是赵尔丰、彭日升手下的清军官员，人称"刘大老爷"。

四朗扎巴记忆中的老昌都已是解放前后时的景况了。"莫堆阿加"五百户时代，昌都镇显得开阔，从县贸易公司到昂曲河边的大片空地，是有钱人家遛马的场坝。每逢星期六的早晨，官员商人们牵了马来河边饮水后，跨上鞍马练习小跑，稳健的小跑最能体现绅士风度。

四朗扎巴曾经问过母亲，昌都的汉族是何时、因何定居下来的？本来早就习以为常想不到这是个问题的，只因"文革"期间需要交代祖上三代人。母亲就说，大概从明朝起就有经商的居留下来，到清朝时，朝廷每隔三年赐给帕巴拉活佛一顶轿子，指派30名轿夫大老远从内地抬来，另有五六十人的警卫队，每一次都有人返回，有人留下。尤其是清末大批清兵就在当地娶妻安家，到上个世纪50年代初，大约两百户汉人集中居住在老镇的塞宗街和达日通中心坝，后来更名为"光明街"和"幸福街"。汉人组织了"孝义会"，推选有文化有口才、德高望重者担任会长，终身制，管家则每年一换；以家乡原籍为单位的组织还有"陕西会馆""云南会馆"，实行民主选举，轮流坐庄。四川人未设会馆，但川主庙是凝聚四川人的地方。所谓"川主庙"，据说主供为蜀国的一干领袖：刘备、诸葛亮、关云长、赵云和张飞。不仅四川人来烧香，藏族人也来供奉，视关公为格萨尔，称川主庙为"格萨拉贡"——格萨尔神庙。

长期在此生活，入乡随俗的方面可以很多，但在重要的精神文化信仰领域，却一直自成体系。"孝义会"的名称透露出儒家气息；汉族的庙宇遍布，计有城隍庙、观音（娘娘）庙、土地庙、川主庙、万寿宫，另有一个龙王庙但是并无建筑物；还有一个丹达庙，本意是供奉边坝县的丹达大王，后演变为主供武将关云长，或曰格萨尔。丹达庙和土地庙是抽签打卦的地方。汉人来抽签算命，藏人也来抽签算命；卦签为汉字，负责传达谕示者是位回民，马其热的父亲名叫"保保"，他用藏语向求卦者做解释。土地庙中一副楹联为："奸深似海神能察 / 罚重如山汝怎跳"，煞是有趣。汉地的观音与藏传佛教的观音性别不同，因而汉族的观音庙与女性似乎关系密切。有汉族血缘的妇女每年要在观音庙里修行半个月，其中七天为禁食。布土丁还记得小时候去观音庙给母亲送饭的情形。回民自有清真寺，不信汉、藏这一套。

藏族人有龙王庙"鲁康"，每年求雨时节举行仪式，请喇嘛念经。汉族人供奉龙王，虽未设庙宇，但有祭坛，形式上也热闹得多。初夏的一天汉人家庭全部出动，砍来柳枝用彩带绑扎成一条柔韧柳龙，由二十余人负责舞龙。其中四个戴面具的大头和尚在前引路，长长的柳龙紧随其后摇头摆尾。舞龙求雨的队伍把老镇上的每一条街巷全部走遍，沿途召集全城的人，直走到两河相汇处的祭坛"宗那措"。澜沧江在此形成一个大漩涡，想来那便象征着龙王栖身处了。祭祀过龙王，柳龙舞回街区，人们用带回的神水举行泼水仪式。那时房屋低矮街道狭窄，人们就在房顶摆上桶盆坛罐，见人就泼水，不论对方是谁，何种身份，不准生气，也不会生气——如果承接的是吉祥祝福，谁会不高兴呢！

最为生动的是城隍庙，城隍庙也是诸汉庙中最大最有名者。仅大厅就有两百多平方米，汉式建筑歇山式屋顶。那时没有小片瓦，就用黏土仿瓦形做成棱槽方便雨水流走。大厅内主供为地方保护神城隍爷，香樟木接榫制作，可四肢活动，可拆卸组装，是某个年代特意在成都订制，又千里迢迢运抵昌都的；一旁判官手执毛笔生死簿，头戴高帽，其上赫然写有汉字"你也来了"。两旁肃立手持长板的四人，职责可想而知。有趣的是厅堂门口立有鸡脚神，上身人形，脚为鸡爪，长舌伸至胸前，手中道具是一副铁链。

像我这个年纪的汉族人，在内地也从未亲见城隍庙，没想到在西藏第一次听到相关描述，感觉新鲜。查资料城隍为当地保护神，道教尊其为"剪恶除凶、护国保邦"之神，敬城隍是为祈雨、求晴、禳灾。

此时四朗扎巴又出其不意讲了一个有关鸡脚神的小插曲：旧时老昌都好多人抽鸦片。有钱人前来供奉城隍时，常把鸦片膏涂抹在鸡脚神伸至胸前的长舌上，就像现时人们总爱把酥油涂抹在圣物上那样。久而久之，鸦片膏厚厚的一层。有个清末官员的藏族夫人，抽大烟抽得破了产，时常趁无人时偷刮神舌上的鸦片膏过把瘾。这当然是很不体面的事情，传播得老昌都人人皆知，直到现在也还偶尔笑谈。后来那妇女沦落到沿街乞讨，更不体面的是在节庆人多处，专门从事偷窃盛装妇女腰饰勾当，变卖了换大烟，也很悲惨的。

每年清明节的扫墓仪式，需从庙里抬出香樟木雕城隍爷，随行的鸡脚神却是由人来扮演的，从面具、穿戴到手持的铁链，特定的装扮是这位来自阴间神灵的标配。前有数十人打彩旗，敲锣打钹的各有五六人，一路吹吹打打到墓地，中途几处停下来烧纸钱、洒稀饭。一年一度的这一仪式1958年中止。后来人们在清明节仍然扫墓，烧纸钱，草纸中间剪成方孔；现在则用印刷的冥钞，上有阎罗头像的那种。

不仅不再举行清明节仪仗，连城隍庙也在"文革"中"破四旧"

拆除了。带队拆城隍庙的，正是四朗扎巴，他亲手拆了那尊城隍木雕。其他几座庙，有些在"文革"前就拆除了，因为新建筑需要用地，例如观音庙遗址上建起了昌都县小学。

没听说建过文昌庙，但四朗扎巴时常听大人们说起"孔夫子"，不知孔夫子是人是神。直到去咸阳上了西藏公学（西藏民族学院前身），才从老师那里得知孔夫子是位古人。在藏族人那里，是把孔夫子等同于智慧之神文殊菩萨江白央的，作为有文化学识者加以崇敬。那时老昌都没有正规学校，仅三家私塾，还记得一位官称"阿舅老爷"的私塾先生，下肢瘫痪了，但有才学，教会了很多人藏语文。汉文教学一般在自家，就像图嘎，爷爷、父亲和他自己，三代人精通藏汉文。父亲尤擅汉文书法，每逢春节藏历年，便是最忙碌的一个。所有的汉人后代排着队来请对联。对联在藏语里就叫"笑玛"——红纸。从前每见门上贴了"红纸"的，即知该家为汉人后代。这一习俗沿袭下来，各文种对联都有了，藏族人家也在春节藏历年贴上藏文对联。

从前我曾想当然认为，汉族缺乏坚固的宗教信仰，迁徙别处往往随遇而安，易被同化，现在看来至少不能一概而论，如果作为一个具有规模的群体存在，以相应的组织形式保持下来，便可以自己的文化去参与交流，甚而影响当地。

我看到了这种影响的痕迹。在生活方式上，老昌都的餐桌就与西藏其他地区不同，那上面一直摆有蔬菜。汉人带来了种菜传统，现在的百货公司一带从前都是菜园子，种白菜萝卜莴笋土豆，耳濡目染使得藏族人也习惯吃青菜了；带来了养殖传统，养鸡，养猪，自家消费也出售。汉族还带来了许多制作和加工工艺，四朗扎巴家就是磨面的，兼做裁缝，当时从事磨面加工的有四家汉人；布土丁家做牛油蜡烛，只此一家，供应老镇上的夜间照明；布土丁家用麦糠发酵做醋，同样只此一家，供应昌都居民，也供应寺院僧人——本来按照寺规，僧人是不得食用这类刺激感官味觉的发酵之物的，但布土丁家的醋作为调味品再好不过，令人难以抗拒，于是解决办法不难找到，只须做个变通：请高僧开光加持，就不算破戒。

生活方式算是表象的一面，潜移默化的影响更在深层且久远。我接触到一些追求进取者往往皆有良好家教背景。例如图嘎勤奋的学习态度、严谨的治学精神，就得自于家学渊源；例如四朗扎巴，几乎一辈子从事司法工作，获评全国法院系统模范，荣登《中国人物年鉴》。他说他的家教酷似霍元甲，母亲虽已是藏汉结合的后代，但自小背诵《女儿经》，会说文言的汉语。60年代那时候，昌都镇上酥油紧缺，年轻的四朗扎巴下乡办案，收了人家答谢的两小坨酥油，高高兴兴拿回家，结果遭到母亲严厉斥责，酥油也被扔出门外。这件事影响到四朗扎巴一生的做人原则。母亲于1976年去世，遗嘱土葬。这之前的十几年间他为母亲做过三次棺材，两次被人借用，可见土葬汉风之存在。四朗扎巴每年在春节、清明和中秋三次为母亲扫墓，不免也在考虑身后的事，先前还打算土葬，眼见世风已改，担心后代不再扫墓，改了主意打算天葬，一劳永逸且不占土地。

四朗扎巴担任了昌都县人大副主任后到退休，在位三年只干了一件事，老城镇改造项目中最艰巨部分：动员拆迁。人称"拆迁大王"，他说不，是建设大王。他知道自己多么钟情于家乡，每每想起旧时昌都镇上时常出现人尸狗尸，肮脏萧条的景象，能为建设一个昌都新镇做份贡献，也正是自己的衷心所愿。这个项目虽是大势所趋，人心所归，一旦涉及个人利益，简直比判案还难。拆迁户有大量思想工作要做，相关补偿价格经常需要反复协商，世代的居民留恋祖辈的旧房，儿女通过了老人通不过；有人愿搬住房不愿搬经堂，有人担心灶菩萨可怎么搬，有人向上边告状，个别人送钱去寺院念咒经……那几年里每天奔波上门做动员，一回到家电话不断来访不断，千难万难，总算是完成了任务。

就这样，在老昌都人的手中消失了一个老旧的昌都。

（本文节选自《藏东红山脉》第二章，有删改。初稿于
2002年。）

属于山南的抵达

　　山南市位于西藏自治区中南部，冈底斯山—念青唐古拉山以南，雅鲁藏布江流贯全境。市辖 1 区 10 县，代管 1 个县级市，总面积约 8 万平方公里。山南史前文化丰厚，沿江新石器时代遗址迭有发现；山南古称"雅砻"，吐蕃政权正是崛起于雅砻部落。山南开创了西藏地区文明史上众多的"第一"，至今光彩依旧。

　　拉萨河在曲水县境内汇入雅鲁藏布，紧接着流进山南境内，江面骤然开阔。而终点为拉萨的航班飞临贡嘎机场上空，正好可以俯瞰大江亦蓝亦绿的辫状水系由远及近。这一画面我不知观赏过多少回了，每每再见，依旧心动。

　　雅鲁藏布江流经山南市属多县，由西向东串起贡嘎、扎囊、乃东、琼结、桑日、曲松和加查，犹如一颗颗玉石宝物镶嵌其上。一系列地名拥有过曾经的辉煌，至今仍在青史中闪光——对于略通西藏古史的人来说，可以印证的古迹旧地比比皆是，正所谓一步一莲花。藏南谷地，农田阡陌，由藏文记载的正史从这里落笔，当地人可以指点何处是前吐蕃最早的王出现的地方，何处是文成公主生活了多年的地方，可以历数山南享有哪些藏史中的"第一"：第一块农田"索当"，第一位藏王聂赤赞普，第一座宫殿雍布拉康，第一座寺院桑耶寺，大约还有第一间作坊，第一个集市，第一册经书，第一部藏戏，等等，可以继续罗列下去。总之时间跨度巨长，历史积淀巨厚，意指有了山南的若干个第一，才生发出全西藏的许许多多。

当我打算用较短篇幅概括自己对于这个地区的总体印象时，"属于山南的抵达"不召自来，是作为标题自行浮现于脑海的。就这样被指引，接下来要做的功课，是弄清楚"属于山南"的究竟是怎样的特质，已经或将要"抵达"何方？

就地理位置而言，西藏自治区六市一地中，山南距拉萨最近，从拉萨城到山南市府驻地泽当镇仅有两个小时车程，可以轻松抵达；沿江各县城之间，在地广人稀的高原面上以不可思议的近距离，可以轻松抵达。人口集中，村落密集，各式各样的古迹点缀其间，即便历史纵深处，也仿佛可以轻松抵达——早年初识山南，短短几天里我就访遍了在青史中闪光的古史之地，溯往吐蕃王统及其前身发轫的两千几百年前，溯往农耕文明朝阳初上的三四千年前，甚至进入传说，回溯到能见度很低的族源起始处：依傍于泽当镇有个贡布日山，山上有个圣迹"猴子洞"，相传由于神猴和魔女的结合，衍生出雪域黑头红面人。泽当意译为"（猴子）玩耍的坝子"；传说又称劳作促成了由猴而人的演化，泽当镇因而保留着最初的农田"索当"（意即"吃吧！"），至今仍是吉祥宝地。

上个世纪 90 年代初那几年，有了更多机会让我频频造访沿江河谷地带的文史故地和现实的乡村生活，江南江北差不多走遍，闪光的并非三点五点，是星罗棋布，是迎面而来——其实不用走出很远，贡嘎机场附近，雅鲁藏布江北，名叫"昌果"的那条山沟，已然浓缩起人类生活好几千年——沟口两侧的石壁犹如门扉洞开，而"昌果"之意正是"开启的门"：从新石器时代的村落遗址，到金属时代的冶炼痕迹；从原始的动物岩画，到摩崖石刻的六字真言；古老宁玛派三大寺之一的多吉扎寺，呼应着昌果的民间生活；昌果乡千年古风的腰鼓舞，据说当年曾在桑耶寺落成大典期间表演过。为了舞蹈中特有的甩辫子动作，昌果的一众男子长期保留着粗大发辫。

由此东行不远，同在江北岸，有依照佛教地理瞻部洲格局而建的古刹桑耶寺，落成于公元 8 世纪，被视为吐蕃王朝和藏传佛教前弘期鼎盛阶段的标志性建筑。再东行不远，深山密林中的青朴修行地，因大师莲花生和藏王赤松德赞曾在此处修行而闻名……

有意味的是，当年我对山南古史的寻访所访到的，可想而知，均属过去时态；即便对于民间古风的寻访所访到的，更多也像是最后一个：最后的防雹喇嘛，最后的降神巫师，甚至于最后的"招央"仪式——集中在扎囊县阿嘎村一天内，每隔十二年举行一次的"猴年望果"节日现场，我们观看了最后的防雹师驱散雹云的法事表演；路遇一位很老的老者全副"央古"——召请福运之气"央"的仪式——的装扮：头缠大坨羊毛、怀揣风干羊腿、左手持五色彩箭、右手端五谷斗，一路念念有词，手舞足蹈走向"央康"（为本村盛放福运之气的公房），我们跟拍了这一古老仪式全过程；正是在这座公房里，巧遇本村最后一位神灵附体的人，应我们请求表演了神灵从降临到离开的降神全过程……

当年的寻访过程写在 1994 年首版、后来多次再版并且分别在港台出过繁体版、在国外出过英文版的《灵魂像风》。这本书主写拉萨与山南一带河谷农区的乡土乡情，其中"属于山南"的，侧重于对传统文化的考察记录，现象描述，至于"特质"和"抵达"什么的，未予深思。总之从感性的认识升华到理性的认知，恐怕要等到许多年后。

许多年后的今夏，我和四川大学几位教授应山南琼结县之邀，再访了琼结藏王陵墓群，观摩了琼结邦嘎遗址发掘现场，犹如重温了一遍历史。这两处皆为川大历史文化学院教学与科研基地，霍巍教授介绍了用高科技手段对墓葬群局部的勘测成果，在国家允许的范围内对陵墓周缘的试掘成果，均有重要收获。而位于琼结县下水乡的邦嘎新石器时代晚期遗址，距今大约 2600—2500 年，论年代，不及四五千年前的藏东卡若遗址，论规模，不及三四千年前的拉萨曲贡和贡嘎昌果遗址，但是若论农作物品种，却是一个"完成"：历经多个年度的发掘，从已炭化的作物颗粒中，识别出主要农作物组成为青稞大麦，少量小麦、荞麦和莜麦，而不见了粟类小米。承蒙李永宪教授告知，考古学界据此已将距今 3000—2500 年之间推断为西藏河谷农区麦类作物全面取代粟类作物的时间节点，邦嘎遗址因而与江北岸的贡嘎县昌果沟遗址一道，成为具有标志意义的史前聚落遗址。

——完成的是田野上的作物更替，开始的是对于历史的创造，邦嘎遗址所象征的史前文化意义重大。由此得到启示，让我体认到属于山南的特质，是开创，是持续的历史创造活动；已经抵达的，是源点和原点，包括终结点，是西藏社会历史上一系列重大改变的关键节点——

邦嘎遗址的标志意义，不仅体现在以青稞为表征的农耕文明从此成为贯穿西藏地区几千年的传统，灌溉农业的出现既是技术的进步，同时意味着可以养活更多的人，更复杂的社会，更雄厚的实力。一个名叫"悉补野"的部落凭此崛起壮大，进而成长为一统高原的吐蕃，进而在更大范围和更深程度上参与着中国大历史。一系列重大改变中还包括观念世界的嬗变，例如从尚武到崇佛，以桑耶寺兴建为标志；至于终结，亦有典型一例：藏王陵墓群中的末代赞普墓，象征了吐蕃王统终结的同时，西藏高原土葬传统随之终结也佐证了观念世界之变。而文明进程中关键的时空节点，就由这些物化的古遗址、古建筑呈现：历史就在那里。

至此可见属于山南的开创特质集中在史前与吐蕃初创年代。吐蕃鼎盛期数百年间，山南在历史的舞台上不再扮演主角，作为后方基地，作为陪都行宫，作为王族埋骨之地。随着吐蕃解体，地方势力割据，数百年间山南寂寞又不甘寂寞，终于迎来作为西藏政治文化中心的最后繁荣，那是在继元代扶持的萨迦政权之后的帕竹政权时期。从元末到明初，这个政体的首领先后被两朝皇室册封为"大司徒"和"阐化王"，设府衙于山南乃东，政令遍及卫藏（拉萨、日喀则地区）。最后的繁荣伴随着最后的开创，当今藏学界颇为称道的，是"大司徒绛曲坚赞"政治方面的建树：终止各地方势力世代相沿的统治，改世袭制为流官制，建设宗（县）行政单位，对西藏十三大宗的宗本（县长）实行任命制及三年轮换制。然而两百年一番盛衰荣枯的轮回，这个中心地位再度让位于拉萨。

相比历史的阶段性，民间生活源既远流亦长。自新石器时代晚期的昌果沟、邦嘎村开始形成的乡村文化积淀深厚，从春耕秋收的农事活动，田野上的岁时祭祀，歌舞庆典，到手工制作及衣食住行方方面面，沿袭数千年自成体系，只在当代有所失落。失落的原因主要在于时代变迁，例如人工防雹技术的应用，一枚防雹弹即可化雹为雨，那么农田里活跃了千百年的防雹喇嘛注定失业。另一些因现代商品物美价廉而受到冲击几乎消失的职业，幸有"非物质文化遗产保护"项目实施得以传承下来，铁匠户、制陶村、编织等各种手工作坊再度兴盛起来，成为乡村一景，旅游名片。

所以在涉及打造旅游品牌的议题中，虽然我曾到达过山南境内喜马拉雅沿线，领略过错那和洛扎及其沿途风光的绝世之美，但我仍然认为山南是适合历史文化与乡村文化"深度游"的地方。为旅游业开发山南人已经努力了多年，大约只因距离拉萨太近而旅游产品类似同质的缘故，被拉萨的光芒遮蔽，致使存在感较低，眼睁睁看着贡嘎机场步下舷梯的游客直奔拉萨，再四散开去；行至山南也往往一日游过境游，而难得停留几天。总之山南旅游现状与其所拥有的极品旅游资源、与山南人由来已久的自豪感，以及再现历史辉煌的愿望不相匹配。山南人已很努力还在继续努力，我也在想还能为山南做些什么。至今记得许多年前从昌果沟史前遗址访古归来，天色向晚，热心的船夫守候江边。那是一个月明风清之夜，船行江中，江面波光闪闪。前人已经作古，我们还活着——从那时起我就在想，我要把山南的存在告知更多的人。

2018 年 10 月于北京

在群山的中央

　　西藏林芝市位于藏东南一隅，总面积约 11.5 万平方公里。当然这只是二维平面的计量结果，自然地理的三维表面积若要平铺开来何止此数：南为喜马拉雅，北倚念青唐古拉，东及东南则有横断山区多支山脉环护。群山的中央还是山，林芝境内崇山叠嶂。印度洋温暖而湿润的空气以气团气流，以雾霭和雨雪的形式，沿雅鲁藏布大峡谷浩荡北上，孕育着、催生出山川万物的多样性：生物的多样性，人群的多样性，习俗、宗教以及精神世界的多样性——覆被着冰雪和丛莽的山褶间，河流经过的地方，生息着西藏本土除夏尔巴人之外几乎所有的民族和人群：藏族、门巴族、珞巴族、僜人等等。所以，当行政区划的林芝、米林、工布江达、波密、察隅、墨脱、朗县诸县份一一映入眼帘的时候，各自拥有的历史地理和人文地理的浓郁气息随之弥散开来。对此，我所知道的已是够多，不知道的，更多。在 2006 年那个夏季里，怀揣了访古探秘的心情，我从拉萨沿 318 国道东行，经工布江达、林芝、米林，去往波密；离开国道南行，到达边境地区的察隅。

异彩纷呈藏东南

从地质学家描绘的古地理图景中，我们得知来自南半球的喜马拉雅地区，当是加盟拼贴在青藏地区的最后一块地体；古生物学家则以沉积岩层中发现的叠经冷—暖—冷水域的生物化石为之佐证。不限于远古生命，还有一系列既古老又新鲜的现生生物——上世纪七八十年代，中国科学家对于南迦巴瓦及其大峡谷的科学考察中，植物学家、动物学家、昆虫学家、菌类学家……众多学科迭有发现：乘坐"印度筏"舶来的游客，从天上飞的、地面爬的，到植根于土壤，历经寰球周而复始的冰期，在大山的褶皱间，在南来暖湿气流的庇护下，生存繁衍、演化乃至特化至今啊！雅鲁藏布大峡谷以天造地设的优越，集中了青藏高原上大半的物种，自然界在最狭窄的空间体现了最丰富程度。

南迦巴瓦峰冰雪的王冠之下，身披一袭名为"垂直带谱"的华丽衣衫，俯视着峡谷内外的峰岭和沟谷。多年来我走过东方和西方的一些国家，那些素以美丽著称的国度，感觉得到彼此之间的不可比性，感觉得到此间并非人工而端赖自然天成的景色美冠天下。生态学家说过，峡谷内外的峰峦集中了北半球所有气候带的植被景观，短短数十公里，自下而上，从山地热带—山地亚热带—山地暖温带和温带—亚高山寒温带—高山寒带—高山极地带，随心所欲不逾矩，从热带的雨林、常绿和落叶混交林到山地针阔叶混交林、暗针叶林，乔木生长极限处，有灌丛；灌木极限处，是草甸，草甸上方是荒漠，荒漠之上，永久冰雪带。有冰川迤逦而下，有珍禽异兽活跃其间，下木生物层层叠叠竞相生长，生物生产量惊人。依据南来暖湿气流直接影响所及，大峡谷地区外延扩大。已成国家级自然保护区的雅鲁藏布大峡谷，除墨脱外，还包括米林、林芝和波密。在 2005 年《中国国家地理》"选美中国"活动中，这一地区就有五处景观当选，它们是名列第一的美山峰南迦巴瓦，名列第一的美峡谷雅鲁藏布大峡谷，名列第一的美瀑布藏布巴东瀑布群，名列第四的美冰川波密米堆冰川，名列第五的美森林波密岗乡云杉林。

人类是最晚出现在这一地区的物种，尽管林芝地区迄今考古发现并不多，但从偶然发现的"林芝人"头骨，从相继发现的大批磨制石器中，足以证明四五千年前即有先民生栖在此。即使藏族也与别处不同，来自吐蕃王脉传承的特别的一支，古来即被称为"工布王"统领下的"工布人"。东距拉萨 158 公里的米拉山，是拉萨河与尼洋河的分水岭，同时也是彼此历史和生活生产方式的分界线。尼洋河谷是工布人的家园，在藏东南汇入雅鲁藏布江的若干大川流中，尼洋河可谓最安静的一条。客观说来，是由于两岸山间距较宽，使河床开阔的缘故，你看中下游河心沙洲不时可见；其上喜阳植物沙生槐、锦鸡儿等乔木灌木葳蕤，让我每一回沿河而走，都禁不住想到，是阳光充满的河谷啊！随即又会想到，一方水土一方人，尼洋河可真像工布人的性格，或者反过来说，工布人像极了尼洋河：安详的，和平的，与世无争的，是阳光工布。说到工布人又想起西原。百年前的清朝末年，工布小女子西原嫁给了川军将领陈渠珍，从此忠贞不渝追随左右。当陈氏于变乱中率部逃离西藏，她数千里跟从，艰辛备至，穿越藏北严冬的高原，历时两百多天。多亏了西原的勇敢与呵护，使陈幸免于难。可惜了行至西安，西原却罹患天花身亡。奇人奇事成就了奇书《艽野尘梦》。

就生存外貌而言，工布人的服饰歌舞别具一格，连民俗的岁时祭祀也自成体系，例如以麦熟为岁首。服饰的样式简约大气予人以洗练感，歌舞的旋律节奏往往是从后半拍突起，铿锵顿挫。从前工布人的英武似乎仅体现在对付丛林中的猛兽和来犯的外敌方面——至今还有称颂百年前工布民兵抗击英国侵略军的民歌流传。一两千年里，几乎不闻工布人有何"坏"名声，相反的，倒是听说过去经常遭受近邻波密人的劫掠之苦——那都是旧话了。

旧话中涉及吐蕃王脉传承而来的尤为特别的一支，噶朗王统领下的波密土国。山高林深处的土邦小王朝大约从公元初始延续到上世纪20年代末。之所以坚守了那么久，与山川的自然屏障有关，也与格外强悍的性格有关。今日波密和墨脱两县几乎皆为波密噶朗王的辖地。几近两千年里，生发了多少不为外人所知的故事，经由文字记录的不及万一。

尼洋河、帕隆藏布相继汇入雅鲁藏布，大江奔流而下，大峡谷原始森林中开辟了别样人生。原住民珞巴族，一个以采集、狩猎和刀耕火种维系生存的族群，遵循着花开花落的物候历，以绳结代替文字记忆，以对万物之灵的笃信支撑精神世界。晚近时期才有门巴族和藏族陆续迁居而来，于是在宗教信仰方面既分别又交融：有藏地主流的藏传佛教，有前佛教时代本土生长的苯教，有更为原初的魅影攒动的万物有灵。就族群生活而言，同样地在最狭窄的空间体现了最丰富程度。

我访问了米林县南伊珞巴民族乡的琼林村。微雨中的山林清爽，高耸的乔木和低矮的灌丛湿漉漉地从路旁闪过，因水分的重量悬浮山巅山腰的雨雾沉甸甸的，鸟儿鸣叫着在山林的这儿那儿呼应。山村的木房里，博嘎尔部落最后一位巫师亚崩，半卧在火塘边牛皮坐垫上，手持长长的烟袋，一明一灭。

老人家，我是你女儿亚依的朋友，很多年前就想拜访您，想从您的口中得知与汉族与藏族不一样的精神流脉，创世传说，灵魂的何来何往。

"最初世界上一无所有，直到天空和大地结了婚。"传奇的开篇竟然如此浪漫！

天空和大地结了婚，生下了人、虎、猴三兄弟。由于秉性不同，他们各奔了前程。而灵魂这一不死之物与生俱来，唯有一个走向：或升天，或入地，或介于天地之间。与其他民族的观念世界相反，因战争或非战争中被他杀的流血牺牲者居住天界，从此享有用之不竭的仙果佳馔，但他们极易变成嗜血的鬼魂复仇人间；介于天地之间的，是自杀者的亡灵，被认为是最可怕的：上吊自杀的将会像猫头鹰那样凄惶于山林，投水溺亡者则浑身遍布鳞片，游荡于水中。他们或可旁观人间，但人们对之一无所视，是那样的恐怖的永生啊！最理想的归宿在阴间。因老因病自然死亡者，在那里可以和故去的亲人团聚，曾经的鸡啊猪啊牛啊，继续追随主人一如生前……

眼前的这一切都将成为"曾经"。珞巴大巫具有家族基因遗传的特质，老人家于多年前阻止了大女儿出现的征兆，所以她成为最后的一个。而小女儿亚依，就在当天，作为西藏歌舞团一台节目的总编导，正在北京会演。小木房也是最后的风景了，房前坡下堆满了石料木料，今秋就将盖好新房。

亚崩垂垂老矣，已不可能再演示肢体动作剧烈的法术请鬼驱魅，就用一小碗清水、一把大米，礼节性地为我这个来访者占上一卜。念念有词的同时，依据水中米粒的形状，老人家欣然说道，客人啊你一直拥有好运气，"从前，现在，在我能看到的未来，一直好运气。"她友善地笑说，"你还要带着好运气走过很远的地方"。

波密——被丛林掩埋的古国

从八一镇到波密之间的 318 国道，是林芝地区生态旅游的经典线路，沿途修筑了观景台，供游客驻足欣赏。1978年初冬时节，我第一次路过色季拉山，对满目苍翠中拂荡的松萝丝络记忆深刻；1982年春夏之交再一番路过，色季拉山杜鹃花海的喧闹热烈则令我终生难忘。这一次在夏天的末尾，远望雾中山林苍茫依然，近观松杉灌丛枝叶间有果实姹紫嫣红，只是斯人不再是普通旅人，翻过色季拉山，我便急切地瞄向鲁朗、东久的山野，从平和的美景中寻找当年征战的痕迹。从这儿开始，就已进入那个曾经存活了一两千年的波密（汉文史料称其为"波窝"或"博窝"）领地了。

有关波密土国的来历，据藏文史书和民间口碑，是在吐蕃早期的第八代藏王赞普被弑后，篡位者将三位王子流放到工布、波密一带，后有一子重新归位做了赞普，波密、工布就成为享有特权的王族世袭领地。波密意即老人"祖先"，噶朗王是"白色天空"之王，寓意地久天长。波密于汉文史料中频频出现在有清以来，因其扰攘川藏官道，因其劫掠工布百姓，朝廷官兵和西藏地方对之时剿时抚，而每每降而复叛。1910年驻藏川军曾进剿波密，激战数月后铩羽而归；次年借助了边务大臣赵尔丰的锐师边军，终于平定了波密。噶朗王弃城逃至属地白玛冈（墨脱），不意被当地酋长设计杀害。小王朝本应就此覆灭，改土归流后的东久县、波密县、白玛冈设治，不意当年底辛亥革命消息传来，波密驻军哗变，四散而去，噶朗王的女婿复辟称王，直到1927年最终被藏军歼灭。

噶朗王城遗址坐落在现今波密县城以西十几公里处，紧邻318国道，卡达桥西侧山顶。在县委宣传部长扎西罗布的陪同下，我们的车沿着山道开进噶朗村。这个村庄现有60多户村民，从前是为王室服务的近侍臣民，但现在多有从外地迁来的百姓。停车打听上山的路，女孩子次仁央宗请来父亲，父女俩一同做向导，从东坡向山顶进发。漫山遍坡的植物，以高山松为主，通直高大，齐刷刷直指天穹；高山松下是俗名为青枫树的高山栎，栎树下壅塞着藤萝灌丛和草本植物，地面是经年铺就的松针落叶，腐殖质松软，不见人迹路眼。在一截枯木的根部，一眼望见一株幼年的灵芝。女孩说，此山名斯雅。父亲说，从前啊为了战备需要，噶朗王把山上的树都伐光了，便于瞭望。还说，到现在村人还崇信王脉风水，盖新房时会象征性地从此山取土，从山后噶朗湖中取水。

透过枝叶的缝隙可以望到山后的湖，可以想见那美丽小湖交织过代复一代噶朗王的目光。湖畔草地有白色马和棕色马漫步。夏季里每逢双休日，县城人驱车来此"王之湖"畔过林卡，平民的乐园了。

随着山顶的接近，人工的痕迹多了起来。山坡边缘曾经人手修整，四下散落的方石条石，是经过打制的；渐有断壁残垣，其上必有后来人张挂的经幡纵横；有煨过桑的炉灶，遍地纸质"风马"；有后来人搭建的祭台，供奉着泥模制作的塔形擦擦。登临最高一级平台，从密匝匝的树隙间目测距离，东西长不过百米，南北宽不足 30 米，心想这就是所谓王宫正殿吧，小型王宫。残存的墙基最高处大致两米的样子，已被草皮厚厚地覆盖了。遗址中最完整的一处房框，长宽各有 3 米，高约 2.5 米，条、块石砌，门朝东开，看似简陋，初疑为后人所建，细看墙角留有一扁指厚的白灰墙衣，再看门内一株直径约 40 厘米、高约 20 米的高山松，也许与废墟同龄吧。

荒草覆被、苔痕斑斑的墙基以西，大约二级平台，百米开外渐渐狭窄呈锐角了。平台之下还有平台，向西延伸，周边土坯的墙体厚约两尺，残存的墙皮三指厚度，总体感觉东西长、南北窄。没听说有谁见过当年王宫健在时的旧照，或有谁画出过平面图之类，不便妄断古建筑的格局样式。

走到遗址的南侧探头张望，近乎垂直的峭壁唯见树冠，可听见下方川藏公路有汽车驶过；走到北侧俯瞰，但见秀美的噶朗湖畔安详的牛马。

此时山风呼啸，松涛阵阵，我们坐在昔日王宫的墙垛上，听次仁央宗的父亲讲述噶朗王的故事：拉萨的噶厦政府发来一纸公文，欲征波密人的税负，上盖一枚好大的图章。噶朗王一见动了怒气，回函拒缴的同时，用一只竹筐蘸了红墨，以筐底作纹章，盖满了巨幅藏纸的一页。

历史俱往，无论激荡人心还是令人扼腕，昔时王庭连同王者的强悍与傲慢，都被时间以丛林荒草的形式掩埋，若无其事。一般说来，王朝兴亡相对于大自然的变迁往往显得短暂，但是呢，这个深藏于密林中的小王国居然如此长寿，不啻人间奇迹。须知相邻不远的易贡湖曾为美中之美的风光，也只存在了短短百年：1902年的一次冰川泥石流暴发由河而湖，遂成冰川堰塞湖；2000年又因相同原因溃决，复由湖而河；并在溃决过程中一路荡涤，遗落一片狼藉——犹似昙花一现，一现只在百年。

对波密的历史寻访溯波堆藏布而上，直到倾多乡的倾多寺。那里曾为1911年波密戡定前后的驻藏官兵统领部，辛亥革命后"波密兵变"之地。再早上10年，20世纪开始的1900年，驻藏大臣文海、裕钢曾一度招抚过波密，于倾多宗（县）政府大门之上高悬"清风远被"木质匾额，并书撰楹联，一派升平景象。不曾想10年后又是一番较量，战火再起。我曾多方查找波密之战资料，包括研读《艽野尘梦》，前述易贡湖生成年代就是借助书中描写推算出来的，清兵与波兵作战先败后胜，也是作者陈渠珍亲身经历的。

倾多寺住持白玛益西指点着旧时宗政府大门上方悬挂匾额的地方，说钉子尚在。早已不知去向的楹联所镌刻的内容，是从一则档案中查到的：

博览山川虽此地僻处蛮荒今得拓开增地利
窝成安乐愿众生习除猱狂永遵教化附天朝

"清风远被" 匾额右上方为"光绪二十六年九月下浣"；左侧为题匾事由：

考博窝古称野番三面界藏属境唯南一面与貉𤞤貘三族接壤再南直通东印地但素宗佛教未经王化去岁冬经　前文（海）大臣奏请收抚之今年夏朝庭复命本大臣督办善后派员到博窝妥为安之此事竣该番众来乞额联其意借以增蛮荒之色亦以表向化之诚也故允其请因而记其事

然乌湖春夏秋冬走过

欣赏然乌湖美景的最佳季节在深秋，其时湖水清澈碧蓝，湖畔山岳色彩斑斓。夏天就逊色多了，湖水浑黄，周边山色单调。就这，几年前的夏日里，曾在湖边邂逅一车广东游客，见到我们赶紧停车，就为急切表达感受，纷纷说然乌湖真美真美，激动得语言贫乏，惹得我们这伙西藏人窃笑不已。其实那一天时阴时晴时雨，然乌湖绝对没能显露出最佳姿色。

318 国道的柏油路面东西向穿过然乌镇，继续南行的是去往察隅县的沙土路。记不得多少次路过，初次谋面在 1978 年冬季，有新雪覆盖。只有 2001 年那次不是路过是专访，沿了东侧湖岸走过一遭。隔了二十几年的相同处有一点，恰巧都由派出所所长接待。当年的老派出所所长名叫倪宝福，正是那次出行的上级王海林的老战友，一见我们到达，即刻划上小木船下湖，打来肥而短的湖鱼供我们美餐一顿。整个运输站的空地上都晾晒着鲜鱼，仿佛渔乡。第二次再访然乌湖，在岗的年轻所长名叫袁华俊，身兼然乌副镇长，虽然热情，但无鱼招待：然乌湖一带禁渔禁猎禁伐正在他的稽查范围内。

然乌湖地处念青唐古拉山脉东部尾闾与伯舒拉岭西侧结合部，狭长带状；湖面总面积 10 平方公里，沿岸从上源的阳湖到下方然乌河出口处倒有 26 公里的长距离。湖面时宽时窄收放有致，依据山势地势任意随形。极宽处烟波浩渺，尚可称为湖，极窄处数十米十数米，只好说它像河流。湖对岸的山体形神也迥然不同：越是接近出口处，植被越密实以至于不见山体本色，下方然乌河是因湖名而河名，正式名称为帕隆藏布，然乌湖即这一藏东南名江之源。帕隆藏布西南流向喜马拉雅，滔滔涌入世界之最的雅鲁藏布大峡谷。上方阳湖临水之山则披挂着冰冠雪袍，不见土壤，嶙峋巨石被经年累月的冰川之水冲蚀成褶皱沟壑，灰色山体上难见植物生长——依据西藏人传统的神山标准，我猜想此山应为神山。果不其然，是一座名为多吉珍珠的神圣之山。听说过源头的来古冰川如何壮观，冰舌如何探入水中，湖面如何漂浮着大块冰，如何如何的出神入化，久已向往，终得一见：比听说更好看的景致，是冰川、冰湖和湖面冰块色呈幽蓝。

然而著名的然乌瀑布、然乌温泉没能见到。而且凡公路畅达处，乔木少见踪迹，只见灌丛密布，将及人高，缀满黄色白色的繁花，似锦如绣，皆属金露梅科家族。听说数月前曾有专家来考察过，惋叹说若是早年注意了生态保护，保留了原始森林，那么然乌湖之美将是完美，价值倍增而成旅游绝品。

大约出于自我保护原因，湖对面的阿里村坚守了一个极端措施：谢绝架桥通车，唯一的交通工具是三根木头捆扎而成的木筏，若与外部交通，单凭摆渡往返。如此一来，果然杜绝了外村人来阿里村的领地上砍柴、放牧的可能。我站在此岸高崖上目击一只小小木筏在暴涨了的大水湖面上缓缓前行的画面，心想这一闭关锁国式的自保举措固然奏效，未免首先给自己的生活带来了不便。

看似过日子很在意的阿里村人，居然也曾犯过一个叫人听来忍不住发笑的错误，并由此丧失过部分领地。然乌镇对面那座绿意盎然的帕日山据说原属阿里村，现在却只能与然乌村分享了：从山腰处一分为二，其上草甸地带供阿里村放牧，其下森林部分供然乌人砍柴。这一改变发生在不足百年前，某一年帕日的山林发生火灾，地方行政机构派人追查，扬言要罚款。阿里村一听很紧张，慌忙回说那不是我们的山；然乌村一听心中窃喜，连忙回说这是我们的山，我们愿交罚款。地方官员收了罚款扬长而去，阿里村人后悔了，又向然乌村讨要此山归属权，大约后经高人从中调解，就成了今天看到的一分为二的格局。

格鲁派的休登寺建在湖东侧小山上，但是废墟多于新建。从前休登寺规模较大，全盛时有过 131 名僧人，寺院职责除了为当地人的来世服务，现世的功用在于提供风调雨顺的保障。具体任务，是在庄稼需要雨水的时候祈雨。相传如果在神山下的神湖中打鱼天就不下雨，所以休登寺同时负责保护鱼类。这座寺庙"文革"中被拆毁，"文革"后恢复时 18 位僧人；20 年间来来去去，现有 13 人。一个多月前因虫草季节放了假，只留下一位守门人。我们来访那一天，那僧人又恰好被人请去做法事，临时找来一位俗人亲戚看门。所以一位僧人也未见，只见该寺一小院落，小院里一小主殿、一小经堂，一小灶房和一排僧舍小木屋。单层的小木屋低矮狭小，小袁所长说他曾在此住过两个半月，木头缝里活跃着各类虫子小生灵。

在比小院落更广大的遗址上，默然耸立着高高低低的断壁残墙，一群野鸽子扑喇喇飞过。山顶正处于鸟瞰的视角，可以放眼宏观湖山景物大效果，看湖畔青绿的庄稼地，庄稼地里星散的农舍。若是开发了旅游，这座寺院似应重新整修一番。虽然自己一向认为的"古迹其实是不可修复的"，但涉及旅游，似另当别论。旅游的要义是突出特色，顾及大众兴趣，投其所好。

然乌湖四周共有 24 个自然村，均为半农半牧，山清水秀的环境中，却是比较贫困的生活常态。往返经过然乌村，一直看不见房屋轮廓，满目尽是灰黑陈旧的刺巴柴堆成的院墙。终于忍不住了，想看看刺巴柴院内的人生。随意走进一家，真奇怪这儿不像藏东一带的两三层民居阁楼，是一层的平房，原木的构成，材料很棒但很粗陋，室内光线较暗，幸好有电灯。外间牛圈，里间人住，人畜共居的传统有欠科学卫生。2001 年的然乌镇，"发展"这一主题在这儿表现得很不平衡：然乌村 55 户，传统的生存外貌下，大半家庭拥有电视机和拖拉机。然乌镇建了一个 400 千瓦功率的小水电，供应全镇和然乌、然那两个村庄，冬天枯水季节电力不足，夏天丰水季节电力有余，镇上正打算将电线再扩展到四个村庄，同时采取措施鼓励夏季烧电炉，以节省燃料资源，也避免发电机夜间空转。

在临街众多餐馆里，有一家"迎宾饭店"，店主人母女俩不仅是然乌镇上的著名人物，之前我在昌都镇上就听说了。提供这一线索的人说，尤其那位母亲有一段特别经历，虽身为藏族人但说得一口安徽话。所以从游湖归来时，特意来这家饭店用餐。不想母亲不在，女儿正坐在电脑桌前玩游戏。听得我们叫喊着吃饭，头也不回地说了一个专有名词，意思是她正在打得难分难解，大约接近通关，顾不得生意了。只好扫兴地退出。此时那女儿回过头来，并非挽留，而是叮嘱了一句，不要把拒客这事儿告诉她母亲。

在另一家餐馆里刚刚落座，母亲就在街那头出现了，随即我们就听见了爽朗的笑声。母亲名叫泽仁永忠，61 岁，是那种既见过世面、本质上又对一切人都热情得要命的类型。她把不知对多少人说过多少遍的经历重新叙述了一遍，我们就得知了她本是然乌村人，40多年前正当她十七八岁的时候，由于一个偶然的机会——就像某些雷同的虚构情节，十七八岁的藏族姑娘被指派给解放军当向导，与某位青年战士一见钟情，不久结婚。婚后一年多，就随了丈夫蒋富利转业回到安徽原籍。此后泽仁永忠的人生际遇便是家乡小姐妹无论怎样努力也想象不出的了，就连地名和职业也格外的陌生新奇：家住蚌埠市，单位在潜水泵厂。身兼蚌埠市政协委员的泽仁永忠还去过北京上海之类国内大都市，说起这些，老太太的神情语气充满了喜悦感，她说这一生过得真幸福。

在异乡生活的日子两倍于家乡，满口浓重的安徽方言；虽然她本人已退休多年，丈夫去世也已多年，似乎该落叶归根了吧，但她其实并不明确自己的根在哪里，自己的一部分根系早已深植于遥远他乡的土壤中，并在那里长成了一片丛林：三个成年的女儿有两个嫁在了蚌埠本地，安居乐业；小女儿随母亲常来然乌湖畔的家乡，并因地制宜开了一间饭馆。小女儿重复了当年母亲的命运，一样成为军属——是偶然也是必然，嫁给了附近白马兵站的站长。这一对新人的婚礼可谓兴师动众，足够体面：兵站的几层上级领导亲临婚礼现场，连中央电视台的摄像机也赶来凑了热闹。

风光的事情还多。泽仁永忠不仅上过电视镜头，连电影胶片中也有她的形象。她讲起自己当"明星演员"的经过：在八一电影制片厂摄制的《走向喜马拉雅》中饰演一位藏族老阿妈，细节是在冰天雪地里摔下马来，被解放军搭救的过程。"明星演员"的头衔是导演加封的。

许多年里来往于两个家乡之间，两边都有割舍不下的情感。泽仁永忠说她天天早起跑步锻炼身体，等到开发了旅游打算做导游，为游客们表演节目，然后且歌且舞地演唱了一首歌颂故乡然乌湖的民歌——

越走越好越快乐，

草原上有水有山有花朵，

这儿就是我的家乡，

家乡牛羊成群满山遍野……

　　现在就做个导游吧，陪同我们沿国道十几公里一直走到湖尾直到然乌河的出水口。下游湖段明显地美于上游，很经典的风景画面。这一侧一漫坡的松树林，从山顶跨过公路伸展到湖边；目光掠过微风涟漪的湖面，对岸山色青青，从山脚到山顶一色的绿，只是绿得层次分明：古老的云杉和冷杉是深色墨绿，纵向沟壑间则是次生阔叶林的浅绿，这样深浅明暗的条纹匀称分布，如同大自然刻意为之的精致。伴随着由湖而河的流水喧响，河对岸奇石错落，石缝间挺立着同样经典的树冠树干，雨后格外清新，令人心醉，令人不忍。

　　湖心小岛是作为眼前美景之最美装饰而存在的。微风涟漪的湖水簇拥着一个小小岛屿，小岛上树木葱茏，静静地泊在那里，如同点睛之笔。泽仁永忠不愧是最好的导游，只有她才会告知湖心岛的奥秘。那是一方神圣之地，相传生长着一百种植物。树荫掩映看不见的地方隐藏着一座小庙，是附近村庄供奉的司水的地方神祇鲁杰布。在以往的岁月里，村人划着小船前往小岛小庙，烧香供奉，天旱时去祈雨，水大时去求晴，总之鲁杰布的职能是负责双向调节，完成农业社会的传统理想，确保一方粮食丰收。

　　观赏然乌湖景色最佳时节在秋色斑斓，积雪的冬季另有一番韵味，春天当有杜鹃烂漫，那三个季节我从然乌湖畔一一走过，只是此刻已全然忘怀，脑海里只剩下此番盛夏的然乌湖之旅，山，湖，小岛，雨雾笼罩下浑然一派厚重的绿意，每想起，不期然竟感觉得到倏然掠过心头的一丝疼痛，不知所为何来。

……

几年前的然乌湖之旅已成半旧的记忆，这一次去察隅，往返途中皆在然乌镇上用午餐，只是不见了熟悉的人：泽仁永忠的女儿做了随军家属，餐馆转让；泽仁永忠继续在然乌村和安徽之间来来去去。没了熟人，只觉得小镇镇容和餐馆较之上次所见体面多了，游客骤增。一群北京来的年轻人嚷嚷说，然乌湖真美，我们住了一晚还要再住一晚。我就搭话说，秋天冬天还要美呢，就是现在，再往里面走走看，更不想走啦！

察隅苍翠

告别然乌湖继续南行，翻过德姆拉山便是察隅县境。依山盘绕的沙土公路总是沿着桑曲河而行，眼见由冰川融水的溪流，接纳着沿途而来的支流，渐就浩荡开来。桑曲河与然乌湖共同着一个源头，那就是贡日嘎布雪山群中四下披沥的冰川。桑曲河下行至县城附近，与阿扎河、拉曲河合流，即成颇具阵容的察隅河，直线南流境外，汇入布拉马普特拉河支流鲁希特，最终与雅鲁藏布殊途同归：海洋，孟加拉湾。

察隅之行来自多年的愿望，在进藏30年后终于梦想成真。但这一次行色匆匆，只来得及从海拔5000多米的德姆拉一气下到1600米的下察隅。同在印度洋暖湿气流的照拂下，比照大峡谷腹地遮天蔽日的原始森林印象，地处横断山脉与喜马拉雅边缘缓冲地带的察隅，山林，河谷，田畴，村舍，似乎疏朗开阔许多。尤其低海拔的下察隅，遍山的油桐、芭蕉、竹林、水稻田，簇拥着亚热带风光扑面而来。察隅由此自成世界，早在上个世纪 70 年代就因拍成《西藏的江南》而闻名遐迩。如今察隅人仍以"雪域小江南"作为旅游品牌。如前所述，我本人对所谓"江南""东方瑞士"之类比附，一向持保留意见：不可比，江浙一带小桥流水的秀色可餐不宜比。两两相比有道理处只在于，较之高原面上的干寒农牧区，边缘察隅好似神州大地北方与南国之别。

边缘察隅百年前曾隶属科麦宗（县），后改称桑昂曲宗，清末由边务大臣赵尔丰设立过杂瑜县。在前述的波密之战前后，这一带同样发生过一系列惊心动魄的故事。县城附近的半山腰，共生着一冷一热二泉，苍松草棵掩映中，有巨石镌刻了赵氏部将程凤翔手书字迹：

宣统庚戌仲夏

水火二气　阴阳之义　天炉地冶　融成妙谛

山左程凤翔书

自 19 世纪末叶，占了印度又占了缅甸的英人，开始北上逼近中华领土，大清国陡然发现有疆无界的弊端，边政骤感危急。到 20 世纪初年，边务大臣赵尔丰奉命在川滇藏边区推行改土归流，山东籍的边军后营管带程凤翔本是赵氏麾下一员骁将，从川西经盐井一路剿抚并用，直奔察隅安营扎寨。一面派员勘察边界，清查户口，招抚山林各部族，一面安民告示，建政设治。史料中提到，程部以兵代工，从漆树采漆，以构树造纸，开采银矿，向当地推广水碓加工稻谷，并开办了一所官学。1911 年，清王朝统治最后一年，时任科麦县委员（即县长）的湖南籍官员夏瑚，因耳上长一赘瘤得一雅号"包包老爷"，带上当时最先进的留声机、望远镜和大批食盐绸布茶叶等礼品，奉命前往"野人山"即主要为僜人、珞巴聚居地区广行招抚，从察隅出发，南下亚必曲弄，西行至杜莱曲，沿河北上至当哈工……

依据这段史实，我曾写过《包包老爷西抚记》，后来收进《如意高地》中，如今到达实地，遂多方打听。曾担任过县武装部长的僜人格罗东·松鸟正好听老人讲过，程营曾翻过知拉山，到达僜人居住区的大宗堡，召集附近村庄的头人和老人代表开会，发放了食盐、羊毛和茶叶，并向每位头人颁发了委任证书一份，确认归属，皆为大皇上子民了。从知拉山退回后，程营便长期驻扎在日马地方，再后来，也许是在民（国）元（年）藏乱中，也许是在1918年的康藏纠纷中，官兵沿着拉曲河撤走了。

察隅县委副书记丁增和退了休的原县政协副主席郑（特意解释说，"郑"是藏语思念之意），均是察隅藏族，他俩补充了听来的结局：程营翻山越岭撤至察瓦龙一带，藏政府下令当地16岁至60岁的男子组织起来围歼，结果程营全军覆没。老人们讲过，只要抓到官兵就装进竹筐，投入怒江。丁增解释说，这与封建王朝的军队平日里滥杀无辜招致民怨有关。但是也有幸存者流落当地察瓦龙，一位四川人名叫大清的，靠做小买卖维生，活到上世纪60年代病故；很奇怪还有一位女兵受了伤留下来，改名加宗，与当地人生了后代，现今第三代也年过半百了。

至于程凤翔的结局，当地人就不知道了。民国年间他被派往江西烧窑，造出的酒器名"程瓷"。至于"包包老爷"夏瑚，当地人更无记忆，皆因其人任职不过一两年时间，任中大部时间用于西抚野人山。而他走过的地方，从亚必曲弄到杜莱河、当哈工，连同程氏到过的大宗堡，现今皆为非法麦克马洪线以南的印占区了。30年前中国社会科学院曾派调查组前往察隅县进行民族考察时，还发现了一份汉文委任书：

宣统三年十月

钦加五品衔赏戴蓝翎管理桑昂科麦夏

为各路保证百姓公举谢定增为中路第二村长

有意思的是，那一次调查中，专家们搜集到招抚那年出生的僜人孩子，多有取名为"程大人""大老爷"和"作叶（僜语秘书）"的——招抚前功尽弃，口碑留了下来。

这段往事说来惨烈，交织着国家间、民族间的恩恩怨怨，迄今留有或显或隐的伤痛，未解的纷争。下察隅南北双方实际控制区的僜人约有两万，而今上、下察隅仅为其中的两千多人。这个身材普遍矮小的人群从前顽强地生栖在深山老林，生活的贫困和简陋可想而知，因而被其他民族贬称为"野人山"上的"那哄"（大耳孔，因僜人从前喜戴藤条耳环，致使耳孔奇大）。对于与生俱来的贫困，谦恭的僜人以传说作解释：古时有棵金树，人们用了八年时间才将其砍倒。结果金树倒地时滚落在平原的汉地，所以汉地成为富裕之地；金枝金叶散落在高地的藏区，而僜人所在处只剩下渣渣屑屑啦。

天空淅淅沥沥落了一阵雨，松鸟坐在下察隅的莎琼僜人民俗村的餐馆里，陪我欣赏过僜人的手抓饭、曼加酒（鸡爪谷酿的酒），讲起创世神话和祖先传说。创世神名叫德绕高，面对当初世界的泱泱大水，他以八根柱子搭起棚架，先是铺上煤块作大地，但是煤燃烧起来；再用芭蕉叶将火压灭，铺上土壤。使命完成后，德绕高的故事也就结束了。

祖先神阿加尼，身形矮小，挎在肩头的刀一直拖到地面，但他勇敢。为了开创家园，他抡起木槌夯平了山头。只是由于突然的变故，这项巨大的工程未能完成，所以现在只有德久以下的山地是平整的。阿加尼还是一个智慧的人，与他的猴子兄弟斗智的故事有一个系列。僜人认为人是由猴子变化而来，猴子兄弟由于懒惰和不思进取始终只是猴子。族源传说中还有一个有利于民族团结的故事：阿加尼生了四个儿子，长子住在产粮的平原，变成汉族；次子住在雪山下，成为藏族；三子住得不远，是珞巴族；四子住原地，就是僜人了。四兄弟分家时本来给小弟留下了财产，但家畜四散而去成了野牛野羊野猪；分家时本来留有文字，但自从小弟饥不择食地把写了字的纸吞吃了，僜人就再也没了文字……

曾为军人的松鸟退役后还做过下察隅镇的党委书记，现在退休了又在家乡栽培兰花，正准备将一亩扩展为十亩，取了好听的名字"兰园"。将来不是作为切花，是以盆栽推销到内地去。对此松鸟蛮有信心地说，他已专程前往成都考察过市场。

小雨停了，满山青翠云遮雾绕，这位兰园主人陪我在僜人新村绕行一周。从前在深山以树为巢的后代们住上了讲究的新房，全村52户中有42户兼营了家庭旅馆，上千亩芭蕉林做观光区，吸引了越来越多的国内外游客来此体验民俗风情。

察隅之行只是匆匆一瞥，察隅还有看不尽的风景听不完的故事。在这里，我却忍不住想要披露一件趣事，说明在21世纪的今天，现代交通史上尚存这等特例个案：察隅县察瓦龙乡曾因位于滇藏间茶马古道必经之地而在历史上声名喧响，只是在古道被废弃的半个世纪里归于沉寂。从地图上看去，县乡之间直线距离不过百余公里，设计公路里程也就220公里。长期不通公路，从县城骑马，更多徒步，需要翻越大山四座，单程费时八天。察瓦龙的那一边，紧邻云南省贡山县，去年6月间察瓦龙通往贡山百余公里远的公路先行修通，于是县上便有车绕行前往，路线是这样子的：先是北上然乌镇，走318国道经过西藏昌都地区八宿县，南下左贡、芒康，改由214国道进入云南省境，其间过怒江、澜沧江、金沙江，翻山越岭更不在话下。云南境内经迪庆到丽江，后于怒江州急转北上，再渡澜沧江，沿怒江抵贡山，再从贡山到达察瓦龙终点站。这一绕越费时五六天。据说一年多来，不止这一车一行如此走过。

当丁增书记历数这一行程时，作为听众的我始而瞪大了眼，继而捧起了腹。

好在这一县乡直达公路正在修建中，再过两年，就不必如此劳民伤财了。

在群山的中央看尽了山，察隅之行有一样意外收获，傻瓜相机，业余水平，把雨后察隅雾中青山的绰约风姿，拍成了含蓄而美极的国画效果。

2006年8月底草稿于拉萨
2006年9月6日改定于北京

藏北—羌塘前传 ^①

几亿年，上万里，行程由南而北，面貌由海及陆，可作为藏北—羌塘完成海陆转换前后经历的极简概括。

当然，它只是更大范围、更剧烈程度上自然变迁的一部分，是青藏高原形成演化宏大叙事中的章节片段。

为说明这场变迁之巨，且让我们追随大地构造学家一路领略——

六大地体地块由五条缝合带串缀起来，构成青藏高原的基础骨架，由南而北依次为：藏南地块（亦称喜马拉雅地块）——印度河—雅鲁藏布江缝合带；拉萨地块——班公湖—怒江缝合带；羌塘地块——西金乌兰湖—金沙江缝合带；可可西里—巴颜喀拉地块——昆仑南缘缝合带；南昆仑地块——西昆仑—祁连山缝合带；北昆仑地块。再往北，便是青

---

① 本文为跨界的写作尝试，参考资料来自古生物学家沙金庚先生发表于《生物演化与环境》的《古生物化石见证青藏高原的隆起》，地质学家许志琴、杨经绥等著《造山的高原》，尤其来自作者多年来采访地质地理学家所得，以参考大地构造学家潘裕生先生的论说为主，同时采纳地质学家丁林院士团队的最新研究成果。

藏高原之外塔里木盆地了。

由南至北，是按照缝合带序号排列，若论形成时间，正好相反。这是因为最晚形成的雅鲁藏布江缝合带却是最早被确认的第一条，其余的以此类推。

这里的每一地块、每一缝合带的长度，不算向西或向东再向南延伸到境外部分，仅在中国境内，每每两三千公里；所经历的时间、距离及过程，更是说来话长。

由于我们地球独具的板块运动，致使古大陆几经离散重聚，古大洋多期此消彼长——开裂为洋，关闭为陆。上述组成青藏高原的各地块，相当了不起，大都曾特立独行，拥有专属于一己的原生历史；并且差不多每一地块南北，都曾生成过浩瀚大洋，因而每一条缝合带，都明确印记着每一古海洋的曾经存在。然而话又说回来，无论各自经历过什么，却仿佛拥有共同的意志和目标，遂一往而无前，最终集合为一，正像歌中所唱：千万里，我追寻着你。

虽说人类的眼睛无缘得见这一系列波澜壮阔的场面，但是当代科学有办法借助板块构造理论的可靠引导，辅以地球物理化学高级新手段，例如古地磁学、放射性同位素之类利器，可以大致复盘各大海洋打开及闭合时间，各地体地块漂移途中何时处于某一古纬度，等等。总之青藏高原形成演化过程中的时空节点，皆被逐一圈点。

在这方面，古生物化石提示了具有说服力的证据，例如海相地层中的各类生物化石，不仅携带着从南半球高纬地带启程，历经寒冷水域、温热水域的信息，还可通过不同生物的栖息环境，判断所在地层彼时是深海还是滨海；例如陆相地层中的植物叶片化石——早年当我听说科考队居然从现今双湖无人区发现了两亿多年前的名为栉羊齿和单网羊齿的蕨类植物化石，还不由得感叹：想不到极高极寒的藏北腹地，还曾经历过热带气候啊！多年后方才意识到，漂移而来的大地，只是路过赤道而已。

蕨类叶片化石所在陆相地层是个"夹心层"，其上其下皆为海相地层，何以至此？听专家讲解，表明此地先后被海水覆盖过：先是古特提斯，再是新特提斯，两期大洋，为时漫长，数亿年间大多时候，羌塘地块是沉潜于水面之下的。只不过海水来而复往的间隙，有陆生植物不失时机地生长。同类植物化石同时出现在华南地区，同属湿热环境的华夏植物群，由此被认为早在两亿年前，羌塘与华南已经连片成陆。

这两期大洋之前，还曾有过更为古远的原始大洋，名为原特提斯或始特提斯，存续时间大约在10亿年前至3.9亿年前。羌塘地块现身之际，它早已消亡，所留下的西昆仑—阿尔金—祁连山缝合带（第五条缝合带），已然连接起阿拉善—敦煌地体。然而伴随着原特提斯大洋消亡的，是古特提斯大洋的新生——根据地质学家描述，3亿多年前古生代石炭纪期间，新兴大洋发育在昆仑南缘，好似陆地裂解开来，向南北两侧推移，大洋就此扩张。不过这里所说的"昆仑南缘"，同样不在现今位置，其地望或说古特提斯海域，大约在现今印度洋及南亚地区。所以古特提斯洋又被称作热带大洋、环赤道大洋。

所以说，3亿多年前的羌塘地块以及拉萨地块和藏南连同印度板块，还都位于南纬30°以南，就像是在候场，只待亮相。它们散布于南半球冈瓦纳大陆北部前缘，若说隔着数千公里开阔洋面，与亚欧大陆南缘的昆仑古陆遥相对望，纯属诗意表达，其实是望不见的，其实羌塘地块尚在水面之下，可可西里则是深潜，实为深海洋盆的本体，据说沉积层足有上万米厚度。当今古生物学家从可可西里古洋盆遗迹中，发现了3.4亿年前深海—远洋型放射虫化石，而在相邻的羌塘地块中并无同类发现，说明其时古大洋格局，北深南浅。

待到古特提斯大洋又一番完成轮回，而北上地块与昆仑古陆相遇，大约是在距今2.5亿年前，二叠纪中期。古特提斯大洋最终留下两条缝合带：昆仑南缘缝合带、西金乌兰湖—金沙江缝合带（第四条、第三条缝合带）。大地构造学家解释说，它们同为古特提斯两侧边界，是根据这两条缝合带上的大洋遗存蛇绿岩，以同位素年龄判定的；南北两带之间，曾为深海洋盆的可可西里被抬升成陆。两条缝合带先是东西方向，到横断山区改为准南北方向，在我国境内各长约 3000 公里。

随着古特提斯大洋闭合，羌塘大部脱海成陆，昆仑及其以北褶皱成山。尽管如此，残余的浅海仍在羌塘大地逗留甚久，直到 2.01 亿年前古特提斯海水彻底消失，种类丰富的浅海生物留下化石，在现今藏北高原的这儿那儿同海相沉积一道，堆积成山。

与古特提斯大洋消亡同时，新特提斯大洋发育，几千万年间与古特提斯大洋之间，所呈现的正好是此消彼长态势。三叠纪中期 2.5 亿年至 2 亿年前，新兴大洋扩张相当迅猛，这期间原本还在南纬 55°—35° 之间候场的拉萨地块，生生被推挤到北半球热带地区，与羌塘地块日益接近，从而将之一并挤压，向北，再向北；大洋扩张最大化时，拉萨地块与藏南地块之间的洋面，足有 6000 公里之遥！

这还只是新特提斯大洋主体部分，另有其分支在今班公湖—怒江贯穿藏北高原南部一线，伴随着地壳开裂和海底扩张，被称为副特提斯的次级大洋诞生，结果之一是，导致残存于可可西里古洋盆中的古特提斯加速消亡，此后新生的大洋（新特提斯北支）再未波及这个古洋盆，可可西里连同羌塘北部渐渐隆起而为山地；结果之二是，羌塘中部南部却是海水来而复往，大部时间里呈现多岛洋盆格局，或称浅海"链岛"形态。两亿多年前的陆生蕨类植物化石出现在藏北腹地海相地层的夹层中，所提示的正是当年海陆交替现象；后来在我国境内形成长约 2500 公里的第二条缝合带即班公湖—怒江缝合带，所体现的，似更接近于岛弧群与大陆的拼合。

这便是侏罗纪开端时羌塘南北大致的地理图景。持续到侏罗纪末大约1.45亿年前，拉萨地块最终与羌塘地块相撞，无缝链接，这两大地块与海水从此一别两宽；羌塘南部紧跟着开始隆起，唯有班公湖—怒江一线尚存深水，根据古生物化石记录，直到大约1亿年前，这一新特提斯分支余脉方才消失。

古生物化石还表明，拉萨地块在侏罗纪结束的时候抬升成陆：白垩世开始，再无海相生物化石出现。

有意味的是，侏罗纪的羌塘由于海水进退频繁，致使生物组成格外丰富。古生物学家在藏北高原发现这一时期的水生物化石，既有中晚侏罗纪浅海和滨海生物化石，又不乏淡水蚌双壳类化石。其中有一种侏罗纪双壳类固着蛤，其环球扩散路线曾被仔细研究：始发地为南美智利，从古太平洋滨海出发，抵达新特提斯大洋这处港湾，安居于今唐古拉山口一带。然而随着海水消失，家园不再，这种蛤类最终绝灭，巨厚的化石堆积随着隆升的地势，迄今高踞于海平面以上6000米上下的唐古拉山，而今青藏公路、青藏铁路经过的地方。

最后的海洋故事精彩，属于青藏地区即将形成的收官之作，轮到以藏南板块为前锋的印度板块与欧亚板块前沿的拉萨地块远隔新特提斯大洋遥相对望，然后在印度洋强势扩张的推动下，印度板块向北方急速推进。这个过程由于关乎青藏高原形成、喜马拉雅崛起，更深层次的学术课题还涉及板块构造学、地球动力学等等，中外学者参与甚众，研究成果颇多，于是这部形成史最后阶段被描述得较为清晰，尤其是中国科学院丁林团队，专注于此20余年，所建立的印度板块与拉萨板块碰撞时间表，已为学界公认，大致时空如下：

现代技术手段可以追溯到的印度板块所在位置，是在侏罗纪之前，南纬40°。至侏罗纪早期，南纬，晚期抵达赤道。结束五六千公里行程，与拉萨地块接触的时间和地点，是在6500万年前，新生代第三纪开始之际，于北纬10°开始了初始碰撞，然后向两侧曼延，全面完成拼合是在 5500 万年前。

至此新特提斯大洋已然终结，仅剩残余海水形成的浅海即地表海在藏南一带滞留许久。至于最终结局，正如我们知道的那样，地下叠压拼合，地表一线之隔，两大板块之间现存印度河—雅鲁藏布江缝合带。许多年前当我还是地质小白的时候，曾有不解，古大洋的水哪里去了？得到的答复是，全球海洋的水都是相通的。话虽如此，真正算得上这最后一期特提斯大洋的，遗迹却还在，里海黑海地中海，都是。继续演化的结果，听说里海、黑海分离不过区区 1 万年，而且里海居然可以转型为湖——退出海洋圈，加入湖泊圈，顿成此间老大，一举拿下全世界最大咸水湖的桂冠！不过呢，通常需要附加说明：此为海迹湖。

从印度板块俯冲而来，到藏南地区脱离海浸，历时甚久；这期间海枯石烂之后的羌塘及以北地区，画风大改，陆地演化有声有色：地质运动不曾终止，只是换了方式——伴随着南来板块的持续推挤和造山运动的进展，藏北腹地一线火山喷发，在距今两三千万年间，据说至少持续了 800 多万年；地貌环境改观——从前的海底已成平川，超大湖泊发育，河流纵横，河湖中游弋着淡水生物，地面上活跃着走兽飞禽。错过了爬行动物恐龙时代，赶上了哺乳动物三趾马时代——终于同步于亚欧大陆。就在藏北高原东侧，比如县境内布隆盆地海拔四五千米的草原上，曾发掘出一批三趾马动物群化石。这个多物种的森林型动物群体大约生活在 1000 万年前，其中一种以竹叶为食的竹鼠，证实它们的栖息地不仅有乔木，更有喜暖的竹林生长。

最后的三趾马化石是在昆仑山垭口距今两百万年前的地层出土的。其后高原面上再无此一种群踪迹，因为高耸的地势不再宜居，更何况叠加了第四纪冰期降临。

至于人类何时上高原，抵达腹心地带的羌塘？直到 2018 年，才有了确切的年代学证据：在西藏第一大湖色林错湖畔有一处旧石器时代旷野遗址，地名"尼阿底"，从中发掘出距今4万年前大量石制工具。据此有理由相信，在更早的年代里，我们的先民已经往返于此，有了人类眼睛的注视，新的故事开始了。

　　一部藏北高原简明前史，属于过去时态和状态，天荒地老，何止沧桑。不像是有谁刻意预设布局，看起来如此随意随机，最终的大效果却是造就了壮哉藏北乃至偌大青藏高原，可谓之鬼斧神工，浑然天成！

　　自然力，大手笔，就这样慷慨馈赠世间这份珍贵厚礼。在当代，又被添加新内涵，让这片高寒的不可耕土地，不仅承载起草原牛羊，同时以充满岁月痕迹的自然万象，为我们提供了新鲜的知识：从岩石到土壤，从湖泊到冰川，在地球科学家那里，无不承载着过去环境变化的信息，可以从中判读更大范围内所经历的冷暖干湿。以此而言，这片高原又堪称科学宝地。

2023 年于北京

在长江源头各拉丹冬 ①

安多县地处交通要冲，县城驻地在唐古拉山南坡，青藏公路109国道南北向穿越全县。而凡经现代气息拂荡之处，神秘氛围往往受到扰动，那股由古贯今的魔力之绳变得时断时续。安多县境内多山，上一年我在县城采访，花费整整一个上午听人介绍本县神山传说，只是在外人看来，那些傍着公路的神山显然有失神秘感，"大白于天下"，所谓"传奇"就仅限于传说了。例如县城以北不远处，有座拉日山，山色呈橘红，山岩多风化孔洞，曾听专业人士说过此系石灰质溶岩的喀斯特地貌，但口碑中它就生动多了：相传它的原籍在印度，只因山中

---

① 各拉丹冬是唐古拉山脉主峰，海拔6621米。按照目前学界主流观点，长江正源为各拉丹冬北坡姜古迪如冰川，另有南源为当曲，北源为楚玛尔河。按照行政区划，唐古拉山脉以北为青海省格尔木市辖地，本章涉及各拉丹冬长江源区及雁石坪镇一带虽隶属青海省境，但出于某些原因实为西藏自治区安多县在此设置有多玛乡、玛荣乡等数个乡镇和多个行政村管理当地牧民。1988年撤区并乡前，多玛区公所驻地就在雁石坪。

藏宝，被印度众神山妒忌排挤，逃亡而来，藏身于卓改山和江木拉两座神山之间；唯恐故乡神山追踪过来，又请西藏高僧为其改名——其实无名，"拉日"即藏语"神山"，实为通称。拉日山就此安顿下来，与安多众神山相处融洽，当地牧民奉它为神，它便将珠宝相赠世人，据说自古以来不乏有人在此淘金。

我感觉有必要研究一番作为神山的标准和条件，因为许多神山与魔山鬼山的定义模糊令人困惑，尤因如此壮丽奇伟的各拉丹冬在神山名录里面居然排不上号！

距此番再见各拉丹冬之前刚好三个月，我生平头一回朝觐了这座令人心神俱往的名山——那一个初冬的正午，越野车在无人区行驶的第四天，目光所能及达的高远处一带雪峰在半天里悠然而现。一碧如洗的蓝色天穹下，各拉丹冬嵯峨锃亮，宛似天界宫阙。

只不过上次是远望，此行却是住下来好几天的近观；上次是为拍摄纪录片踩点，今次则是正式开拍——酷寒天气前往各拉丹冬的一大好处，是避开了长江源区湿地融冻后因泥泞而陷车：唯有在隆冬，汽车可以驶过冰河，径直开进冰塔林。自从听说地区决定拍摄一部风光文化片，各县群起而响应，摄制组所到之处，提供人力物力可谓鼎力。前往各拉丹冬拍摄长江源，安多县杰巴副县长亲自上阵，率领向导、医生、炊事员，并大小车辆各一，满载食宿所需一应物品，加上我们从地区开来的车，总共一大三小，阵容还算可观。就这样，1987 年 3 月初，开赴各拉丹冬。

熟悉地貌环境的向导布擦达，是多玛区干部。他说各拉丹冬有阴阳二坡，西北阴坡尽是冰雪，景色单调，东南阳坡才好看。此刻我们所处位置当在东北方向，可以就近一览各拉丹冬的伟岸：阳光使这位身披银白大氅的巨人变化多端，可见大山鬐黑的骨骼峥嵘裸露，有如刀削斧凿，棱角与层次毕现，富有雕塑感。巨大体量无愧于唐古拉山脉主峰地位，而冰川世界配享大江之源的荣耀。

季节上的隆冬将尽，但严寒还将在此驻防三两个月。在这个风云变幻的季节里，气势磅礴的密云来去匆匆，形如金字塔的各拉丹冬峰巅难得在云遮雾障中一现尊容。

安营扎寨。在山脚不远处有牛粪可捡的草坝子上搭起牛毛帐篷。安托师傅从崖底冰河里背回大块冰，我们喝上了长江源头的水。这儿的海拔太高啦，力大如牛的安托师傅做起活儿来也不免气喘吁吁。他说自己是海拔略低些的聂荣县人，所以不很适应。来自拉萨的我更不在话下，连日来高烧不退，浑身疼痛，稍一活动便觉气短，走动时仅能以极轻极慢动作进行，犹如"太空步"。

如此这般真是大煞风景，但愿它不会影响心情，各拉丹冬值得你历尽艰辛走上一遭。我们把车停泊在冰河，徒步进入冰塔林。选一处地势略高的砾石堆，安放三脚架，开拍。四下张望，晶莹连绵的冰峰、平坦辽阔的冰河历历在目。此刻有人正向雪山深处进发，杰巴副县长带队探路，安托、布擦达和开大车的大胡子师傅同行，清一色头戴狐皮帽，身穿羊皮袍，其中一人居然肩扛足有两米长的大冰凌，可以想见兴冲冲的样子。一行人蠕动在巨大的冰谷里渐行渐远，远方有白色金字塔般的雪峰统御着冰川流，天地间浩浩苍苍，这一派奇美令人眩晕，大自然在这里尽情炫耀着无所不能的创造力。

慢慢走下石堆，慢慢沿冰河接近冰山。这一壁冰山像屏风，精雕细刻着各式各样的图案。图案形态随意性强，难说像什么。凭体力绕过冰山那是不可能的，好在找到一处镂空的冰洞，爬过去，蓦然间又一美景在前：就像由多座冰的庄园冰的院落围建而成的建筑群，自成一天地。我拿新近装备的柯尼卡相机拍彩照，使用标准镜头受限，没同时配齐变焦镜头让我大吃了苦头——完成一幅画面，往往需要退出好远；正是在后退的当儿，脚底打滑，分外利落地"蹾"坐在冰面上啦，裂骨之痛随之袭来。这一跤摔得足够狼狈，不仅在后来的旅行中备受折磨，回那曲拍了片子才知道，娇贵而无用的尾椎骨已经折断，连带某一节脊椎也错了位。

往下的情景难免凄凉。此地海拔恐怕已超 5800 米。头痛、恶心、双脚绵软、呼吸困难——典型的缺氧反应，外加新伤剧痛。哪儿都不去了，索性一个人就近蜷卧在冰山脚下，眼见兴致极高的伙伴们，扛起摄影器材，翻过一面冰墙，不见了。

说不见又出现了一个，老远喊我："都到这地方了，不到处转一转，多亏呀！"他从冰墙那边过来，到小车里取盛放胶片的箱子。为节省体力，就躬身在冰面上推行。

"我要死了。"少气无力，我听见自己的声音空空荡荡，刚出口就散失了。

置身于冰封之地，仅穿一件腈纶棉衣，外罩皮夹克，居然感觉不到冷，甚至感觉挺暖和。风声一刻不停地呼啸，辨不清风向何来何往，仿佛自地球形成以来它就在这里川流不息。冰河上的雪粒就这样被纷纷扬扬地扫荡着，又纷纷扬扬地洒落在河滩上、冰缝里，渐渐地冰河已光滑难行。从北京来的摄影师大吴，用奇怪的"鱼眼"为我拍了张反转片，一部分精神和生命就寄存在这变了形的仙境里了。

是琼瑶仙境，琼楼玉宇，静穆的晶莹和洁白。永恒的阳光和风的刻刀，千万年来漫不经心地切割着，雕凿着，缓慢而从不懈怠。冰体一点一点地改变了形态，变成自然力所能成就的最漂亮的这番模样：挺拔的，敦实的，奇形怪状的，蜿蜒而立的。那些冰塔、冰柱、冰洞、冰廊。冰壁上徐徐垂挂冰的流苏，像长发披肩。小小的我便蜷卧在这巨人之发下。太阳偶一露面，这冰世界便熠熠闪烁，细察每一粒冰晶都反射出七彩的光晕；端详着冰壁上纵横的裂纹，环绕冰山的波状皱褶，想象着在漫长的时光里，冰川的前进后退，冰山的消长轮回，这波纹是否如年轮。

第二天仍随大部队进入冰塔林。在滑极了的冰河上一点点挪动，时而也需爬行——大家越发有经验了，稍有坡度的地方，就势翻滚而下——终于过了冰河，同伴们继续前进，我则继续昨天姿势，半卧于砾石堆上。这一次是把目之所见的石片全都察看过，看有没有贝壳、植物之类化石，或者古人类生活过的痕迹，石器之类。可是很遗憾，没有。而我已自感衰竭，心想碰巧哪一口气上不来，就长眠于此好了。

当时的状态肯定让人同情，吉普车开过来，接我返回冰河右岸。

拍电影的那伙人不知又发现了什么新大陆，久久不回。不甘心一个人车中闷坐，又挣扎着起身，不争气的体力刚够走上冰河。过午的阳光强烈，冰面疏松多了，有液态水漫溢而出。此刻除了风声，还多出一种声音轻易可辨，那是不一样的音质，是坚冰之下的流水之声。在万里征程起步的地方，你甚至不见阵列仪容，唯有细微音响——长江故事的演绎，就是这样开始的。

距离冰川末端并不很远，居然可见牧帐炊烟。有人实测过，长江源区最高居民点海拔 5400 米。

按照行政区划，这里已是青海省地界，但放牧者却是西藏安多县牧民，吉日乡二村才多一家就住在离唐古拉主峰各拉丹冬最近的地方。全家 7 口人，眼下仅有 30 头牛，100 多只羊，他们家大部分牲畜死于前年即 1985 年那场百年不遇大雪灾。我们是在傍晚时分一步三喘地走进这家帐篷的，无不惊叹这么高这么冷的地方，居然还有人住下来，且是作为越冬牧场长住的啊！主人才多说，从前这里是无人区，西藏民主改革后上级让搬来的。虽说在此生活了 26 年，还是不怎么适应，尤其冬春季有不良感觉：头疼、气喘、关节痛，喝了俄美冬冬的水经常发烧。

"俄美冬冬"的意思，是指母羊的奶不用挤，自动流出来，说明此地水草营养价值高。想来是冰雪湿地调节了小气候，促成了这一带小生境，海拔这样高，水草又这样好，奇迹。俄美冬冬是山名也是草场名，据说这儿的山盛产水晶，格萨尔故事中，有此山是格萨尔叔叔甲察大将的水晶矿之说。才多说，从前有个牧主的马鞭杆，就是从这山上采来的细长水晶石做的。曾有青海人来此开采水晶矿，才多还记得矿上有个"秦科长"。在说到秦科长的时候，牧人的神态流露出惯常的迷茫，像讲一个传说。

才多还说起前年开来好些白色小车，听说有人爬上各拉丹冬，并插上了旗子。可是牧民们用望远镜把山头前后左右都看遍了，也没看见旗子——才多讲了这番话，仍像讲一个神话。

刚过完藏历年不久，才多的帐篷内壁用面浆画满了吉祥符。其中一只很醒目的羊子，跟加林山岩画的画技风格相仿，简约、稚拙，要是刻在山石上，见者肯定会说它出自先民之手。太妙啦！导演当即决定明晨来拍这顶帐篷。当然，以后才多跟人家讲起来，说不定我们也会成为传说。

才多的儿子，18 岁的次仁诺布没上过学，只识得 30 个藏文字母，但他有幸在乡驻地看过一次电影。小他 3 岁的弟弟才仁尼美，就没见过电影的模样。才多记得很清楚，才仁尼美出生那年，水晶矿上放过一回电影。说来又是 15 年过去了。这一家还有个女孩，当远远看见我们一行走来，便躲起来没露面。才多说，小姑娘怕羞。

离开各拉丹冬，前往正北百公里开外的雀莫山、雀莫错。若问两座山之间有何关联，首先体现在民间传说中。当地百姓称冰雪唐古拉山脉为"嘎尔山"（白色山），各拉丹冬是嘎尔主峰；称嘎尔以北土红色调的山脉为"玛尔山"（红色山），雀莫山是玛尔主峰。从两地涌流而出的小型河流，也分别叫作"嘎尔曲"和"玛尔曲"。当地人认为嘎尔各拉丹冬与玛尔雀莫山这两座神山是一对夫妻，一红一白南北遥相对望。人们对母性的雀莫山似乎更亲近些，认为它是这一带野兽和家畜的主人：猎人狩猎前，要向雀莫山禀告，敬奉酥油茶；行猎后要致谢，留下些猎物作祭献。牧民的牛羊病了，要转雀莫山，祈祷求助。

刚刚领略过刚硬冷峻的各拉丹冬，当即被雀莫山的平和之美打动——相对高度不算高，孤零零遗世独立，约略圆锥体而近乎平顶，且色呈红暖。遗憾的是上年深秋我所见到的夕照红彻山与湖的美景未能重现，冬日的雀莫山仿佛憔悴了，褐色山脊上深刻着纵向皱褶，灰白云层时常遮蔽山巅，其上残雪斑斑；雀莫湖不再碧波荡漾，固体的湖面坚冰进裂，有如钢化玻璃粉而未碎的图案。

贫瘠是雀莫山一带的特色，海拔虽比各拉丹冬周围低许多，但显然缺乏相应的小气候，牧民只在夏季来此短期游牧。雀莫湖畔大平原名叫"雀莫多桑钦"——多石头的大坝子。牧草稀疏，地衣遍布。当地人为这些簇生的垫状植物取的名字很形象，译成汉语是"鸟的奶渣"和"牛舔之草堆"。一到夏天，平坝上竞相生长起拇指粗的野葱，据说其时宰杀的羊子和野驴，其肉浸透了野葱味。我们的向导、多玛乡青年干部布擦达，小时候就在各拉丹冬与雀莫山之间的大草原上放羊，至今他妻子还住在西方可以望见的那座山前的帐篷里。按照藏族人的传统，是忌食圆蹄类动物马驴骡包括藏野驴的，即使在藏北，也唯有多玛部落偏爱野驴肉，说其味格外香甜。即便冬宰季节牛羊肉鲜美，也还是要去猎食藏野驴。所以南部人戏称野驴是"多玛部落的红糖"。

不过多玛部落的这一习俗恐怕就将终结。恰好是在我们藏北之行这一年，开始宣传野生动物保护法规，再过几年，不仅藏野驴藏羚羊之类不得猎杀，连熊啊狼啊那些可能祸害家畜的动物也一并保护起来。

——以上文字见诸本人 30 年前写作出版的《藏北游历》最末一章"冰雪大江源"，虽历经多次修订再版，仅限于字面上的小改，依然基本保留了原貌，保留了当时的所见所闻所感，此为纪实文学要义。原始风貌中还保留了作者在相关领域的"素人"形象，比方说，此行没带上指南针、海拔表、温度计之类最简单的野外必备，迄今也没弄清当年到达的具体方位，是姜古迪如冰川还是其他冰川；当时地图也很稀罕，虽有大比例尺西藏地形图出版，但是一般人难以见到，好在后来查到图中所标水晶矿地名，看来当年活动的大致方位在冰川群以东偏北没错。不禁想到，假如再访各拉丹冬，我会写出怎样的文章？

假如再见再写各拉丹冬，力求精准是必须的：高度长度温度经纬度，写冰川，恐怕会使用"刃脊""冰斗""冰水砾石"一类术语；写周边牧场，必得查询到生长之物的学名。当然假如有缘再见，首先关心的应是冰川退缩状况，当年我们走过的冰河、流连其间的冰塔林还在吗？正是从 1980 年代中后期开始，青藏高原冰川融化并有加速加剧趋势，令人忧虑，引发广泛关注。1986 年参与组织"长江漂流"简称"长漂"的勇士杨欣、杨勇已经转型为生态环境保护者，形成民间力量，联络环保志愿者前往各拉丹冬开展有意义的活动，观察冰川变化，以警示世人；更有专业的国家队定点观测，拿出精准数据。一般人的关切在于冰川眼见后退了多少公里，专家们则更忧心于冰川的变薄变"瘦"……

30 年时间在人生中不算短，多亏对纪实文学写作的坚持，促使我在人文社科领域乃至自然科学领域始终处于学习过程中，有关长江的知识也相应地不间断叠相累加，从源头冰川开始，从源区支流嘎尔河开始，一路看过万里长江征途上，不时更换大名的沱沱河—通天河—金沙江—川江—扬子江，固然没能全程走过，但每一江段都曾接近过。我了解到近年来对于长江正源的不同意见，因为事关科学定义，事关大江总长度，《中国国家地理》还曾就此发起一场讨论。最终结果，主流观点仍以权威部门颁布的各拉丹冬姜古迪如冰川为正源，南源为当曲，北源为楚玛尔河。我还了解到一场为时更长的讨论，有关长江何时贯通东流，亦即长江真正成为长江的年龄之辩，长达百年的探索与争论；然而比这个"百年谜题"争论更长久的，是国人对于长江全貌的认知，一个溯源而上的探求，历时数千年……

凡此等等，皆为知性话题。所以说，假如再见再写，必定不会是旧作模样，很可能是"掉书袋"的学问范儿。转念又一想，从旅游角度而言，若定位在知性之旅另当别论，若为单纯审美加体验，做一个白丁素人也挺好的。写到这里，不由得笑起来。

（本文节选自《藏北游历》第七章"冰雪大江源"，2018年、2024年两次修改。）

我们为什么欣赏阿里

之一

20世纪二三十年代，藏学界前辈、意大利学者杜齐教授到访阿里，面向古格的废墟群，留下这样一段文字：

> 今天，人们似乎看到荒原正从山谷以缓慢的速度坚定地攀缘而上，但又想在它光秃秃的黄色山峡上留下伟大过去的痕迹。

许多年过去，历经阳光风雨剥蚀，虽然荒原有所扩展，但这片土地上"伟大过去的痕迹"依旧，并且已经和正在抖落尘埃；曾经的存在被发现和重新发现，被认识和重新认识；不因其神秘面纱的逐层揭开而魅力稍逊，我们对这一地区的兴趣和向往不减反增。

以往对于阿里的隔膜感，来自于相距遥远——它位于中国边境西南极，想要涉足谈何容易；来自历史的陌生——汉藏文史料古籍涉笔不多，以至于某一年，当我在西藏档案馆亲见一幅明朝洪武皇帝册封搠思公失监为阿里军民元帅府首脑的圣旨，询问其人其事，连最博古的"老档案"也觉茫然。

所以长久以来，说到阿里，几同"化外之地"，几与遥不可及同义。

与西藏或者其他地方不同的是，对于当代国人来说，它像是被"忽然"发现的。何以至此？除去时空的遥远，切近的原因在于行政地理，20世纪整个70年代，阿里地区由新疆代管，直到1980年重归西藏自治区。西藏建筑勘测设计院专家可能是当年最早赶赴阿里的一群，因为正是从他们带回的彩色图片中，我第一次得知古格及其王城遗址的存在，还曾仔细分辨哪些是自然的土林地貌，哪些是人工的古堡城垣。

自此开启阿里的发现时代，贯穿整个改革开放40载，这片一向寂寞的西极高地迎来一拨拨访客，有画家、摄影家，有记者、作家、考古学家，有民俗学家、人类学家，包括民间音乐歌舞采风者，更多慕名而来的各路游客。由于交通等各方面条件的改善，国内外多个宗教的朝圣者纷至沓来。与此同时，一篇篇报道、一本本图书（包括译自多文种的旧作新版），尤其是考古成果相继问世，阿里的古往今来经由文字和摄影作品，盛况空前地展现在世人眼前：从古建筑遗存到洞窟里、崖壁上的画作，从名扬中外的神山圣湖到土林景观，以及当代阿里人从物质到精神的生存风貌，无不让人眼睛一亮心一动。就连女子的传统服饰，也成为图书画刊美极了的装帧，成为藏族服饰展演中最耀眼的风景。

持续了数十年的"阿里热"中，特别值得称道的是作为推波助澜的考古业绩。本地力量之外，至少有陕西省考古研究院和四川大学历史系，长时期与西藏和阿里的文物部门合作，与藏族考古工作者一起，发掘古格，发掘象雄，发掘几千上万年前的新、旧石器时代，不时从阿里的这里那里，发现了这个，发现了那个，古代阿里的文史空白被一点一点充填——你想啊，地处古代南亚、中亚和中原的环围之中，多种文明交汇之地，它的历史地理必定不同寻常，不同寻常的历史地理之发现必定会令人惊喜惊异惊诧，而事实果真如此：何曾"化外"过，简直不要太"文化"。直到最近这些年，听说偶然发现了久远年代的丝绸，听说又有金面具重见天日，就连象雄都城穹窿银堡也传说成真，不是一处是两处，为此引发了业界争议，甚至吸引了非专业人士参与讨论，可见热度不减，愈发为其添加神秘光环。有时不免就想，考古工作者充当了"阿里热"先导角色，其实挺低调的，反倒是我们这些尾随其后的人，记者、作家、艺术家和旅游者，积极跟进，激赏着，喧哗着——或说"起哄"着，我自己就是。

从稍嫌功利的旅游眼光看来，阿里拥有多项极品级旅游资源，是上佳旅游目的地。其极品特质不只体现在哪一条山脉哪一座湖泊，哪一处遗址哪几样民俗风情，它其实是整体的全方位的，包括自然地理、人文地理和历史地理，甚至超越了可见的存在，直达属于想象力所能及达的边际，或说是漫无边际。

之二

举凡以上种种，还只属于历史人文范畴，已是众所周知了。在这里，我很乐意传递来自另一领域的信息，理科的，更长时间尺度上有关阿里的自然科学发现。对于此地较大规模的考察始自 1976 年，中国科学院青藏高原综合科学考察队阿里分队来过，从此多学科研究不曾间断。经由他们，我们得知了这一地区波澜壮阔的自然史，怎样由海洋而陆地而"世界屋脊"之"脊"；相关地质地层地理地貌的科学描述，从此与神话传说、与历史考古揭示的文化堆积相映生辉。

随着 2003 年中科院青藏高原研究所在拉萨挂牌、2007 年该所在日土建立"阿里荒漠环境综合观测研究站",标志着阿里地区环境科学研究从此常态化、正规化。很荣幸,就在2012年夏季,我跟随青藏所的专家们出野外,亲见他们在纳木那尼、玛旁雍错和四条跨境流向南亚的河流的源头,分别布设了自动气象站。这是一项国际计划的部分内容,监测环境变化现代过程,也是为了重建过往,预测未来。

在这里尤其要提到札达土林。作为稀缺景观给予的视觉冲击力,让我们充分认识到它独具的审美和旅游价值,但在我们的想象力之外,它还是自然科学的天赐宝地,别具知性魅力。札达盆地沉积物——土林,厚达800米,曾在广袤湖水覆盖之下,沉积年龄距今610万年至40万年。鉴于札达盆地在青藏高原隆升研究中的重要意义,渐成科研竞技场,目前国内多个科研团队在此开展工作,听说至少有4个课题组对它进行了古地磁年龄测定,各自从沉积层中辨读信息,借以恢复本地区千百万年以来的气候环境变化,重建高原隆升过程各时段。其中有丰富的古动物化石出土,让我们大开眼界:当年青藏队率先在土林中发掘到长颈鹿化石,后由中国地质大学发掘了三趾马化石,2006年,中国科学院古脊椎动物研究的专业团队来了,与美国同行一起,多地点、多层位、多批量,主要集中于札达土林观景台下方一带,短短两年里就出土了20多种动物化石,包括460万年前的三趾马、370万年前的披毛犀,等等。重要成果之一,是确认我们的札达盆地为北半球冰期动物的"摇篮",故乡——现生动物雪豹和岩羊、绝灭动物披毛犀最原始的祖先类型化石,就是在这里找到的。本来藏羚羊的祖先,名叫"库羊"的,也一同出现在札达动物群中,只不过在柴达木盆地发现了更原始的化石,札达库羊于是成为藏羚羊早期演化史上的一环;本来分子生物学即DNA证实了牦牛、盘羊、藏野驴同样起源于高原,目前只差化石证据。为此,地层古生物学家邓涛等专家2011年发表在国际科学界顶级刊物美国《科学》杂志的论文《西藏札达盆地发现的最原始披毛犀揭示冰期动物群的高原起源》，以来自札达盆地的证据，一举修正了国际上流行很久的冰期动物"北极起源"假说，并使札达名满国际地学界。而阿里旅游资源中，又多出一张"冰期动物起源地"名片。

——说到为什么欣赏阿里，也许每一过客会有不同答案，在我看来，就因未知太多，这一地区内涵的丰度广度和厚度深度，又通常在经验之外，从而能够持续地提供惊奇。我们有理由相信，在文理科研究者的前方，还会有许许多多的惊奇在等待。

当年那位在阿里从事历史和艺术考古的先驱者，面向古格遗址赞叹了"伟大的过去"之后，又朝向未来望了一眼，这样写道：

> 虽然他们要经受艰难困苦，但古格会成为世界上最漂亮和最健康的地方之一。

最初读到这里还有些困惑，不知道他为何要这样说，现在似乎有些明白了。进而联想到，通过杜齐教授的愿景，显见前辈对于阿里再度复兴颇具先见之明，不过即使在漫无边际的想象力尽头，也未必预见得到今日盛世、盛事之盛，包括象雄文化节，包括各方学者齐集一堂，谈象雄，论古格，讲杜齐，还有三趾马和披毛犀。

之三

一篇小文，两度续写，如今在《西藏文学》约请下，总算是三段式成稿。正好比随着这一地区自然史和人文史的沉积物被逐层揭示，对于阿里的认知也一点一点堆砌起来那样，不意间，让"为什么欣赏阿里"标题下的文字历经扩展，居然在一定程度上沦为发现历程的旁证脚注。

"之一"部分写于2005年，是在中国藏学研究中心历史所召集的一次小型国际会议上的发言稿。无关学术宏旨，更多文学抒情，令在场外国学者感兴趣的或许仅有一句，"不久后阿里就将通航"，于是纷纷发问，何时开通以及航线情况。在场来宾均为长期从事西部西藏包括紧邻的尼泊尔、拉达克等地同属一个文史体系的考古学家，印象中的阿里何其偏远，惊奇于何以能够突然起飞。

然而曾几何时，作者我已在这条航路上两番往返。不消说，作为美誉度极高的旅游目的地，阿里自此又"凭空"多了一个观赏角度，其中最引人入胜的，首推无际荒原上生动美丽的装饰物——或大或小、或蓝或绿，并且形态奇异的湖泊；其次才是雪峰，远有喜马拉雅，近有冈底斯；将要抵达航线终点，则有印度河上游狮泉河的支脉噶尔藏布蜿蜒而现……从舷窗到镜头，每一帧画面皆为天成佳作；从眼睛到心情，怎么说呢？经反复斟酌也没能找到合适词汇表述，最终止于"何其有幸"。

"之二"部分增补于2013年，特为当年阿里地区"象雄文化节"期间举办的"象雄文化研讨会"准备的发言稿，侧重于自然科学界古生物新发现的信息传递。时值该地考古掀起新一轮热潮，至少有三支队伍活跃于此，除前述四川大学和陕西省考古研究院两路人马一南一北分别进行的象雄都城遗址、吐蕃墓葬考察以外，近年介入的"国家队"，是中国社会科学院考古研究所出动，联合西藏文物部门，先后进行了噶尔县古如江寺与札达县曲踏古墓地的发掘。随着一大批殉葬陪葬物品出土，迷雾中的象雄王国生活面貌和物质文化初现端倪，而收获颇丰也使得这两处墓葬群名列2014年度"中国十大考古新发现"。

正当其时，自然科学家参与进来，共襄阿里考古盛举。其中出自古墓的疑似茶叶之物，就是由中国科学院地质所的吕厚远研究员鉴定确认的。他在本次研讨会上演示了如何利用微化石植钙体为茶叶"验明正身"，让与会者见识了科技考古新手段。茶叶的发现意义重大，与同时出土的中原丝织品一道，说明起码在1800年前，丝绸之路南下支线已然存在。继续往前追溯，古代交通的开辟或许更早，早在西部高原自有人类活动以来，越过喜马拉雅天然屏障，两侧的人群就有了交往。证据也有。待会议结束，我们跟随川大李永宪教授前往日土县夏达错，湖畔沙滩散落的细石器可谓俯拾即是。按说这处旧石器遗址是在某次西藏文物普查中被发现，二十多年里不知被多少拨专家捡拾过，却仿佛随着湖水每一番涨落，总会有一批石器重见天光。曾在湖畔生活过的人，制作和使用石器的人虽然面目不清，然而专家根据器型工艺判断，不乏南亚风格。显见早在旧石器先民时代，史前文化交流业已展开。

此次学术研讨会的亮点之一，当属本地文化学者的踊跃参与。在传说中发掘，传说通常是变了形的记忆；从藏文古文献里钩沉，自有其便利和优势。就连当地百姓也动员起来，以象雄—古格文史之地后来人特有的自豪感，以格外珍爱珍重之情，在文化节期间的展演中，争相展示古老的服饰、古老的歌舞，并为谁的家乡才是真正的象雄王城争论不休。这或许就是常说的文化自觉吧！毕竟他们世世代代就在那里。以此说来，在我们对于阿里的聆听中，又多出了发自本土的声音。而在此之前，这一地区更像是提供给外部世界审视研究的客观对象。

自30年前初识亲历，写下一本《西行阿里》，之后每有相关文字，皆可视为续篇——写过一批与阿里结缘的文化旅人、画家、摄影家、考古学家，现将历时十几年间三段式写作整合为一，各各保留了届时背景痕迹，有可能的话，未来也许还将"之四""之五"地写下去也未可知。一念及此，"何其有幸"的感觉再度来袭。

21 世纪初期在札达土林观景台下出土了古动物化石群,其溯源研究又有新进展。继雪豹、岩羊、披毛犀之后,又相继确认了北极狐、鬣狗、盘羊的祖先种。每有新成果发表,札达盆地总被重复提起,各路媒体纷纷冠之以冰期动物"摇篮",称史前动物"走出西藏"说又添新证云云。除个别已灭绝物种外,它们的后裔如今广布于亚欧大陆、北美洲和北极圈,迁徙路线可真长,走得足够远。盘羊俗称"大头羊",刚刚发现的祖先种命名为"喜马拉雅原羊"。

2005 年—2016 年于北京

2023 年修订

探访四条跨境河流正源

　　与藏北高原日渐暖湿的境遇不同，西部阿里持续暖干，旱象毕露。开春以来直到最暖月的 7 月，没下过一场像样的雨。当地人发愁说，确曾盼来过雨云，但飘然而过，地皮尚未湿透呢，随即蒸发殆尽。所以，草场迄未返青，生机仅见于沿河湿地一线。从拉萨飞往阿里的航线末端，置身狮泉河源区噶尔藏布江上方，但见多汊的河道弯来绕去，任意随形，如多条旋舞的绿绸，装饰在荒原高地，即使"傻瓜"相机业余水平，也可以俯拍出惊艳效果。

　　时在 2012 年夏季，追访青藏科考十数年的我，终于跟着出了一趟野外。此行由姚檀栋院士亲自带队，出动的专家阵容好生壮观：冰川学家田立德、杨威、才东，植物学家杨永平，张寅生和苏凤阁同为水文学家，具体研究方向一在寒区地表水文过程，一在大江大河径流领域，此刻都带了各自的在读博士生，多学科团队总计 17 人。野外作业项目说来单纯：在阿里地区各大江河源头布设自动气象站、河流水文和冰川径流的观测设备——这正是由姚院士倡导、中国科学家主导、联合高原周边10国参与、西方科学家加盟的"第三极环境"（TPE）国际计划基础工作之一。作为"看客"的我，此行算是见证了这一宏伟计划的实施片段，同时见证的还有，对发源于中国西藏阿里地区4条跨境河流正源的追寻和确认，可以算得上始料未及的惊喜。

按说确认江河源并不在此行计划任务中，何以临时起意？来自阿里人请托。出于对本地区摸清"家底"和自我宣传的需要，当地区领导得知姚院士带队来阿里，安排了座谈，提出了请求，话里话外还有一层意思：希望能在阿里境内找到雅鲁藏布江源——公认的正源在日喀则地区。因为藏文古籍和民间口碑皆有云：冈仁波齐神山和玛旁雍错圣湖周边发源了以吉祥动物命名的四条大河——从马嘴里流出的是马泉河（当却藏布—雅鲁藏布江），从大象口中流出象泉河（朗钦藏布），从狮子口中流出狮泉河（森格藏布），从孔雀口中流出孔雀河（马甲藏布），这四条大河的确是环绕了神山圣湖，在直线距离不过百公里处出发，各奔前程，从喜马拉雅的这里那里出境，流经孟加拉国、印度、尼泊尔、巴基斯坦诸国，分别进入孟加拉湾，进入阿拉伯海——在同一大洋中再聚首时，已然各自完成了数千公里长途奔波。

受托一方之所以欣然受命，另有一层考量：几十年间的青藏科考，确认多条河流正源一事从未被正式列入议题，实为缺憾，何不结合此次出行，"顺便"定位这四大国际河流正源的经纬度和海拔高度，同时"顺访"源区及沿途冰川积雪水文现状。何况行前为自动气象站寻找最佳位置，张寅生研究员已经花费一个月时间做案头，对照卫星图、航测图，已大致标示出各源头位置，只差实地踏勘，"按图索骥"。

孔雀河源。孔雀河，藏语"马甲藏布"，出喜马拉雅，在尼泊尔称格尔纳利河，汇入恒河主要支流卡克拉河。

孔雀河流程短、流域面积小，从发源地到汇流出境，仅限于普兰一县之地。尽管如此,仍是多源——我们曾在两天时间里查看过三处源头。那是在到达阿里第一天,从昆莎机场换乘越野车,直奔普兰县最南端的中印边境雪山——航测图明示,此处好大一片冰川,被预定为架设观测器械的首选地;加之这片冰川区从未被冰川学家实地考察过,首次涉足,令人期待。山丛中的土路直上海拔5000多米,沿途可见溪水潺潺,但拟想中的冰川流却始终未见,直到流出"第一滴水"的地方,别提有多失望:山野虽有雪冰斑驳,全都是死冰与残雪,纸面上标示的冰川呢?全都没了。

与之形成反衬的是,远眺境外,山丛环护的默尔穆冰川安在,巍峨依然。只是站在边境线这边,可望而不可即。

众专家徒然兴叹一番,遂决定改道前往中尼边境冰川区——普兰县距离印度和尼泊尔可真近啊,就在这同一个下午,左盘右旋又抵达了同样海拔5000多米的中尼边境。然而当冰川在望,道路已是尽头,再度无功而返。

第二天从普兰出发,这一次很顺利,在纳木那尼峰下的冰川融水中安放了仪器。隔着碧波荡漾的玛旁雍错,纳木那尼的连绵雪山与冈仁波齐雪峰真正相望于江湖,让它们所在的喜马拉雅和冈底斯两大山脉以不可思议的近距离,同构了两山一湖经典美景的极致。我们的冰川学家熟悉这座高峻美丽的雪山,多年来多番往返考察采样。2006年与美国专家合作,在纳木那尼峰6100米处钻取了3支总长度为400多米的冰芯。那两个月里,为雇牦牛,跑遍了周边村庄。

相距纳木那尼峰约20公里远的多玛村,也是支援过牦牛的地方。有村民热心引导,专家们在村旁湿地安装了自动气象站。孔雀河一条支流穿行村中,是开春后流来的冰川水,可提供农田灌溉,冬季则有泉水代为保障生活所需。这一次跟着冰川学家,方知随处可见的皆为冰川遗迹,以往千篇一律的山野忽然生动起来。这座名副其实的"红石村"，背倚暖色调的缤纷群山，山坡卵石遍布，是冰川漂砾吗？

姚院士现场讲解：这叫冰水砾石，初步判断为数十万年前的冰期遗物——想当年，纳木那尼的冰川流一直漫延到数十公里开外呢！再往前，又见断崖裸露出地层纹理，姚院士说，这是湖泊沉积，想来若干万年前此地尚在玛旁雍错湖底吧！

还不止于此，往下走，冰川的遗物越发古老，初步判断可能有上百万年，已黏结呈现铁锈色，由此解释了普兰、札达两县何以留下如此众多的洞窟土窑，可供古人居住，尤其作为众多佛教洞窟艺术的载体——对于这类景观我们已经熟悉，但知其然不知其所以然，从科学家那里得到解释，可算是头一遭。姚院士说，土林中的疏松土层可供挖掘，而洞窟依然牢固，就因冰川作用形成的固结层形成了天然顶盖。直面那些早已弃用的窑洞群，联想到几千年来相继存亡过的象雄文明、古格文明，联想到现今仅存区区数千人的象泉河谷，鼎盛时居然养育过"十万之众"（藏文古籍语），姚院士感慨说，冰川融水是这一带的生命源，难以想象当冰川全部消融，自然界生栖于此的各物种包括人群何以为继。

两天里所见三源，皆非孔雀河正源，就连传说中的源头"孔雀口"，后来也只见到了图片。是在我们离开阿里后，由田立德研究员率队重返普兰，从县城西北的仁贡村骑马上山。海拔4312米高处的孔雀泉，以巨型玛尼堆为圣地标志，经幡哈达招展在红柳丛中；泉口出水量又大又清澈，流过青苔覆盖的泉华石丘，造就一个花红柳绿的小生境，与荒山野岭大背景形成大反差。但是显然的，孔雀泉也非源点，向导说，溯源而上还需马程三天，就没再深入了。借助遥感图像，田立德测得正源距仁贡村尚有56公里，那儿是一座无名分水岭，有降水融雪形成的小湖泊。

象泉河源。象泉河，藏语"朗钦藏布"，出喜马拉雅，称萨特累季河，流经印度，在巴基斯坦境内汇入印度河。

当地口碑中的象泉河源，位于噶尔县门士乡顿久寺近旁。离开219国道，就告别了农作区，源头总在上方。顿久寺坐落在大草原深处，素享河源圣地美誉。寺僧说，山形如吉祥动物大象，遂名为"朗钦"大象山，象泉河由此得名。相传河源曾有108个泉眼，现在大部分干涸，只剩下不多的几处出水口和一汪汪水泊了。

这片源区湿地依然保留着曾为冰谷又曾为湖泊的痕迹：卵石的冰水阶地形成天然堤坝，环绕着下方清浅水面和青葱草甸。草甸丰饶，有紫色的太阳花成片开放，娇小的黄色花名叫水生毛茛，星星点点从湿地蔓延至水面。水面上有禽类旺族的黄鸭、灰鸭，更有珍稀的黑颈鹤，遵循了时令飞临，群居在这个美好的栖息地，叽叽咕咕，此呼彼应，让这个大荒原上的小生境充满光影声色。

当然这里并非源点，尚有一条绿色轨迹自神山冈仁波齐方向延伸而来。循迹而行，但见宽谷草原上的水流，时而浮现时而潜没，一路引领我们驶向宽谷尽头，拐进一条窄谷河床，却陡见流向改变——本来是溯源而上，现在则是顺流而下，不经意间已从象泉河流域趥进玛旁雍错流域；行政地理方面，也从噶尔县越界到普兰县境了。从游牧人那儿打听到，此地山名为"穹苍"——大鹏鸟巢，游牧点地名为"直热"——牦牛圈，隶属普兰县巴嘎乡，距冈仁波齐不足20公里。于是，我们这群人就在百米范围内低头细察，终于在一小片止水中发现了两大水系分水点——如此的不起眼啊！干涸的、近乎平坦的河床上，分明是从同一泉眼涌出，仿佛犹豫片刻，向左呢还是向右？方才缓缓地背向而去——所谓"分水岭"，竟在咫尺方寸间！

按照河源认定三准则：河源唯远、水量唯大、历史习惯，大象山河源符合第三条；若论河长及水量，待我们走出鹏巢山、牦牛圈，上了

219 国道，只见西南向流淌的另一象泉河上源，河道深切，水势汹涌，遂追踪而去，直到被河流阻断了道路，眼见它隐身于冈仁波齐雪峰背后。当地人说，这条河来自神山以北地名为"杜钦"的地方，流程更远。据此姚院士认为，象泉河可确定为双源，一为大象山地下水，一为冈仁波齐冰川水。

狮泉河源。狮泉河，藏语"森格藏布"，沿喜马拉雅—冈底斯之间西北行，出境后直到进入巴基斯坦北部地区的巴尔蒂斯坦（别名"小西藏"），仍沿用森格藏布之名；至吉尔吉特南下，始称印度河。

颠覆了分水"岭"概念的，集中在狮泉河源区探访中。同属冈底斯山脉，由于山势地貌有别，人为造就了或圣或凡之躯：你看冈仁波齐多么神奇，水平砾岩层叠而上，俨如金字塔造型，其上肩冰被雪，在周遭样貌平庸、多为乱石的群山簇拥下，彰显了与众大不同，连同玛旁雍错，自古便被西藏和南亚四大古老宗教苯教、佛教、耆那教、印度教尊奉为神山圣湖，且是神圣中的最神圣。不过，神山以北那片貌似凡俗的山群，却以一处处冰斗冰川和地下高水位，一举孕育了狮泉河—印度河的同时，还补充着玛旁雍错和昂拉仁错两大流域水系。同源而分流，归宿大不同，我们仅见其中一处分流。

那一天清晨，专家们完成了在玛旁雍错湖中设置水文仪的工作，径直从巴嘎乡驶向冈仁波齐峰东侧的县乡公路，一路向北，与岗龙河相向而行。岗龙河源于神山，南流入圣湖，所以沿途 50 公里都算是玛旁雍错流域。但当又一座湖泊在望，忽见河水已改流向，进入久玛错。是从哪里分野的呢？于是停车察看，姚院士带了助手登山而去。这位助手不是别人，正是藏族第一位冰川学家才东，从挪威留学归来，任教于西藏大学，此时正在中科院青藏所做博士后。湖面海拔 5368 米的久玛错位于冈仁波齐东北，与神山之间隔了好几个山头。此地已在阿里地区革吉县亚热乡，纯牧业区，山坡湖畔有牛羊，一群牦牛涉足湖中，在齐腹处嬉水；湖水外流成河，供鱼类孵育后代，迁徙往返；河水流向昂拉仁错，那是最终归宿——与狮泉河同源而伫留本土，归属于高原闭合流域。

才东返回报信：找到了，分水点找到了！

我们在卵石阵中快步上行，围观5418米山腰处，出露地表的一泓清泉，如何在短短距离中南北分流。想来在上方源区，叶脉状的清泉溪流纵横，时而交集时而分离，是外流入海还是固守家园，一切悉遵缘分。

此行只是接近了源区。对于狮泉河源头的踏勘，是在后来，在重新做过案头，由张寅生研究员绘制图示，将经纬度精准到"秒"的小数点后面两位数。田立德研究员率队于次年8月沿狮泉河上行考察，到达源点并作了初步描述：狮泉河发源于冈底斯山北部山地，海拔5400—5500米的冰川槽谷地带，以冰川融水、冰斗湖和降水、地下水补给，两个小流域出山汇合，形成源头。时值盛夏时节，即使在源区，河水依然生猛，清浅溪流不久便浊浪滔滔了。大功告成的同时，听田老师讲过程，此行还遇有两桩趣事，一是在源头附近的荒凉地带，居然邂逅一群五只狼；二是在源头山壁上，居然发现了自然天成之像，其貌若狮面，大家称奇，未知狮泉河大名是否由此而来。

雅鲁藏布江源。雅鲁藏布江，其上源称"当却藏布"，即马泉河。与喜马拉雅平行，东部环绕南迦巴瓦峰急转直下，出境后称布拉马普特拉河。

由于交通的便捷，藏于深山的河源如今可以轻易抵达了。即使雅鲁藏布江源杰马央宗冰川，从前给人的感觉是比实际距离更遥远，现在也将开辟为旅游景点，公路边赫然竖起路标，指示前往江源从此处分道。这儿已在日喀则地区仲巴县境，雅江上游河段名为"当却藏布"——马泉河。说是河谷，宽敞如同大草原，大约气候变暖的缘故，杰拉乡的游牧点几乎扩展到杰马央宗冰川下。我们的车队驶向草原纵深，不时可见游牧点上几户帐篷人家，各家坐拥辽阔牧场。外人看来大草原颠连一片，其实各有分属，沿途地名叫果松，叫古各，叫措扎，只有当地人明白分界线在哪里。翻过最后一道山梁，杰马央宗冰川犹如横空出世，清冽河水在宽谷中流淌，虽然未见牛羊，却见沼泽草甸中倒卧一辆游牧人的摩托车。

杰马央宗，意为沙子堆成的"卍"图案，"卍"字汉语读音为"万"，藏语为"雍仲"，均为永恒轮转之意，它还是藏地古老苯教的徽记。"杰马"意为沙子。的确，目之所及，整个源区宽谷尽为白色细沙覆盖，乍看如积雪，蓬蓬簇簇的旱生苔草针叶，像极了从雪被下钻将出来。细沙的科学名词为冰川粉沙，由冰川裹挟来的漂砾与冰床基岩摩擦形成，其间所经历的岁月，用铁杵磨针、水滴石穿之类工夫，全都不足以喻其漫长。至于如何形容眼前这座著名的巨型冰川，考虑过恢宏、壮美、圣洁之类字眼，也全都不足以喻其伟岸，倒是"富态"一词更妥帖——没错，杰马央宗体量丰盈，仪态端方，气度雍容，富丽堂皇，正面冰山之巅半隐于云雾中，两厢敞开等高的岩山，冰川流在三山环护中保持了静态的汹涌之姿，属经典的山谷冰川样貌。

姚院士率领七勇士攀上冰墙，为安放仪器选址，往返一趟花费了五六个小时，真正辛苦。这一晚，我们扎营在终碛垄前海拔 5000 米处，在溪流与溪流之间的草地上，度过了一个雨夜。

关于雅鲁藏布江源的争论百年不休，最早的探源者是百多年前的斯文·赫定，他以库比藏布为源；其后由印度学者修正为杰马央宗，这一观点在 1976 年的西藏科考中得以确认。杰马央宗冰川符合河源认定三原则中的水量唯大和历史习惯，似已实至名归，但若论"唯远"，则另有其地。在阿里人的请求并引导下，由冰川学家田立德带队的探源小组，从玛旁雍错以东、杰马央宗以西的公珠错湖畔，直插昂色洞冬冰川。以冰川为源的河流长度，从冰川末端的终碛垄起算，野外踏勘与地图测算的结果，昂色洞冬、杰马央宗两大冰川之融水，各自流向同一座冰湖日杰错，但是，昂色洞冬冰川水源流程，较之杰马央宗冰川，整整远出 10 公里。

　　据此，姚院士认为雅鲁藏布江亦可取双源说，杰马央宗和昂色洞冬，双源皆冰川。这一方面反映了事实，另一方面，也呼应了四条国际河流皆从阿里、从神山冈仁波齐周边发源的传统心理。而在所有河流中，雅鲁藏布在西藏境内流程最长，流域最广，上游宜牧，中游宜农，下游则为林区，横贯西藏南部，浩荡东向两千余公里。不曾听说它被纳入神圣河流之列，从苯教到藏传佛教，似乎不曾有过像印度教的恒河那样的圣河崇拜，但雅鲁藏布惠及两岸稼禾生灵，催生了历史人文，可谓功德无量，不言神圣，是不是更亲近，亲近如母亲。

2013 年 5 月完稿

第二辑　遇见的文化旅人

藏学家王尧先生

  是贤者，是智者，是通达汉藏文史的学问大家，是成就藏学伟业的一代宗师。王尧先生弟子众多，桃李芬芳，我曾为自己并非其中一员而心存遗憾，所幸先生著述甚丰，从中所获教益之多，岂可计量，由此自诩为"编外学生"，并将先生的许多研究成果以文学方式传播开去。也有当面聆听教诲的机会，每每为先生渊博的学问功底、对藏族人民及其文化的热爱之情所感染感动。尤其欣慰的是参与了先生多卷本文集的编辑出版工作，何止丰富了"中国现代藏学文库"书系，那是王尧先生留存于世的宝贵遗产：历史风云的再现，钩沉索隐的探访，真知灼见，文采斐然，"美人之美"，大爱无疆……而今我们送别了先生，举目四顾，世间已无，驾鹤者融入茫茫虚空，然而正好比"佛灭度后，以戒为师"，道德文章犹在，精神风范长存，在案头，在心头。

  值此纪念先生的文集编发在即，谨将多年前所写《王尧先生八秩华诞文集》"编后记"奉上，以志缅怀与感念。回首再看当年围拥在先生身边时的盛景，不禁唏嘘。

皆因有了王尧先生

庆贺王尧先生八十大寿的聚会上，老寿星的学生和学生的学生数十人济济一堂。名师高徒，"亲传"弟子中的陈庆英、陈楠、沈卫荣、谢继胜等知名藏学家，已为人师表，并在西藏史地和藏传佛教及相关艺术诸领域各有建树，堪为领军人物；"再传"弟子的硕博士生中，多有崭露头角者。若以王老为"宗师"论，可见这一派系渐成中国藏学界劲旅。

当然学术界非宗教界，尤其藏学界，一无门派之别，更无门户之见，王尧先生及其研究成果历来为海内外藏学家并广及大众所共享。祝寿晚生中，就有像我这样的非"嫡传"弟子，但编外学生的受益程度，也许不下于在场许多人。王尧先生的重要著述《敦煌本吐蕃历史文书》《吐蕃金石录》《西藏文史考信集》《西藏文史探微集》一一读过，还是反复查阅的案头必备；对他多年来主编的《国外藏学研究译文集》和《贤者新宴》等丛刊也多有涉猎。相关内容学识大都转化为积累，有些已转述在本人拙著中。此刻，当我为编辑出版这部《王尧先生八秩华诞文集》，通读了两代学生的论文，不啻一次检阅的同时，忍不住想要加盟参与，就以编后记形式。不打算罗列先生贡献，文集中自有"再传"弟子任小波悉心整理的《王尧先生论著目录》，另有陈楠教授由文及人的解读《王尧先生学术成就评述》，兼有学术性、个性化表达的则有沈卫荣教授的《汉藏文史研究的新思路、新成就——从王尧先生的〈水晶宝鬘〉谈起》，而其他二十余篇虽属文论，均可视为向师尊致敬之作。本文标题原拟为"假如没有王尧"，略嫌唐突，来自祝寿聚会上的一个闪念：假如没有端坐上首的这位博学而谦和的长者将会怎样？也许敦煌遗书中吐蕃古藏文文献的译注工作将来会有人做，但当下的中国藏学界肯定少了许多风景；在场者也许有人仍会从事藏学，但显然不会有如此阵容。假如没有先生，这一天我们不会走到一起，正是因为有了，至少这一群的命运是被改变了；至于先生对于当代中国藏学事业推进的力度和程度，则是显而易见又是难以量化的。

具体到个体受益人，笔者作为文学转述者，潜移默化方面且不论，实实在在被植入新作《风化成典——西藏文史故事十五讲》中的内容，就支撑起吐蕃部分的大半；吐蕃之后还有一些，最突出的一例，是先生在海量藏文史籍中查访到的南宋少帝赵显其人踪迹，让这个汉地失踪者以藏传佛教高僧大译师面目再现于历史视野。这些转述而来的故事为拙著增色出彩，不乏高光部。另有部分内容来自先生弟子们的研究领域：从陈庆英先生藏译汉的《汉藏史集》中撷取了令人拍案惊奇的若干片断；从陈楠教授对于大慈法王释迦也失的论著中归纳出大师生平事迹；从谢继胜教授所经营的藏传佛教艺术中获知了古代内地传播的线索；最后是沈卫荣教授在对书稿的审读中，多有订正之外，建议将陈寅恪先生所称誉的"吐蕃玄奘"法成法师单列一节，这位曾在汉藏文化交流史上值得铭记的人物由此熠熠生辉……直接间接得自于先生教益的这一切，不期然体现了一连串的因果和缘分。

仅仅说明对于研究成果的借助是不够的。令我深受感动和感染的，是王尧先生对于毕生从事之业的敬业、对于西藏古今人民毫无保留的大爱之情。这一情怀来自深度的了解和理解，具有深厚的学术背景和道德基础，因而格外坚实和博大。以前对于唐蕃时期的藏汉关系，或战或和仅是一知半解，经先生提点，方才得知有激烈冲突的一面，更有空前繁密的文化大交流一面，有那么多具体生动的事例可资佐证：佛经的同译互译、汉文古籍的藏译，双方阵营的互动以及相互投奔……凡此等等，先生的案头书卷中，自有千军万马，自有文脉奔流，有声有色，激荡人心，均为中华民族岂敢忘怀的往事经历。新资源新材料对于学科进展的作用已是常识，敦煌遗书的发现开创了一门国际敦煌研究即是明证之一。就王尧先生对于吐蕃古藏文文献包括金石简牍的译注一项，不啻为藏学研究的大步迈进所做出的卓越贡献。

藏学涵盖于大国学或曰广义国学之中，本是不言而喻的事情，之所以现在才想起需要概念上的确认，是因"国学"一词沉寂有年，随着近年间的加热升温，一经有人琢磨这门"中国的学问"，才发现原有概念的狭义性。通过先生和一大批藏汉各族藏学家们的工作，我们看到大国学原来早有传统，且源远流长，方块汉字所体现的以外，至少在唐蕃时代，即有藏文方式的加入，另有其他文种。近年间，不仅在多所民族院校设立了藏学院系，先生的学生们在人民大学、在首都师大也各自创办了藏学机构，其中汉藏佛学研究中心就设在中国人民大学国学院中，即是率先垂范的标志性事件。

从事藏学、民族学的，较之其他行业，于族际人际关系方面，多了一个层面的喜乐、忧虑和使命。王尧先生精通史地，始终关怀：中华各族群历来相互依存，天然多元，终归一体，共生才能共荣。无需以智者眼光看取，这一观念本应当成为公众常识。我记住了先生说过的一句话：当中华各族人民都以作为中国公民而自豪时，那样的稳定才是最可靠的。

言不尽意，再回到标题，皆因有了王尧先生，既是中国藏学事业的幸事，也是我们一群的福分。那天的祝寿场合，目睹桃李满园的情景，我还试着寻找恰当的词汇来形容彼时的老寿星，终于找到——较为现代的比喻是航空母舰，自然物象的比喻是无限花序。

2009 年 11 月 6 日于北京

民俗学家廖东凡（三篇）

一个人在西藏的经历

"吉卜赛人"（1961年—1969年）

当雄草原被两侧的雪山挤成狭长的带子，一支马背上的歌舞队在这带状的秋季草原上迤逦行进——这画面被定格在许多人的记忆中。也是廖东凡西藏生涯三部曲中的开篇："吉卜赛人"之歌。

蓝得要命的天空，太阳慵懒地移动。谁知道什么时候会翻江倒海地卷起大风，噼里啪啦砸来冰雹，或是飘飘洒洒来场细雪呢！"吉卜赛人"生活艰苦，也浪漫。冰雹过后，拉萨市业余文工队的队员们重整旗鼓，又在马背上叽叽呱呱笑着，高声吼着。从一个牧场到另一个牧场，从一个帐篷群到另一个帐篷群。

那一天（很多年前的一天），当这支人马出现在离果涅部落还有十多公里的龙热山上时，牧人们就欢呼着奔走相告："拉萨的'谐巴'（歌手）来啦！""拉萨的'谐巴'来啦！"

草原上燃起了象征吉祥的松烟，牧人们捧献洁白的哈达。为欢迎文工队远道而来，果涅牧场举行了盛大的赛马会和歌舞会。黄昏，汽油灯哟哟燃起，演员们在帐篷里开始化妆。

这时，廖东凡走进临时舞台，用不太标准的藏语开始演讲：

"乡亲们，演出之前，我先讲一段故事——我的同乡雷锋的故事。"

这位高高瘦瘦、二十几岁的年轻人的出现，在观众席里引起了一片"啊啧啧"的骚动。"汉族！是汉族！""用藏语讲故事？啊啧啧！"

是夜，廖东凡和队员们挤塞在一顶牛毛帐篷里。透过篷顶天窗，可以望见深邃天空，几粒明明灭灭的星星。三年了，来西藏工作整整三年啦！

20世纪60年代初的名牌大学生像金子一样宝贵，可是刚从北京大学中文系毕业、自愿要求进藏的廖东凡，却被分配到最基层工作。草创时期的拉萨市业余文工队，由一群街头青年组成。队员中不乏当过小僧人、小乞丐、小商贩的，国家给每人每月只补贴18元，平时靠筑路、做鞋、到藏医院制药的收入维持生计，晚上才是排练节目时间。

哪里像个正经单位啊！难怪许多人为他惋惜："天呀，一个堂堂的北大学生……"但是廖东凡没有抱怨——不是打算干一辈子么？就该近距离接近藏族人民。工作生活在一起，他是他们的汉语老师，又是他们的藏语学生。渐渐地，粗通藏语了，可以用藏语交流思想感情、用藏语编排文艺节目了。真好！他觉得仿佛多长了一双手，多长了一双眼睛，眼前出现了一个更为广阔的新天地；他甚至觉得脚下生了根，一边从大地上汲取，一边又在释放着自己的能量……

究竟从什么时候开始爱上藏族民间文艺的呢？是那一次吗，看人家打"阿嘎"（建筑夯土）的时候？哪里是劳动，分明是优美欢快的集体舞：那是雨季到来之前的一个清晨，廖东凡正在楼顶平台上做早操，忽然发现众人登上对面的楼顶，男女各站一排，富有节奏感地挥动手中的工具，边劳动边豪迈地唱着：

> 请看我的左手多强壮，
> 请看我的右手多强壮，
> 呀啦嗦！用我强壮的左手和右手，
> 把拉萨打扮成待嫁新娘一样……

廖东凡感动了，陶醉了。也许就从那时起，今生朝向藏族民间文艺的方向就确定了。

从民间艺人那儿采集民歌，借鉴民族曲艺形式，编排一个又一个节目。满台节目，大都是他自己或与别人合作编出的。文工队办得小有名气了。

这支小有名气的文工队就要去北京汇报演出了！一想到这儿，帐篷里的廖东凡更睡不着了。不知盘算过多少回：去北京，去度过了难忘的五年大学生活的北京，拜望老师和同学们……该向他们讲些什么呢？讲这几年艰苦而快乐的动荡生活？讲那一个个美丽的藏族民间故事？还是唱支民歌，跳个踢踏舞？顺便再回湖南湘潭家乡一趟，看看老母亲……

含笑沉入梦乡。不知什么时候又醒来了。怎么憋闷得透不过气来？想撑起身子，却又动弹不得。挣扎着摸到天窗地方，好不容易探出脑袋——嗬，白茫茫一片！帐篷让雪压坍了，足有大半尺厚。

然而后来却没能随队赴京。因为出身有问题。同时还刷下一批家庭和社会关系复杂的演员。这是他进藏后遭到的第一次打击。就像一蓬燃烧的火，一下子给覆上一大块冰。那个黄昏，他在拉萨河边散步，想了很多，又仿佛一片空白。当幸运的队员们踏上飞机舷梯时，他又带着那不幸的一群到农牧区深入生活，排了一台新节目。三个月后重返拉萨汇报演出，引起了小小轰动。就这样，往后每遇不公正待遇，廖东凡总是在短暂的不快之后，又抬起头来，以加倍的工作热情和工作量，表白着自己。

在市文工队待了八年之久，廖东凡完成了"藏化"过程。藏历年一大早，他身穿藏装，在文工队挨家演说吉祥"折嘎"；策马在深山峡谷中，参加修复古迹扎耶巴石窟的劳动；在民间艺人中记录民歌，乘牛皮舟沿拉萨河采访；牧场上，与人们通宵达旦狂欢，跳"锅庄"；躺在高高的青稞垛上守夜，看满天闪耀的星光，听藏族老人讲关于星星、关于流水的故事……俨然成为藏族一员，凡有关西藏的一切他都热心，凡能插手的工作都少不了他的份儿。他爱大家，大家也爱他。

"翻身农奴"（1970 年—1975 年）

拉萨以西三十华里，有座造型奇特的山，像一个被毁坏了的晶体，排笔似的山尖犬牙交错，险峭挺拔。这山名叫协嘎热（"水晶山"之意），山东面是著名的哲蚌寺。相传在很久很久以前，哲蚌寺的七千七百名喇嘛正围着硕大的铜锅喝酥油茶，不想天际飞来一只大鹏金翅鸟，把盛着滚茶的铜锅抓起飞走了。众僧群起直追，吆喝的，击鼓吹号的，一时轰响。那金翅鸟有些惊怕，加之爪子烫得受不住，只好弃锅而逃。一大锅酥油茶从山头浇将下来，好端端一座透明的山被烫成斑驳而残缺的样子。

这样热闹的传说谁不喜欢——记下来；"东嘎公社？东嘎什么意思，'白海螺'？"好名字，记下来。水晶山下，有一座褐色石崖，那儿的传说有点儿像莱茵河上的罗累莱：星光闪闪的夜晚，石崖上坐着一位少妇总在梳理长发，总在哼着忧郁的歌。她把睡着了的赤裸婴儿放在崖下青草地上，有人走近，她就一遍遍地说："咕叽（"劳驾"），不要弄醒他；咕叽，不要弄醒他！"

廖东凡夜间常独自路过崖下，真想亲眼看看那母子俩，可每走到这儿又忍不住小跑起来。

县里派他专职负责翻身农奴演出队，编、导、演集于一身。那些年里，他率领这个演出队转徙各处，住过哲蚌寺颓败的经堂，住过堆龙河上的水磨房。他拿出每个月的三十斤口粮——内地运来的四川米、陕西面——请大家聚餐几顿，然后再把手伸向每一个糌粑口袋：队员们都是自带口粮。长期吃不到蔬菜，嘴唇干裂，结成痂壳，强烈的紫外线又使他的脸一层层地脱皮。也常去拉萨，步行，骑马，或者搭乘顺道的运粮运草的马车驴车，都是为演出队的事儿：借服装啦，要琴弦啦，有几回推着青稞糌粑去换大米——农民演员们多稀罕大米呀！拉萨几个专业文艺团体的人都认识他，每见其人风尘仆仆前来，身边又总跟着一群穿粗氆氇藏袍的农民，就揶揄他："'翻身农奴'又进城啦——"，从此，他又得了一个"亚朗新差（翻身农奴）"的称号。

早在 1964 年，他就在东嘎村一带扎了点，东嘎就像廖东凡的"娘家"，常来常往；70 年代这几年，他就驻扎在此。再住后几年，改革开放了，当年的文工队员在 80 年代初期都成了农村中的人物。到底是见过世面的人，思想很开通，农村政策一放宽，就闻风而动，包产到组，包产到户，买拖拉机跑运输，收入一下子就上去了，在全自治区也小有名气。原先演出队的"管家"平措次仁真成了好管家，当了十二户的组长，两台拖拉机，里里外外操持得有条不紊。他正培养自己的三个儿女，上小学，上中学，将来还想送他们上大学，去北京或出国深造，很有些新式农民的味道了。从前的大提琴手次珠，现在拨弄着百多口人的心弦。他领着一个老弱病残组成的专业组，挣钱还了三万元欠款，买了两台拖拉机，每个工值折合好几块钱哩。

廖东凡真高兴：都有出息。那几年里，每逢年节，有时星期天也往那儿跑。领回乡亲们看病，给他们送药，帮助购买新式农具，为脱贫致富出谋划策。人们欢迎他，无论老少，都沿用一二十年前的称呼："格（老师）小廖啦！"端出干硬喷香的炒蚕豆，也端出满脸的笑、满肚子的话。好多人家的相框里都有他年轻时的照片。廖东凡有时会想起一位盲人老阿爸。那年拉萨搞武斗，老阿爸让女儿搀着步行到拉萨，找到廖东凡恳求说："跟我回去吧！你是汉族阿妈生下的儿子，要是在藏族地方给打伤了，我们的骨头都会痛碎啊！"他还想起有一年他在拉萨人民医院做阑尾手术，他的队员们都坐在医院门口的台阶上哭泣。原来他们以为肚子上划了一刀肯定要死了。廖东凡听说了气不得又笑不得，不顾刚缝线的伤口，溜出病房把他们骂了一通。队员们还是不放心，每天都轮换着陪同，晚上就铺张羊皮睡在他床前的地板上……

每想起这些往事，总觉得有一股温热潜流，涌动于生命之中。因此而热爱，而痛苦，也存有歉意。

极"左"的年代里，廖东凡常因家庭问题遭受委屈。可悲的是，他有时也难免用极"左"的眼光待人处事。比如说，年轻时曾辜负过青梅竹马的女友的一往情深：因为她出生于旧官宦家庭；又比如说，市队巡回演出到热玛岗地方，他了解到当地学大寨，要在沙地上打井。桑结老人不同意，说石头上能栽花，云彩上能跑马吗？得到这素材，他赶编成小歌剧，表现"两条路线"斗争，当晚就在村里演出了。时隔16年后，廖东凡重返热玛岗采风，才知当年沙地上果然没打出井来，但桑结老人作为"保守人物"也一直没能抬起头来，直到临终都郁郁不乐。廖东凡受到强烈震撼，感到深深的自责：我们搞文艺的，千万要懂得这支笔的分量！

还有一层积郁在心底的歉意。在他度过的许多不眠之夜里，每到凌晨四五点钟，高原仍是夜深沉，他便打开门，倚着栏杆遥望东天。在家乡，该是黎明了。女儿还在酣梦中，妻子一定早起了。多年来她独自担起了整个家，他没能帮上一把。是啊，什么时候能问心无愧，对谁都毫无歉意呢？

"民间艺人"（1976 年—1984 年）

喂，北大的老同学们，你们现在都在干吗呀？你们知道我正要干吗吗？

1982 年夏，廖东凡与同事次旦多吉进行了一次远征，去被人称作"隐藏在云雾雪山密林中的人间绝域"的墨脱县采风。当他站在海拔 5200 多米的多雄拉雪峰之巅时，忽然想起了昔日同窗。

大多是文艺教育界的中坚了，学者、作家们。可是我却要去原始森林，寻访"很久很久以前"的故事。似乎有人说过，往往一篇小说就能使人一举成名，而从事民间文学的可能终生默默无闻。也许是这样。可是如果在这里找到了属于自己的世界，艰苦并快乐着呢？所以年近半百，我还乐意奔波。他们真想象不到我的生活是怎样的。那一回搭乘拖拉机到了珠峰脚下，上坡下坡，在拖斗里翻前滚后，而且差点儿没给冻死。在珠峰西侧住了十多天，每天早晨爬到岗嘎山上看珠峰。云海里，十几个差不多高的山头渐次显露，究竟哪个是珠峰？请教了当地人，才知道最不起眼的那个就是。多雄拉雪山是喜马拉雅东端尾闾，与著名的南迦巴瓦峰遥相对应，现在它在我脚下。

墨脱在喜马拉雅南麓山地热带地区，是西藏也是全国唯一不通汽车的县份。多雄拉大山的盛夏，虽说是驮运队通行的黄金季节，那形象也就像一头白色的狰狞巨兽。山势险恶，积雪过膝。热带与寒带气流在此交汇，自古被称作"阴阳界""鬼门关"。注意切忌吼叫，一喊就会下冰雹。常有人遇难，或在滚石区被击中，或在积雪区被冻僵，或在瀑布区失足落下深渊。曾有一个年轻的军人，在山顶想喝口酒取取暖，不想刚把酒壶举到唇边，这姿势就成永远的姿势了……险是够险的，累也够累的。累得你连哭的力气都没有。廖东凡不幸中年发胖，心脏已发生病变，冒险登山，再累也不敢停下，怕这一停就给"定格"了。壮观也真壮观：山腰开满杜鹃花，人在画中走；山顶银装素裹，死亡一般静美；而一条条瀑布则如群龙腾飞。下山，垂直分布几个气候带：积雪地带、高山草甸、针叶林、阔叶林、芭蕉、毛竹是终点站。进入蚂蟥区。大片茂密的青草，几乎每片草叶都附有一条蚂蟥，一有响动，每片草叶上的蚂蟥都摇曳起来，犹如金蛇狂舞，叫人腻歪得直想吐。走不甚远，廖东凡的白衬衣已是血迹斑斑了。就这样，此后在墨脱的两个月里，他常常穿原始森林，攀悬崖峭壁，过编得密密层层蛛网似的藤索桥，去山民猎户家访问，采录了大量的门巴族、珞巴族神话传说、风土习俗。真苦！连惯于吃苦的廖东凡都觉得其苦难耐了。

那一晚，住在梅日村珞巴族猎人琼多吉家。没有蚊帐，蚊子多得劈头盖脸。不远处水声轰响，不知名的鸟儿叫得凄厉，鸡在阁楼上老是弄出些动静，老鼠不时从头上身上蹿过。尤其糟糕的是，白天被外号叫"蒙古兵"的毒蜂蜇了右手，虽说吃了解毒的蛇药，还是又胀又疼。听说被这种蜂子蜇了，搞不好要送命的。好心的主人烧起玉米芯熏蚊子，蚊子倒是熏跑了，可是人也热得受不了了——整整一夜没睡着。第二天上路去卡布村，又是险路。左边是密密的名叫"猴子哭"的不长树皮的树林，右边是深深的峡谷，谷底是雅鲁藏布江令人心悸的咆哮。右手肿得像大面包，拐棍抓不住，一脚踩空，摔倒在悬崖边，幸亏让凸起的大树根绊住，不然恐怕要被水葬了。廖东凡老大会儿没起来：搞民间文学的真苦！真苦！而此刻，同学们可能正在窗明几净的书斋里著书立说吧……豪迈感没有了，一阵悲凉袭来，忍不住落泪了。

只是到了珞巴族寨子卡布村，才又兴奋起来。支部书记江布多率领全寨男女老少在山路上迎接，簇拥着他们走进村寨。房东阿爸嘎钦的家变得像过年一样热闹。村人背来桃子、香蕉、甜瓜、蔬菜，还排起队来，依次各献一瓢鸡爪谷做的蔓加酒，那是非喝不可的。

在卡布村紧张地工作了五天，天天如此。珞巴族神话传说也像珞巴人一样使他激动又应接不暇。廖东凡长吁一口气：和这一切相比，一切磨难算得什么，不虚此行，不虚此行！

从1979年起，廖东凡专职从事民间文学工作以来，不过几年时间，就和同事们搜集整理出藏族、门巴族、珞巴族民间故事上百万字，民歌数千首，正在陆续出版。其中他和另两位藏族作者合作翻译整理的《西藏民间故事》（第一集，廖执笔），荣获1982年首届全国民间文学一等奖。除此，他还撰写了有关西藏歌舞、曲艺、风土民俗等方面的文章多篇。一些藏族学者也每每惊讶于他的博闻广识，他又有了"民间艺人"的美名。从前不太熟悉他的人，还专程拜访他，从他这儿"采风"呢！

1984年春，西藏自治区人民政府对廖东凡进藏23年来的工作成绩予以表彰，并给予晋升两级工资的奖励。工作和努力获得社会承认固然重要，西藏阅历丰富了自己的人生尤其让他深感欣慰，而经他搜集整理来的民间故事和传说，这些一度"濒危"的遗产，就将长存于世，则无疑也是一己生命的延长。

附注：

本文写于1984年。后来廖东凡调回北京，还在一直为西藏工作，退休前任《中国西藏》杂志主编，陆续推出《雪域西藏风情录》和"廖东凡西藏民间文化丛书"等十数部专著，并主编丛书《世界屋脊上的神话和传说》一套四册等。

民间珍宝的拾荒者

——读廖东凡主编的《世界屋脊上的神话和传说》

> 智者周游列国所收集的，
>
> 撒在大地的穷人的珍宝，
>
> 那些以低声耳语传播的，
>
> 比富人的金卷更为奇妙。

　　这诗本为西藏现代史上著名奇僧更敦群培所作，从中传达出此人足迹从西藏遍布南亚诸国，沿途收集思想、语言和古今传奇时的欣喜与感慨。多年前乍读此篇曾会心一笑，脑海中随即铺展开的却是西藏的山川大地，其间蓬勃丛生的民间文学的花与叶。今天当我一眼望见廖东凡先生主编的《世界屋脊上的神话和传说》（共四册：《神山之祖》《黑面王子》《橘子姑娘》《天湖神女》）这套美丽的图书时，脑海中随即浮现的竟还是更敦群培的那诗，联想到那些花与叶已被收集变成文本——来自民间的曾为穷人们拥有的珍宝，此际已成当代金卷；那些以藏语低声耳语的动人故事，从此将在汉语世界广为流传。

　　我并非这一转述过程的参与者，只是目击者。每一篇末附注的记译整理者，都是熟悉的名字，是我的师长、同事和朋友。其中有些人例如次仁玉珍、佟锦华、耿予方等已相继过世，但他们的音容身影仍隐匿于字里行间，存活于自古而来的传说中。而这项事业薪火传承，仍有许许多多的人在民间文学的沃土上辛勤躬耕。

这一过程可分为若干段落。起初多是自发的和个体的行为，例如廖东凡在农田阡陌的拉萨河谷，次仁玉珍在风雪弥漫的藏北高原，仅仅出于热爱的心情，工作之余他们开始收集出自农民和牧民之口的有趣故事。此前此后，来自中央民族大学、西藏民族学院等院校的专家们也瞄准了这片宝地，在深入藏地从事社会调查的同时，也一点点地捡拾起这些散落于乡野的珍宝。差不多二十年前，由国家组织的、由西藏文联承担的西藏民歌、谚语、民间故事"三套集成"的文化工程启动了，西藏各地、县直到乡村上下动员，各方力量汇聚，年复一年的丰收季节：从田间地头农舍牧帐，到深山老林荒僻绝塞，人们盘膝而坐，老人们讲啊讲，采风者记啊记，巨厚的藏汉文稿本源源不断地汇集拉萨。从前由西藏人民出版社陆续推出，后来内地的出版社加盟，而且包装印制也越发精美。"三套集成"的成果相继问世，已然经过反复的淘洗筛选，《世界屋脊上的神话和传说》这套图书由此脱颖而出。有心的编选者从中优中选优，真是一件功德无量的好事情。

　　每当成果问世的时候，一般说来过程就可以忽略不计了。只有不多的人知道并记得过程的艰辛。就如对于珞巴等山民口承创世神话的发掘，可谓艰险历尽。我曾经描述过这样一个场景：在人间秘境墨脱的悬崖边古树下，一位壮年汉子跌坐于地，泪流满面。这个人为什么哭泣？是因为几天前他被一只大黄蜂袭击，脸肿得像个大面包；昨晚又遭大群蚊子围攻，彻夜不眠；晨起上路精神恍惚，一失足差一点儿摔下悬崖。于是这人久久地没有爬起身来，几天来的遭遇，不，是很多年来的遭遇一起涌上心头，不禁悲从中来。如今笑谈当年的这个人正是西藏民间故事大王的廖东凡。几十年间徒步走过雅鲁藏布大峡谷的不仅有廖东凡和他的同事次丹多吉，还有李坚尚一行，于乃昌一行，还有长期工作在那儿的冀文正等等。大峡谷的自然风光其壮美无与伦比，收藏于深峡的原始文化格外诱人，但通往那里的道路奇险令人却步，沿途的蚂蟥毒蛇黄蜂黑蚊令人生畏，所以说，深入其地的采风拾荒者既是智者更是勇者。

墨脱采风的场景仅是西藏民间文学收集工作的局部，所经历的艰难困苦仅仅是一个个小插曲。当丰硕成果捧献时，连他们自己也说，那些过程都可以忽略不计啦。在以后的年代里，未来的编选者甚至将会忽略掉采风记译者的名字。到那时，以往的讲述者和今天的转述者都将融入他们心爱的传说和故事，融入民间文学所蕴含所指向的纯真、善良与美好之中。而那些撒在大地上的穷人的珍宝，也将真正地熔铸成世人共享的传世金卷。

听廖东凡讲拉萨掌故

拉萨是中国历史文化名城。拉萨一带的开拓史，至少可以上溯到三千多年前的金属时代，有考古发掘的曲贡遗址为证。当然，早先的拉萨之成为王城，是伴随了吐蕃的崛起，定都于此并一统青藏高原的宏大叙事开始了新一轮的生命。屈指算来，这座老而弥新的城市将近一千四百岁了。而后来拉萨之成为圣地，以其宗教和僧侣、世俗和贵族的光色罕见于世，则在晚近到四五百年的历史中。千载风雪，布达拉宫历尽沧桑；岁月流过，携走市井多少代人。苍天大地见证了兴衰枯荣，可说是老旧房舍的每一角落无不积满了历史的风尘，掩埋了多少激动人心的历史人事。

廖东凡老师以四十年的工夫，遍阅史料，寻访口碑，踏勘清理，终于让那些沉埋有年的、少为人知的旧事故人重见了天日。掌故，拉萨的掌故，顾名思义，或望文生义，是掌上的故典，是老旧拉萨尽在只手掌握之中，是扳起指头，如数家珍般的一一道来：布达拉宫何以凭山而起，旧城拉萨何以沉寂，何以再度繁盛；从布达拉到八廓街，从宫殿、寺院到贵族的府邸，以及驻藏大臣衙门；从人主神王、名门望族到巫祝护法，再到民间底层，众生百相，林林总总，无不纳入掌中流注笔端，俨如时间长河的岸边，一幅充实而精妙的藏式清明上河图，历史因之鲜活，风起云涌；往事历历再现，扑面而来。

作为《拉萨掌故》的第一读者，在此我急于述说一个强烈感受、传递一个阅读经验——感受是属于自己的：多年前本人曾撰写过时限为20世纪上半叶的《老拉萨——圣城暮色》（江苏美术出版社出版），当时虽也查阅了资料采访了口碑，但相比这本书，内容无疑单薄很多，生动细节尤其缺乏，是相见恨晚的感觉；经验则是面向大众的：对于本书不可一口气读完，适合一个专题一个专题慢慢读来，适合复读。因为本书信息之浓密显得黏稠，还因为老故事的陌生久远。

可以想见，当读者诸君尚未与本书相遇，你所眼见的拉萨景象会是怎样的呢？无非异域异色的别样风情吧，或许仅有新鲜新奇吧！但当你手捧此书，掌故在手，"按图索骥"，一一对应眼下的旧宫墙老房子，或是捕捉到了新建筑之下某处旧址影像，在这样的时候，你或许就会心生惊喜，恍若置身从前，去印证，去对话，去参与，举一反三地去联想。

上世纪 80 年代最初的那些年里，西藏文联的单位所在地还在八廓街头旧称"美朵江村"（花园柳林）旧址的院落时，我和廖老师做过邻居，就见这位热心人交游甚广，从文化官员、贵族后裔到民间艺人，三教九流无不成为廖家常客。此前我对历史及民俗方面一无概念，几年间的耳濡目染，实实在在地感了兴趣，有时就随廖老师去八廓街人家访问，平时更听他絮絮叨叨讲述某某世家、某某艺人的故事，就仿佛一个民间叙事的载体。可以说，本书内容自那时起就积累得足够可以，满而外溢。本书是吃"百家饭"且日积月累集腋成裘的结果，更发自于一腔经久不衰的热爱之情，兼具娴熟的拉萨口语、亲切的文字、汉藏合璧的思维与表达方式——工夫＋功夫，若论廖老师诸种优势条件的具备，此前和今后的同类题材，怕是无人能及了。所以在此特意向希望了解西藏的读者，尤其是正准备去西藏旅游的人推介这本书，作为拉萨深度旅游的辅助读物。要是你能在赴藏前读到它，做好了案头准备的话，再去拉萨实地游历踏勘，必能获得事半功倍的成效，也许会有更丰富更深刻的感受和经验向更多的人传达。

2007 年 1 月 18 日

霍巍、李永宪：发掘皮央—东嘎遗址

皮央和东嘎，是西藏札达县的两个小村庄，坐落在城北40公里一条东西向沟谷中。从寂寂无闻到声名鹊起，并以两家村名联袂现世，所凭借的正是与两村相邻的超大石窟群。该遗址1996年列入西藏自治区文物保护单位、2013年经国务院核定为全国重点文物保护单位，名称即为"皮央和东嘎遗址"。

都被冠以"西藏最大佛教艺术石窟"名号了，发现时间却相当晚近，这之间的反差似乎够大，无论是何原因导致，它就在那里，总有抖落尘埃那一天才是正解。

从1984年开始、为时9年的西藏全区文物普查行动，最后一年轮到阿里地区，自治区文管会的一支小分队初访札达，很快掌握了线索，最终是由一位牧羊女带路，当几位考古学者爬上布满蜂巢般洞窟的土林山顶，映入眼帘的正是这处尘封的佛教艺术世界，可谓一眼千年。

当年还是四川大学考古系青年教师的霍巍[①]、李永宪[②]正是这支小分队成员，此前的两年时间里，他们主要活动在日喀则和山南地区，先后在吉隆盆地和仲巴、萨嘎一带的雅鲁藏布江上游发现了多处旧石器地点和细石器地点，确认并记录了沉寂数百年的"贡塘王城"和"拉加里王宫"，特别是在吉隆一举发现"大唐天竺使之铭"，经由新华社发出的通稿，从此让世人知晓了大唐御使王玄策出使印度走过的藏地之路。西藏考古每一发现都伴随着惊奇惊喜，而今在皮央，在东嘎，尤其惊艳惊叹！

1992年的初访初识仅限于普泛调查，从那时起的二三十年间，霍巍和李永宪带领的川大考古团队来过皮央和东嘎多少次，连他们自己也数不清了：要么是领有专项的田野工作，要么是区域性的综合考察，或是携来水泥、木材、铁皮等建材，为几处重要的洞窟修建门户，同行的一批批研究生也由此积累了西藏考古经历，总之这处遗址俨如川大考古队伍的实践基地。常来常往熟悉了，师生们跟热情的村民之间

---

① 霍巍，1957年出生，原籍河北，毕业于四川大学，先后获考古学学士、硕士、博士学位。1990年—1992年入藏参加全区文物普查工作3年。现为四川大学杰出教授、教育部长江学者、博士生导师、四川大学博物馆馆长、历史文化学院院长、四川大学中国藏学研究所所长。在西藏考古领域主要从事古代墓葬制度研究、"高原丝绸之路"研究、吐蕃时期文化与艺术史研究、西藏历史时期文化交流研究等。出版有《西藏古代墓葬制度史》《西藏西部佛教文明》《吐蕃时代考古新发现及其研究》《史前至唐代高原丝绸之路考古研究》等专著。发表藏学研究论文百余篇。

② 李永宪，1954年出生，四川人，先后毕业于四川雅安师范学校、四川美术学院、北京大学考古系（助教进修班），1990年—1992年入藏参加全区文物普查工作3年。曾任四川大学历史文化学院考古学系主任、四川大学中国藏学研究所教授。2016年退休，现为西藏大学引进教授。在西藏考古领域主要从事史前考古研究、高原岩画研究、美术考古研究等。出版有《西藏原始艺术》《西藏史前考古》《西藏岩画艺术》等著作，发表研究论文百余篇。

互动也挺有意思。李永宪讲述了其中一个故事。

1992 年皮央—东嘎遗址的考古发现一经报道，不仅在国内外学术圈、文化圈中引发轰动，本地村民更是大喜过望：原本司空见惯的荒僻山野居然一变而为宝藏圣地，与有荣焉，激动之下也想做点什么，于是当自治区考古普查队离开后，村民们略一商量，便在当时皮央村巴桑村长带领下进行了一次"非正式发掘"，果然在皮央山顶的残墙断壁下面挖出了好几尊金属和泥塑的佛像。村民们欢天喜地，将佛像擦拭干净，供奉在山顶洞窟，不时上山朝拜，燃起柏枝香柴"煨桑"致意。

随着知名度的提升，吸引来众多游人访客的同时，也招致不法之徒的觊觎，皮央村民"发掘"出来的至宝因此遭劫。巴桑村长见到再番前来的霍巍和李永宪，一开口就讲起这段经历——

那天清晨，一位老人上山转经，发现供奉佛像的洞窟被洗劫一空，全村人闻讯立马赶来，人群中甚至有人急得哭出声来。有位村民很冷静，说他前几天见到一辆越野吉普车在村中逗留过，依稀记得车牌号的后三位数。村长快马加鞭赶到县城报案，当地公安火速组织人马星夜追赶——谢天谢地，终于在不法之徒混入人烟稠密地区之前将其拦截拘捕，一举追回了全部被盗之物。

宝物失而复得归置原处。巴桑村长陪同专家们走向山顶洞，炫耀宝物。果见这批铜佛和泥塑非比寻常，造型美，工艺精，历时近千年光彩依旧。众人自是赞叹不已，赞叹之后便是相关文物保护法的普及教育：文物属国家所有，发掘需要法定资格，文物就地放置须有保卫措施，云云。

第二次前来东嘎和皮央，是为进一步调研考察，同时也对洞窟采取了多种加固措施，保护措施则有安门上锁之类。真正的考古发掘工作是在 1997 年夏季进行的，让村民见识到专业的操作场面。虽然只是小规模的清理，仅限于 4 座殿堂、10 个洞窟、总计 300 平方米面积，规模不及皮央遗址总面积百分之一，却出土了十分丰富的文物：佛像、佛经、唐卡、木雕、石雕、泥塑等等，时间跨度从11世纪到15世纪贯穿了四五百年。形同真人等身的铜菩萨说明了当地高超的铸造水平，手掌般大小的木雕上，则集雕、刻、磨、刨、镂、镶、嵌诸种手法之大成，方寸之间可以竞相显现数十尊神佛灵异形象。十余幅唐卡可能是西藏考古出土的最早一批卷轴布画，从画风可辨别出克什米尔、尼泊尔、卫藏本土不同风格的痕迹。还有那么多泥模佛像，背面清晰地印记着制作者的掌痕指纹，另有石雕佛像、桦树皮上书写的佛咒，以不同材质手段创作的诸佛菩萨、飞天和曼荼罗……

皮央—东嘎石窟群的考古发掘收获巨大，意义深远。不仅千年前古格初创时期的画面由此展开，遗址的范围也相应扩大，包括多处古代墓地的存在，可将这一带的人群居住史推向两千多年前西藏的"早期金属时代"，即相当于中原历史的战国秦汉时期。这一"前古格时期"或许就是"古象雄时代"？

2001年夏季，我在拉萨见到从阿里归来的霍巍和李永宪。川大师生利用暑期出野外，对皮央—东嘎石窟群进行了全面的考古测绘和部分壁画临摹，还在遗址附近发现了距今两千年前的房屋居址和3处古代岩画；沿着象泉河畔调查，发现了两处石窟壁画和疑似象雄时期的都城"穹窿银城"卡尔东遗址，找到了炭化的农作物种子。至此，阿里考古已在时段上从"古格时期"为主的历史时期考古，上推至"古象雄时期"乃至更久远的史前时代。正如李永宪所说，札达盆地犹如聚宝盆，在那些纵横交错于土林之间的条条沟壑之中，都可能掩埋着古老文明的昔日辉煌。

2018年夏季开始的阿里考古，可说是史无前例的声势浩大：在国家文物局和自治区文物局的部署下，先后有区内外7支考古队伍活动其间，国内多家媒体随之跟进，CCTV动用了几乎所有传播手段，"新闻联播""新闻 30 分""朝闻天下"各栏目进行专题报道和现场直播以外，另有网络微信公众号，被热爱西藏的网友竞相转发，一时间将西藏西部考古盛况传至世界各地。多年前皮央—东嘎遗址的发现者霍巍和李永宪已是年逾花甲的"老教授"，这一次依旧率领川大考古小分队，依旧是在皮央和东嘎这一带，发现和发掘了 7 处早期墓地，年代大致处于公元前 7 世纪—公元 5 世纪之间。皮央和东嘎一带墓地的发现，表明此地定居人群早在公元前若干世纪已形成相当规模的聚落并拥有高度发达的物质文化。专家们这一次是在央视的镜头前被更多人围观：霍巍手持刚刚出土的铁质灶具和青铜釜，讲述这座墓葬所代表的金属时代特征，引申至当时高原西部的文化交流情景；李永宪则在镜头前讲解出土的粟类作物小米与麦类作物青稞的关系，以及农业在札达盆地史前生业中的意义。

回忆多年以来在皮央、东嘎一带的考古经历，霍巍和李永宪两位教授一再称道那是"我们的幸运"。其实对于西藏考古事业来说，又何尝不是一种幸运——相互的成就，共同的成长。他们引领的西藏考古团队，数十年来的学术贡献和影响远不止本文所写。就像已经满头白发的李永宪所言，他最感自豪的不是被称作西藏考古专家，而是每次行驶在通往皮央和东嘎黑色柏油路面上的那种"漂移的畅快"——你看县城有皮央村民开设的甜茶馆，皮央村口竖立《中国国家地理》推荐的"西藏最美景观拍摄点"标牌，村中建有旅游接待站，村民住进崭新的二层房舍……目睹这些巨大而美好的变化，不由回想起当年在村外山谷溪旁风餐露宿情景，一切都是值得的。李永宪说，古代文明，现代文明，还有什么能比文明之光洋溢在现实生活中更美妙呢！

2022 年于北京

张建林：考察古格故城

古格王国覆灭于 17 世纪 30 年代，失去了王者的王城建筑群寂寞独存。然而 300 多个春夏秋冬历尽，这座无人的城郭任由风雨阳光剥蚀，或者说，任由西部西藏干燥的空气蒸发，干透了，以至于每当秋季的某些傍晚，据说整个王城所在之山连同札达土林，天地间火焰一般的颜色，仿佛燃烧。而干燥的天气时常骤起大风沙，风化加剧。

仅仅干燥也就罢了，在雨季的夏日里又时常暴雨如注。湿度近于零的夯土墙就像海绵那样洇湿饱和，随后再度于阿里的骄阳下被炙干。就这样年复一年，曾经致密的土质建材变得疏松，解体加速度，一点一点回归天然。

荒弃之地人迹罕至。虽然早在 1961 年，这片废墟便以"古格王国遗址"之名被公布为第一批全国重点文物保护单位，但直到 1979 年和 1981 年才有两支专业队伍光顾：来自西藏和新疆文物部门的、来自西藏工业建筑勘测设计院的，分别进行了专题调研。所以张建林一行算得上第一批考古工作者，对古格王城遗址的全面调查始于 1985 年。

然而迎接这支考古队的，是当年夏季第一场大雨突袭了厨房。远道而来的考古队员们预想过可能的困难，唯独没料到极其干燥之地还需防水，以至于误将锅灶安置在地势稍低的一处洞窟。当暴雨来临，大水漫灌，全部口粮大米和面条无一幸免。大雨过后，大家拿脸盆往外舀水，抢险工作整整进行了 3 个小时。这番遭遇令人印象颇深，许多年后每每谈及，是为说明当年的艰苦和狼狈。

此次考察活动连续 3 年。这支由西藏文物管理委员会组织的考古队，藏、汉族专家十数人，由陕西省考古研究所（陕西省考古研究院前身）的年轻专家张建林[①]担任业务队长，任务是对这片遗址进行全方位调查，从编号测量到归类描述，外加摄影录像，为此特请故宫文物摄影师宗同昌先生和四川大学电教室 3 位录像人员同行。

本底调查第一步，有些工作说来简单，比如编号：只消搬来一块较大鹅卵石，标以罗马数字（分区）和阿拉伯数字（序号），摆放于洞窟或殿堂里；有些工作比较复杂，比如描述：根据壁画内容或主供神佛，最起码也得确认是什么殿、什么窟。王城遗址整座山坡大大小小的殿堂和洞窟，就这样依次走过，拿工具测量过，包括各种形制的建筑物，全部造像、壁画、天花，皆被摄影摄像"立此存照"……权威数据随后公布：古格王城遗址总面积 72 万平方米。总计残存各类殿堂房

---

① 张建林，1956 年出生，陕西长安人。1982 年西北大学历史系考古专业毕业。陕西省考古研究院研究员，曾任陕西省考古研究院副院长，现为西北大学特聘教授、浙江大学兼职教授、中国考古学会理事。研究方向：隋唐考古、西藏考古。30 余年来曾主持多项国家级、省级项目，如唐代帝陵考古、藏东地区吐蕃佛教造像调查与研究等项目。对于唐代帝陵考古调查与研究有较大推进；对于西藏古格王国时期遗址、西藏岩画、吐蕃时期佛教造像考古调查与研究具有开创性意义。著有《古格故城》《慈善寺与麟溪桥》《唐顺陵》《西藏东部吐蕃佛教造像——芒康、察雅考古调查与研究报告》《秘境之国》等，发表论文及其他文章 90 余篇。

屋445座，各类洞窟879孔，碉堡58座，佛塔28座，另有塔墙1道、防卫墙10道、隧道与暗道4条。历经岁月风化，保存完好的殿堂仅有5座，分别是拉康玛波（红殿）、拉康嘎波（白殿）、卓玛拉康（度母殿）、金科拉康（坛城殿）、杰吉拉康（大威德殿）。建筑物完整，意味着内中墙面、梁柱、藻井与壁画也基本完好，古格后期佛教艺术凭此得以幸存。

透过这片规模浩大的废墟，张建林似可遥想这座兼具统治中心、宗教中心以及军事堡垒等多重功能的昔日都城，曾经何等的繁荣喧嚣，然而当下直观可见的，却是覆盖其上的战争痕迹——最终一战发生在17世纪30年代，被来自西北方向的强敌、原本同族同宗的拉达克人一举摧毁，无人打扫的古战场就此定格：盔甲铠片、箭镞箭杆，甚至还有火绳枪、牛角火药盒，遍布废墟各处。唯一被人潦草收拾过的，是战死者遗体，集中堆放在某个洞窟中。干燥封闭的狭小空间里，尸身几乎保存完好，毛织衣物有些也是完好的，只是一经触碰，便成碎片。内中遗体多无头颅，当地人说被战胜者带回拉达克请功去了。

伫立在古格都城的废墟中，历史的风扑面而来。干燥的风曾经拂荡过繁荣年代的田园与矿山。留存在史籍和口碑中，不仅有象泉河谷"十万之众"的说法，包括了经济和宗教事业的"古格十三贡献"的说法，还有令考古学家惊异的其时冶炼与锻造的炉火纯青，例如"古格银眼"：嵌银的佛眼为此地所仅见。任由历史风扑面的考古学家望见对面山坡废弃的水渠，山脚下曾被垦殖又早已荒芜的农田，当年的王国都城而今仅见一个十几户人家的小村庄，这反差也够大的，而且这十几户人家皆非古格后裔，不由发问，当年的古格人哪里去了？

进一步的提问则是，前古格时代是个什么样子，早于吐蕃、一度漫卷于整个阿里的象雄风是个什么样子；提问还包括王城附近早已废弃的水渠和耕地，张建林说，你看那些绕山而过，曾从象泉河上源引水灌溉的明渠和类似"坎儿井"的暗渠,暗渠甚至经过一些洞窟,而洞窟像是有人住过——好大的水利工程,难道只是古格人所为,而不是来自象雄文明的农耕传统?联想到古格都城及其周边各卫星城的建筑群,最早的开辟者,安知不是象雄人?

1985 年开始的对于古格故城遗址的调查成果令人振奋,然而 1988 年再返古格做补充调查,却是意外受阻:因为这一年国家拨款维修这一遗址,阿里地区决定维修期间暂时关闭,外人一律不得进入。考古队?不行;自治区文管会的证明?不管用。怎么办?只能等待逐级上报、电报往返,这期间甚至由札达县公安部门出面监管外来人。

等待的日子里心急如焚,困守 7 天后,张建林决定"潜"往古格。这是一个月光皎洁的夜晚,大家背上行李,绕行山间小道,跌跌撞撞走了大半夜,一路全无"今月曾经照古人"的雅兴,到达时月已西沉。就在古格的西沉月光下,进入一山洞,一行人就地打开铺盖,和衣而卧。张建林说他那一晚辗转难眠,艰苦不算什么,主要是委屈,不由自问,千辛万苦为的什么。

太阳高照的时候,古格看守人旺堆老人从山下发现了他们的身影,遵奉上级有关"严禁"的指令,赶来劝阻,用汉话说:我们关系的不错,你们工作的不行。随后便是漫山遍野的追赶——这局面持续到拉萨方面的批准电文到达为止。

为时 3 年的野外考察之后,在北京某处招待所 36 级台阶下的地下室,张建林和同事们编写出上下两卷本皇皇巨著《古格故城》。上册为文字描述,内容包括概论、建筑遗存、墓葬、遗物、佛教艺术的分类及研究等;下册为彩图版,从外景到实物,尤其是经典的壁画天花图案格外珍贵。

距离古格遗址考古 10 年后,张建林再进札达,这一次是奉国家文物局之命,组队开赴托林寺。就在刚刚过去的 1996 年,托林寺升格为国家级重点文物保护单位，维护保护工作随之上马。团队集结了包括藏族专家在内的精锐之师，中国文物保护研究所（现在的中国文化遗产研究院）担纲壁画及古建维修方案设计，河北省文物局与古建所承担古建筑维修，故宫博物院宗同昌专职文物摄影和发掘报道。张建林主持考古发掘，重点在早期殿堂迦萨殿及四角小塔，经考古清理后做出保护方案。

千年古刹托林寺，在藏传佛教史上地位显赫。这座西部西藏的大寺和首寺，始建于公元 996 年，时值古格开国之初，王室是其最大施主，相当于王家寺院。之所以著名，不光有藏传佛教后弘期重要人物仁钦桑布大译师在此翻译了大量经文，更在于 1076 年在此举办的旨在纪念阿底峡尊者的"火龙年大法会"，被视为藏传佛教后弘期发端，因而托林寺相应成为这一时期的标志性建筑。

然而年久失修，殿堂多有坍塌，此次发掘清理重点迦萨殿，藏语含义是"百处"（殿堂），这座状如曼荼罗的大殿是托林寺早期建筑之一，当时已成废墟。1997 年整个夏季几乎每一天，都让发掘者充满了激动和惊喜：千年遗存包括青铜像、木雕、唐卡、模制泥佛、泥塑和壁画残片等等，其形象画风则荟萃了来自克什米尔的"卡契"风格和来自印度、尼泊尔的南亚风格。正如古格故城遗址代表了古格后期佛教艺术那样，托林寺废墟中尘土掩埋下的这批文物所呈现的，正是古格乃至西藏的藏传佛教后弘期早期代表作。

还有早期经卷的发现。尽管多数已成残片，但弥足珍贵。张建林特意带到北京，请著名藏学家王尧先生予以鉴定，后经布达拉宫的藏族学者系统整理了这批残页，从藏文书写规范证实了年代的确在 11 世纪前后，确属仁钦桑布大译师及其弟子们的译著，那些以黑墨、以金银汁书写在藏纸、在磁青纸面上的内容，包括了佛经及戒律、格言，以及立法文书等等。

环绕王城与托林寺，周边发现还有墓葬，墓葬中出土了陶器和铁器。经对遗物所做碳 14 测定，证实为 2300 年前。后来张建林多次来阿里来札达，发掘的古墓年代最早是 2640 年前的。2001 年我在拉萨见到他，这一次是率中央电视台摄制组进行阿里考古专题报道，已在央视"新闻联播"连续播发 11 条新闻，顺便又有一大发现：在象泉河北岸新发现长达 5 华里的象雄时期农田灌溉系统；2013 年我们在阿里相遇，他正带领西北大学考古专业学生在阿里地区北部日土县调查洛布措岩画和吐蕃墓葬群；2018 年再见，却是在电视屏幕上，远在札达县考古现场，他面向央视的直播镜头，讲解新发现的一处古代石构遗迹……

　　托林寺考古发掘第二年，从拉萨启程，一路颠簸好几天，当小车爬越一座山坡，但见土林浩瀚，无边无涯。就在那一刻，车内音响刘欢的歌声骤起："千万里，我追寻着你。"许多年后追忆那一刻，张建林说他怦然心动，一股热流从心底直涌双眼，竟然热泪盈眶，激越又略带苍凉的歌声不仅在当时十分"应景"，简直就像是预示了这一生的"写照"：从不足 30 岁的年纪举步古格，直到两鬓斑白，千万里、千万年，从古格，到象雄，去追寻，去发现，一直在路上，真好。

李旭：古道行者

　　青海人民出版社重磅推出李旭[①]的两卷本《茶马古道》图文书，上篇为《茶马古道——从横断山脉到青藏高原》，下篇为《茶马古道——马帮的传奇生涯》。诚如副题所示，前者以大视野观照，意在复原古道时空：从历史渊源到古道雏形，从几条主脉，然后是各支线的网状辐辏，由此串并起川滇藏各古镇驿站，以及沿途的自然风物人文遗迹心灵寄托；后者再现的则是一系列动态画面：行走其上的马帮商队、过往行旅，人背的，畜驮的，且是伴着骡马脖颈上铜铃叮当作响的，迎面走来，渐渐远去……当然这两大块内容的划分并非绝对，而是各有侧重的同时也穿插叠合、互为呼应，全景式呈现的同时不乏专题的、局部的特写。如此一来，从内容到形式完成了一个闭环，从而使得这条沉寂已久的

---

　　① 李旭，云南省社会科学院研究员，茶马古道专家。著有《藏客》《九行茶马古道》《茶马古道上的传奇家族》《茶马古道各民族商号及其互动关系》《地角天涯——中国少数民族纪行》《独步三江》等十多部图文专著，另有《滇藏川大三角文化探秘》《滇藏文化带考察》等多种合作著作及摄影画册出版。

古道重现于世，至少是跃然纸上，一如清明上河图徐徐打开，千百年，千万里，就这样让我们跟进作者的文笔和镜头一路领略。

一路领略，只是以今人今时的眼光看来，古道已经变得断续碎片化，不足百年时间便如沧海桑田，某些路段久已荒废重归林莽荒原，更多是被现代公路覆盖，沿途城镇生长，人烟渐就繁密起来；尤其令人感慨系之的变化，是那类天堑般的存在，不需要再历经艰险去翻越，而是真正"穿越"，诸如二郎山，雀儿山，夏贡拉山，相继被隧道洞穿，让公路出没于崇山峻岭之中，让乘车人一再经历"穿山而过"的非凡体验。所以说，古道新旅也是本书看点之一，作者李旭不仅为我们铺陈了完整的古道路线图，解读了道路古今沿革，还为贯穿高原地区的多条国道 G317、G318、G349、G214 和 G219（特别是丙察察段）当代旅行者探路做导游，替我们把南路北路中路、把主线支线全都反复走过，不时指点标示，距离远近，海拔高低，何处可以驻足徘徊，发生过怎样的故事，凡此等等。三十余年数十次往返，李旭把自己走成茶马古道第一行者。

本书的另一大看点是画面的精彩：图片伴随文字一同行进。彩色图片为作者实地拍摄，黑白老照片是作者搜集而来，出自 1930 年代中外人士之手，是旧时运茶载体的写真图，其中尤以川西一带背茶人的形象最为震撼。你看本书扉页图上如山一般压在脊背上的茶包，十几二十条两三百斤重，一背就是一整天，这种苦难到极致的生计不说空前起码也是绝后了。以往说到茶马古道，遥想山间铃响马帮来，何其浪漫，自从听李旭讲述这类极限生存方式的细节，方知古道之上岂止不尽是诗与远方。而能够寻访到那么多的最后的背夫、赶马人和马锅头，也是李旭的一大贡献，这部分内容可说是抢救式记录，最初被收进他的《藏客》一书。当下新版本是在这一基础上的扩充增强版。

三十多年前我在拉萨结识了李旭，那个时间正值他茶马古道考察的初始阶段。随着这条古道的声名鹊起，我们好些人都被席卷其中，为之热情奔走鼓与呼，及至新世纪初的两年里，我与李旭有过两次同行机会，一次 2001 年相遇在昌都，曾一起到访金沙江两岸的西藏江达县和四川的德格县；次年我们参加"茶马古道学术考察研讨会"，分别从云南和四川进发，会师昌都，又从北路同行至拉萨。后来我调离西藏，鲜少谋面，二十多年里有过联系，多为请他帮忙提供照片，拙著中至少有三部用过他拍的片子，另有他绘制的茶马古道路线图。李旭求我的事情好像仅有一件，嘱我为他的 2009 年版《九行茶马古道》写序。于是借此机会，我梳理了他历次踏上古道的时间、路径，以及每一次所带课题名目等等。首先值得大书特书的是 1990 年的"命名之旅"，云南六位青年学者木霁弘、王晓松、李旭等人从中甸出发，徒步跋涉，沿途考察体验百日之久，途经梅里雪山—碧土—左贡—昌都，经巴塘、理塘而至康定，又经雅江、理塘、乡城而结束于中甸。此行一大成果，是合著出版《滇藏川大三角文化探秘》一书，并冠以丛书级别的"茶马古道系列研究"之一，由此创设古道名号。虽然计划中的书系未能完成大家深感遗憾，但没想到的是"茶马古道"之名却是日益响亮起来，滇川藏沿途各地旅游大业无不以"茶马古道"为旗号，一直响亮到今天与另一条传奇之路相提并论，促成"西北有丝绸之路，西南有茶马古道"的佳话。而在一众学者心目中，茶马古道的存也早已超越了物理空间联通和物质文化交流的功能作用，无论是着眼于古道沿线多民族之间的相互依存、共生共荣，还是在今天众志成城铸牢中华民族共同体意识的新时代，这条古道所包含的可供研究利用的资源都极富张力与魅力。

所以当年没想到的还多，就连李旭自己也没想到他会一直走下去，十年二十年，这一走就是三十多年，算上局部路段的出行，古道上的行程恐怕不下百次之多了吧！当然了，也不是为走而走，作为学者的李旭所承担的课题大都是围绕沿途各民族的，每次出行各有所获，一路撷取的，是不同民族、不同样貌文化的天材地宝。例如 2001 年的课题关乎手工劳作，在金沙江右岸的江达县古泽村"雕版之乡"，考察的正是雕刻工艺；在金沙江左岸的德格印经院，则是从造纸到印刷的每一道工序……当然行走也不完全定位于高原道路，时有面向全国范围的课题，涉及五十六个民族的文化变迁。

总之经常听说他不是在路上，就是正在准备出发。本来印象中还是那个虽然留着一部虚张声势的大胡子而其实十分温文尔雅的书生模样，结果忽然在某一天收到他从昌都发来的微信照片，一张合影，着实吓我一跳，简直比年长他十多岁的图嘎先生还要显得沧桑啊！李旭也自嘲说"头发没了，胡子白了"。这是 2023 年的事情，今年 4 月间又接李旭微信，说他当天的行程包括将要穿越一座新建成隧道，"替你过一下夏贡拉啊！"夏贡拉雪山在哪里？在边坝县境内，旧时茶马古道（川藏官道）最难过一关的"西天一柱"，且是从明代、清代、现当代都有名人经过、不乏感人故事和壮烈诗文、且名场面频发之地，是一个当你了解了此山此路的历史，难免不会心怀敬畏与庄严感的地方。国道 349 新近贯通，海拔 4700 多米、长度 4380 米的夏贡拉隧道于 2022 年底开通，李旭已是第三次经过，只有第一次是真正爬 5300 多米的垭口在雪墙之间翻越，最近两年则是在山腹中穿行而过了。为什么他会说"替"我过此雪山，是因为他听说当年我曾乘车到了山腰处，因冰雪封路未能登顶，遂在垭口下方海拔 5100 多米处下得车来，想要体验一番前人的行路难，结果怎么样？说来汗颜：尽管空着双手全无背负，仅仅就在缓坡上挪动不过十数米远，本大姐即感心力难支，索性就地卧倒——是谓"人仰马翻"，由此切身感知行茶马古道之难尤甚于"难于上青天"的蜀道，也由此对从容奔走其上的李旭钦敬有加。

2024 年 5 月于北京

难忘西藏岁月

——张永发《阅读西藏》序

　　面对永发的这本新书，我不知在缺乏同样人生体验的读者中间能否引起如我一般的共鸣。总之我是被深深地感动了，以至于热泪盈眶。一本纪实性的散文尽可以不反映普遍经验，也可以不要求普遍的认同，只要具有自身的价值和意义存在就行。这一点，永发是做到了。

　　也许我有相当资格为这本书作序。1976 年，来自山东的 130 名同学一道进藏，从济南出发，乘火车、汽车，历时近一月方才抵达拉萨。这一路，我和永发的妻子王云在一个女生小组，同车同行，日夜相伴。有王云在，永发就不时地出现在我们面前，一个温和腼腆、秀气斯文的小伙子。我们似乎都知道他俩在行前领了结婚证，但那时年轻，不太懂得体贴别人，再说条件也有限，所以直到今天，我才从《我吉隆的藏族朋友》中得知，他们的新婚之夜竟是在告别拉萨、前往吉隆的途中度过的。当然我忽略的还有更多。进藏两年后再次见到他俩时，着实吓了一跳，尤其王云的形象惨不忍睹：形容憔悴，疲惫不堪，满脸黑皮正在起皱脱落，嘴唇周遭布满疮疱，还拖着六月身孕的大肚子。他俩只笑着说这一趟来得不容易，吉隆那边大雪封山，是徒步翻山走过来的。那时我只会表现出一惊一乍的样子，全不知这"不容易"竟到了九死一生的程度。忽然在《那个多雪的春天》中读到了这一段，竟回忆不起在拉萨期间我拿什么招待过他们。想到这里，心里难过。

当年的拉萨与内地都市相比，生活条件差异已是相当巨大，而西藏县城与拉萨相比，更有天壤之别。所以拉萨的同学们几乎都没有体验过永发夫妇的艰难经历。永发在《吉隆往事》这一辑中有具体表述，这一生活情景我同样今天才得知其详。而我们二十多年来从永发夫妇脸上看到的却是永远的微笑；我们同时也看到了两颗永远诚恳友善的心。尽管他俩年龄不比我大多少，却是我心目中永远值得尊敬的长兄长姐——历经二十四年岁月而不渝，这永远即毕其一生，看来是确定无疑的了。

永发和王云是同一类型的人物：品格高尚，才华出众。除业务精湛之外，都写得一手好文章。王云始终是一位好医生，永发则从好医生改行做了好干部。西藏并没有埋没人才，吉隆生活六年后，从县城而地区，再自治区。在拉萨，永发先是做了时任政府主席多吉才让的秘书，后来当了自治区组织部的副部长。真是用人有方，组织部长就应该是这个样子：首先是一个好人，同时公正无私，关心干部疾苦，既坚持原则又人情味十足。永发的工作勤勤恳恳，很得人心。他调离西藏时，我们一群朋友送他去机场。望着远去的飞机，我们都觉得失落，心空了大半。

永发和王云还是我所认识的人中，为数不多的模范夫妻之一。他俩情深意笃，日子过得清贫但和美，令多少人羡慕。除去他俩各自禀性使然外，读了这本书，得知了他俩共同经历的艰苦卓绝，我就完全明白了。那是在寒冷缺氧的雪山顶上，两个相互搀扶着、苦苦跋涉的身影。

离开西藏前，永发还发起了一件有意义的事情：组织70年代进藏大学生们撰文，结集成《西藏岁月》。永发任主编，我和陈正荣任副主编。由于当年的同学们已星散四方工作量太大，不耐催稿之烦，我们两位副手的工作一度停顿了，只有永发一个人辛苦地忙碌了两年，还要自己垫资。而那时他已调到北京。最后是他的负责精神鼓动了我们的继续参与。《西藏岁月》出版了并获得了很高的评价，同学们聚在一起感慨万分地说，没有永发，就没有这本书。

淡忘了多年的往事一起涌上心头，早已不会哭的我居然泪流满面。但类似经历和情感的过多描述难免构成误导，好像这本书就只为一人、一家、一群人的经历而写，是对旧事的沉湎。实际上本书第二辑就是吉隆之后面向整个西藏的展开，并且愈见眼界的开阔和文笔的功力。更何况即使写吉隆，也有历史文化背景的广义和深层的描写；即使写个人，也有思想境界在。对于西藏基层干部生活与工作之艰难的忠实描绘，则更传达了一种精神和情怀，同时说明了目前正在进行的西部大开发，以使西部摆脱落后和闭塞、提高人民生活质量之必要之迫切。

这篇"序"，着重于作者在藏背景的介绍，算是对于正文小小的补充。不由自主地进行了低调处理，实在因为面对蜂拥而来的往事难以高歌。同时也是永发朴实的文风此刻即时的影响。如果不算是画蛇添足的话，最后我要说的是：有值得回顾的往事是人生的财富；与艰苦岁月的经历相比，逝去的奢华安逸日子往往不值一提。

2000年10月1日于拉萨

画家韩书力（两篇）

从画境到化境

许多年前，我和韩老师有过一回非常愉快的对话。愉快来自共事多年，忽然发现彼此间不约而同的思想感情轨迹——拿时下的话讲，叫"心路历程"——可划分为三段式：最初一段漫长，几近二十年：1970年代先后进藏，赶上了"文革"结束、藏文化复兴，即改革开放时代，遂一头扎了进去，真诚而热切地渴望被这片文化土地接纳，为此甚至产生焦虑感。第二阶段约摸几年，实为过渡阶段，是在长久的沉潜然后浮出时，四顾有茫然；待回头望去，对给予了我们基因养成的汉文化有了再认识，渐生回归之意。随之进入第三阶段，重新定位：汉藏两个文化体系，一个都不能少，一为背倚，一为面向，之间天地广阔，任你行走或飞翔。安于客座成员位置，心情由此释然，如果还有困扰，单指创作层面，是常态。

时间真好，长时间耽于一方尤其好，确保你有足够的时空腾挪调适，看山是山不是山还是山，去思去想抑或非想非非想。对此，因我一直用汉文写作尚不明显，韩老师就不同了，韩老师的画作清晰＋隐约地反映了这一思想轨迹。从北大荒进藏前，也是时代使然，还以油画为主呢，进藏不久改弦更张：对应第一阶段的，是藏风浓郁的布面重彩；所取之"材"，题材方面皆为藏地本土的世俗和宗教资源；绘制材料，则为地道藏式的布料和矿石植物颜料。技法方面，既有传统的壁画唐卡脱胎而来，更多现代技法加入。说清一色藏式表现也并非绝对，早年作品《邦锦梅朵》系列中，就已尝试化入中华传统文化元素诸如来自彩陶、青铜、汉砖之类的纹饰符号，使之别开生面。

对应回归阶段，典型体现于一批国画小品。曾有一段时间，韩老师闭门不出，以自小惯用的毛笔，潜心于纯粹汉式文人画的表达，有点儿像"矫枉过正"，更像是闭关悟道的仪式。待到出关再出发，已然重新披挂：看起来人还是那个人，又仿佛置身三界之外；依旧水墨和重彩，版本升级，难以辨别具体出处，是兼容兼美吧，犹如和声变奏——空灵高蹈有宣纸，厚重坚实有布画，淡抹的，浓妆的，无不美轮美奂，圆融无碍。

这一次出版的《韩书力水墨画卷》，展现的只是清秀一面，适合书斋、客厅的悬而赏之；韩画主体的布面重彩不在此列，那似乎更宜于庙堂一类庄严和大雅处，或者馆藏。经由图片制版的印刷品已足够美妙，设想若是见到原作呢？上一年（2011年），西藏画家群体在京办画展，驻足在韩老师水墨新作前，乍见构图简约明快，定睛看来，每一细部处理又是如此绮丽的讲究，以至于心生一念：高寒粗粝的土地上，何以绽放出这等稀世的花朵！以至于脑海中仅现一词——叹为观止。"叹为观止"的字面意思潜台词都在说，行了够了，到此为止吧，不能再好了，也不必更精彩了。

说到对话和交往，好像二者并驾齐驱等量齐观，其实不然。是老同事、老朋友不假，但韩老师在我心目中的第一位置，还是老师，大师——不限于美术领域，在文化乃至人品素养方面，都是。单就品画而言，正是韩老师引领我这个只会说好看与否、约等于画盲的"画外人"登堂入室，甚至敢于客串美术圈了。成文的有三篇，也恰好从旁印证了上述心路三段。

最早一篇是 1987 年的《帕羊搁浅》，以韩老师一行乘坐大卡车前往阿里的古格王城遗址采风，行至雅鲁藏布江上游帕羊一段，陷车七天的经历为背景，穿插回顾这位画家自少年时代开始的求索经历，极言其多年间行走西藏进行艺术朝圣的艰辛和执着。在此顺便一说，此行开大车的小司机不是别人，正是韩老师当年新收高徒、未来在美术界异军突起的巴玛扎西。

间隔十二年，第二篇题为《韩氏黑画》。其时韩老师的水墨创新，即"黑白颠倒"之作初成气候，代表作《汗马图》业已问世，那是韩老师取意"凌烟阁"，置换而成的忠烈六骏。不消说，先睹者还是我们这些左邻右舍，莫不称奇复加振奋，合议说应当为这批开派画作冠名，就叫"韩氏黑画"吧！标题就是这么来的。大约"黑画"易引起歧义，这个创意名称似未见传播开来，仍被统称为国画彩墨。该文经余友心老师提点，对韩老师访谈，加上个人理解，为"黑画"探了源：一为三希堂拓片字帖，二为藏密壁画，汉藏合璧，提纯升华；至于东方传统之外还融会了哪一些，就说不清了。反正是在现代审美观念观照之下，进行过重新建构；反正再周全的理性归纳，都不足以还原艺术创作过程。所谓"诗无达诂"，画亦如是。就这样，配上画作图片，居然在大众的、专业的报刊多番发表和转载，甚至有画刊编辑误以为此文出自美术评论界"新秀"手笔呢！

第三篇是近年的《绝色师徒》，主写韩老师和巴玛扎西这对师徒的不世之缘，同时体现各自所代表的不同文化底色之间的碰撞与交织。堪称绝配之点在于，为师者形同刻意培养"异己"；师承者呢，不仅不亦步亦趋，倒是像极了存心解构。突出表现在若干同题作中，对师尊之作大行颠覆从而出奇制胜。由此引出一个命题，我们不知道这位老师以怎样的方式鼓励学生们保持自我，师出同门者也尽量拉开距离；各自保持了个性张力，居然最终集成一个特色鲜明的"西藏画派"。

评画自有"画中人"，出版方和画家嘱我写序，本意是希望我说些画外话，可是美术事业本来就是韩老师基本的也是终极的生活方式，其他的均可忽略不计了，包括担任西藏美协主席、文联主席那么多年里的奔波操劳，画室以外的诸多工作和任务……在一本精美画册前，言及画家身份之外，一个具有"老西藏"奉献精神的先进工作者事迹，以及他主持的单位荣获民族团结先进集体之类种种，多少有些不相宜。这么说吧，韩老师在西藏素享声望，固然反映了对其画品的仰止，尤感其人品修为。"韩老师"是官称，也是象征。总之做人作画双双臻于化境，个人的成果及西藏美术界的成长，是不是足以说明问题。

另有一点亦可佐证。身为编辑，最近我正在终审《中华通鉴·西藏卷》样稿。进入"通鉴"的大事要闻，必经层层筛选，但见自 1980 年代以来的逐年条目中，举凡韩老师在国内外所办一应画展和荣誉，连同晋级、受表彰，甚至捐款之类活动内容，尽皆收录；自 1990 年代始，巴玛扎西等藏族画家们相继出现了，个展、联展，去了内地哪些城市，到访了哪些国家，获得了什么奖项，历历在目。整个西藏目前尚欠发达，可以向世界展示并具国内国际水准的当代人文建树不算多，画家团队能够如此频繁地走出区门国门且载誉归来，西藏人引以为傲，格外珍爱，视为西藏的整体光荣；而这个美术家群体不负众望，也为当代西藏勾画了亮丽的一笔，诚为双向的馈赠与回报。说实话，读到这些相关词条，心中也是一片大感动。就想到自己何其有幸，能与这样一群优秀的艺术家为伍；同时想到的还有，总算不枉韩老师在藏四十年的心血付出，苦行僧度人度己，修成正果。

都被人叹为观止了，仍不见丝毫的懈怠；都年逾花甲了，还年复一年地在西藏各地采风。尽管大卡车已更换为"大地巡洋舰",野外装备也早已更新,但高寒缺氧的艰苦环境一如既往。我随韩老师下乡唯有一次,是在 1991 年冬季,去横断山区昌都数县考察玛尼石刻,为时近一月。最后的几天里,我们困守在偏远草原上的一个乡公所,等待去另一片草原探亲的驾驶员归来。彼时天寒地冻,举目唯见一览无余的莽荒。我们几个无所事事,又冷得难耐,索性背倚土墙晒太阳,袖手缩脑,站成一组群雕。这时,听得韩老师嘟囔了一句:"天都这么冷了,我怎么还姓韩!"

（本文是为人民美术出版社《韩书力·水墨卷》（2012 年版）所作序言,2012 年 4 月 22 日于北京。）

深情·长情·共情
——《写生西藏五十年》代序

韩先生向在座的我们讲述这批旧画的失而复得,眼睛里面有光,语气中有顿挫,字斟句酌就为精确表达即时心情——是 1973 年初次进藏开始的以素描人物为主的碳笔写生,特别是上世纪七八十年代的早期作品,历经不同遭遇,一度像是"全军覆没",每想起甭提有多郁闷!还好还好,就在最近这些年,先后两批共计 250 多幅相继回归:被人"捡"到送还的是一个速写本,另外那些其实只是无意间被"雪藏",而今重见了天光,像不像经由"掘藏师"发掘而来,是不是无形中放大了"重新发现"的快乐……

韩先生虽然退休多年,依然长居拉萨,难得回京小住。2023 年春夏之交这一天，我们几位西藏老友登门拜访，随即见到了这批"伏藏"宝物，不过并非原作，而是刊印在台岛宝典《艺术家》杂志上的图文之作，一期两期三期，2022年的《艺术家》连载了三期呢！韩先生作为该刊资深专栏作家亲自操刀，选图，撰文，从中回顾50年前他自己与西藏的相遇，与画中人物相遇，每有故事可讲，流汇其间的珍爱之情自不待言。只一眼我便注意到图像题款挺特别：其上所署为画中人之名，且以汉藏双语标注，多有职业身份，偶有小情节备注——所以这类题款句式往往以"小学生巴桑1973"，"赤脚医生索朗白珍1973"等字样出现。

只一眼便知那种分外珍重的感情何来——看看这后缀，时间上的，1973之于某个人意味着什么——画家韩书力的西藏元年！自从这年11月初涉西藏，从此没再打算离开。

然后才有了接下来的"翻身农奴次仁班玖1974""桑吉次仁1975""江贝2000""江贝2010""江贝2022"……这一署有画中人物大名的题记风格同样保持了整整半个世纪！

只此一点，便知与一般素描人像或有区别。按照寻常理解，此类画作多属素材的搜集、技法的演练之类范畴，因而画家与被画者之间关系简单，无须管他姓甚名谁。但是在这里，在韩先生眼中笔下，所画者岂是一般的模特工具人，而是劳作与行走于高原大地的人，有血脉，有呼吸，可交流，有互动，他会跟你说说"脖子下面的话"（心里话）。正如他在本书行文中所言，"所有生活在这片高原大地的人们，都能入画，都该入画，都有个性，都有故事，都值得尊重，都是无可替代的"。

不仅有尊重，更具亲和感。只此一点，同时可见韩先生从初心开始、一以贯之的自我定位：面向西藏的山川和人群，放下身段、低位进入，并持之以恒地保有了这一姿态。即便是在高位放飞、功成名就之后，依然谦逊，依然以低到尘埃里的姿态，沉潜于地方文化虚心学习，并且注定了不会是一枝独秀，他必定会带出藏汉多民族一个画家群，西藏当代画坛就此缤纷。

我拿署名与否的话题请教韩先生，他认为这不重要，只说取决于画家个人习惯吧。在他看来，署上对方名字是自然而然天经地义的，并无特别考虑。待问及在藏50年此类写生作品的总量，他同样认为这不重要，年年下乡，随手可画，从来不曾统计过。他说最开始的十多年里所用速写本都是自制的，按页码计算，不会少于上千幅。后来这几十年更多，"何止3000！"那么为何现在保存下来的不足十分之一？对此韩老师颇感无奈，部分遗失之外，还有相当一部分是被画中人留下了：地处偏远，从前难得照相留影，被画家画下来更属稀罕，所以面对恳切求画，只能当场奉送。韩先生说每逢此时，心有不舍但还是高兴的。他还讲到与画中人物交朋友的许多趣事，而且不限于一代人，友情还得以代际传递，这其中既包括拉萨的文化名人及其世家子弟，也包括普通百姓，上文提到的差不多每隔十年一遇、一画的藏东芒康人江贝，2000年初识时他正在拉萨打工，后来返乡，再后来他的两个儿子也进城寻求发展机会，甚至在拉萨城郊买下住房。前些年韩先生画《梦蝶》，还请江贝的儿子充当了一回小小主人公的模特。

总之2023年暮春初夏这一天，我们拜访了京城的韩家，通过失而复得的这批宝藏画作，亲见他早期西藏经历的物化实证，分享了艰苦岁月里的记忆种种，由此难得见到一向比较严肃的韩老师如此愉快地话说当年。然而这只是开始。往后几天里，有关这批宝贝更大范围的面世便有消息传来：西藏文化博物馆拟出展览方案，中国藏学出版社列入选题计划。这两家机构都在北京，同属中国藏学研究中心。为此韩先生嘱我为本书写序，当然在我的理解中，实为体会文章一篇，忝为代序。

韩先生回到他的拉萨大本营，从那里发来近300幅素描头像的电子版，供展览和出版选用，一度"失踪"的画作多在其中；同时提供若干日记选页、画稿草样等素材图件，意在充实本书内容，从中约略可见画家日常的创作准备、构思过程。面对这一组组画面不禁动容，难免汗颜，因为以往许多年里我也曾为韩书力老师、为西藏画家团队写过文章数篇，着笔于明面上的高光时刻或特殊经历为主，实际缺憾颇多，检视下来，自认为所忽略的、所缺乏的恰恰是接地气这一面，日常做功课这一面。这情形就像是观察一株大树成材过程，记录了开枝散叶、开花结果，到最后才注意到地表之下的根部延展，"根深叶茂"一词所比拟的，可不正是类似的因果关系。

现在好了，包括这批画作在内的本书内容实实在在给我补上一课，以后说起来，至少可以进一步解说这位西藏画坛巨擘和领军人物是怎样炼成的。从这一点出发，此刻我最想补充的是他如何接地气，重点在上世纪80年代这一时间段。1981年，韩先生从西藏展览馆调至刚刚成立的西藏自治区文学艺术界联合会，参与筹建了美术家协会。改革开放时代万物生长，新时期文学艺术事业起步便迅跑，那时我也调至文联下属《西藏文学》编辑部，与韩先生成为同事近邻。那时就见美协人士十分忙碌，一年多半时间出野外、在乡下。原来是韩先生和余友心先生一起策划了一大项目，最终成果体现在1991年上海人民美术出版社推出的大型画册《西藏艺术》(编者署名为西藏文联)，皇皇一套三部"绘画卷""雕刻卷""工艺卷"。宗教艺术和民间艺术尽在其中，是最早成系统采集、成规模出版的西藏传统艺术，当年蔚为大观，至今依然可观。韩先生具体分工雕刻卷，我曾跟随他们小分队前往昌都考察玛尼石刻，是为即将在京举办的西藏雕刻展补充资料。说低位进入的韩书力低到尘埃里，所指正是如此长期深耕西藏传统文化艺术，从中汲取有益营养——以不同材质为载体的形象艺术，包括木雕石雕金属雕，棉质的丝质的织品绣品画品，描画在墙上的（壁画），来自泥土的（泥佛），羊皮制作的（藏戏面具），等等，无不可资学习借鉴，并为它们一一撰写推介文章，相继发表于海内外书刊杂志，最终集合在图文书《西藏走笔四十年》（韩书力著，中国藏学出版社，2013）。击节赞叹之余，还为西藏民间艺术归纳出"封闭与变异、单纯与丰富、现实与幻想交会和谐"的美学特征。

正所谓"果有本源，自流成河"，传统与现代就在这里有碰撞有结合，让韩先生把自己的美术创作之路走宽了，也把西藏美术界画家群引上了正轨大道。你看与上世纪80年代民间采风同时进行的、相伴同行的，正好是西藏画派的孕育、"布面重彩"的形成①。如今再看这一借鉴了本土艺术样式又持续予以开拓创新的布画，已成西藏美术界代表画种，韩先生艺术成就的主打画种。布面重彩开创之外，韩先生一直未曾放弃从童子功开始的水墨国画创作，早年碑帖拓本的影响加之密宗壁画，乃至百姓灶房烟熏壁上吉祥图案的启发，终于原创出令人惊艳的"黑地水墨画"！学习和思考民间艺术的过程中，也是举一反三、灵感频现，顺手创制了形式多样的小品之作。说"创制"，的确是因为就地取材，需要动手剪裁或拓印，然后去拼贴，去点睛。被他称为"异质同构"的各系列小品主要有"织锦绣片贴绘"和"玛尼石刻拓绘"，

---

① 西藏布面重彩画亦称西藏当代布画，发端于20世纪80年代初。这一画种借助传统唐卡绘画材料与技法，同时借鉴内地工笔与水墨及其他画种的创作元素为我所用，使之具有鲜明的民族文化辨识度和独特的美学样貌。与传统唐卡多表现宗教题材不同，西藏布面重彩表现的内容涉及当代生活、历史人文、自然万物、民俗风情等方方面面，在表现主题上实现了西藏布画从"神本"到"人本"的跨越；在艺术风格上，既善于从以唐卡为主的传统布画中借用绘画元素，又能很好发挥艺术想象力与个人创造性，从而极大拓展了布画创作艺术空间。摘引自雪雁：《谈西藏布画的现代性转化——以大型唐卡〈高原明珠〉为例》。

前者是从八廓街等处"淘"来的明清时期绣品残件为主材，后者则以民间木石雕拓片为底色，然后分别施以现代水墨；前者古雅，后者朴拙，有一些特别唯美。相比他的布面和水墨大画，这类小品构思清奇，亦庄亦谐，意趣盎然。而且相比之下，作为向民间学习的成果，表现得更直接。

回顾这段历程，不意间提炼出本文标题。1973 年—2023 年，半个世纪过去，西藏已成其生活方式：和其光，同其尘，甘苦与共，守望相助，韩书力之于西藏，是深情的更是长情的，而学习、理解过程中生发而出的共情，不仅是一种态度和情怀，尤其需要能力。对此韩先生在本书结尾部分写下一段感悟可做注脚："以往画写生，选景致，找形象，我总是下意识地用自己也说不清的标尺来挑肥拣瘦。渐渐的这种挑剔变少了，变得不重要了，甚至变得认同一切都是最好的安排，这或许是要经历过大半辈子生活历练后才能得到的领会与深情。"

正如一首流行藏歌所唱：遇上你是我的缘，守望你是我的歌。从寻寻觅觅到照单全收，伴随着事业成长，是心智的圆融。

回到这批画作，不由联想到多年以前某位朋友所见：拉萨药王山下，一位沧桑老人面对他的镜头说了一句话：我老了走不动了，我的照片能走得远些也很好啊！

抱持这般达观心态的人如愿了，他们的照片画像果然比本尊真身走得更远，去见识更为广大的世界更多的人群。就在写出此段文字的当下，韩先生的碳笔人物已相继被印制成画片明信片，将要展示在博物馆、印制在图书里。巴桑，多吉，索朗曲珍，次旺洛布，诸位画中人，你们都还好吧！也许其中有人离去，但无论在与不在，都将不朽——从样貌到精神得以与所处时代同在。至于助其不朽的画家韩先生，笑说居然见识了一种新形式传播，是他没想到的：尼木县一位做藏香的中年汉子丹巴塔杰，本来是上门推销藏香的，韩老师请他做了模特。

此人很有意思，倒是没有求画，只拿手机拍下来，做成微信头像——画像比照片更高级，用以推销藏香，联络朋友，十分带感；而且从此去拉萨，顺道敲开韩家大门，没把自己当外人啊！韩先生边说边笑，我则从中听出一份开心自得，比起所谓成就感，一点儿都不差。

（本文是为韩书力《写生西藏五十年》画册所写代序，2023年7月—8月于北京。）

第三辑　书写的古今故事

走过　看过　写过

——"走过西藏"系列 2024 修订版代后记

收入"走过西藏"系列的这四本书，按照写作时序，是从 1987 年到 2001 年陆续完成；涉及空间范围，大致涵括了西藏自治区东西南北中；内中所呈现的，固然集中于作者在场的二十几年见闻亲历，然于"立此存照"之外，但凡涉及一地文史，追溯起来往往千几百年上不封顶，迨至截止时间，当为"时至今日"——直到 2023 年春末，还在忙于进藏采访并补写相关人群的后续故事。所谓修订即修改订正，本系列纪实作品的修订原则首先是纠错，字面的打磨润色还在其次，有删减是正常的，跟访性质的续写尤其必要。终将这几点突出体现的，主要在各书最后篇章，有重组，有新写，删除了肤浅议论，充实了后话新奇。而正文部分基本做到"修旧如旧"，保留了 20 世纪八九十年代现场既视感，增补内容则以注释类"旁白"形式及附录形式以示后续。

历次修订整理还体现在技术层面的改善。例如，早期版本无图，2002 年以后各版配发图片并时有调整更换，算是与时俱进的表现。早期版本有章无节，自 2003 年台版开始划分小节，是因为听从了编辑建议：方便阅读，是对读者友善的表现。由此留下各节或长或短、畸轻畸重痕迹，加之不时出现各种样式的添加痕迹，导致最终文本所呈现的与最初版本相比较，像不像跟着岁月增厚的沉积岩层，有些地方或成变质岩，个别地方更像火山碎屑岩。

类似较大幅度修订不下三次：每再版必改之，[①] 而历次修订中唯本版修改程度最大。原因来自距 2007 版间隔 16 年之久，这期间西藏面貌变化之巨，令人叹为观止。从事纪实文学的作者起初以为可以长长久久跟踪观察某些地方和人群，结果却是看着看着不见了，跟着跟着走丢了。极端例子至少三个：其一《藏北游历》所写双湖嘎措乡，从上世纪 70 年代开始"开发"无人区，寻找新牧场，到近年集体搬迁至山南农区雅鲁藏布江畔，完成了一个大跨度转折。其二是《灵魂像风》开篇第一章拉萨近郊查古村，已然不复存在，而是建成拉萨火车站，2015 年夏季我还跟当年的村民、现在的市民在其新家园"柳梧新区"欢度了没有田野可转的望果节。其三是《藏东红山脉》里一个特别群体，穷乡僻壤三岩人，几乎搬空了，从金沙江畔搬迁至雅鲁藏布江流域的这个县那个县……从前的牧民、农民和农牧兼作的山民，从此有了新的家园，正在适应新的生业和生活。衷心祝福的同时，心想那些"老

---

① "走过西藏"系列四部出版经历如下：《藏北游历》（解放军文艺出版社，1990）、《西行阿里》（作家出版社，1992）、《灵魂像风》（作家出版社，1994）、《藏东红山脉》（中国社会科学出版社，2002）。前三部曾合集为《走过西藏》（作家出版社，1994）。全四部"走过西藏"系列于 2002 年和 2007 年分别由中国社会科学出版社和中国藏学出版社出版。繁体版出版情况为：前三部港版单行本（香港天地图书公司，1994）；全四部台版"走过西藏系列"（台北，西游记文化，2003）。外文版出版情况为：《藏北游历》1991 年由中国文学出版社出版英、法文版，《灵魂像风》2017年由德国东亚书局出版英文版。

家藏北""老家三岩"的后辈们，也许会从字里行间查看故乡旧闻吧！不限于此，书中所反映的20世纪八九十年代西藏农牧区基层面貌，也聊供有心人从中一览，由此是否构成纪实文学价值的一部分。

很高兴能够着手旧作修改，并非经常会与此等幸运相遇的幸运，所以非常感谢中国藏学出版社提供的这次纠错机会。这四本书的多个版本多年来历经多家出版社，最后落叶归根于作者退休前十年供职其间的藏学社，可谓得其所哉。一般说来本版也该是最后修订的版本了，寄望于未来年轻一辈与我同样情怀，跟进续写全新篇章。

很高兴借修订之机重读旧作，等于是将当年走过的地方再走上一遭，好似情景再现当年的风光路过的人。庆幸自己趁着精力充沛的时候，去走，去看，去写，当然前提是有那么多可走、可看、可写的。回想《藏北游历》之前，写下的诗句何其单纯，"羌塘又大又松软，羌塘白茫茫"，另一首诗还写过"听说这儿曾是汪洋，她要寻一枚夜光螺，又明亮又嘹亮"。几十年过后，发生沧桑之变的不仅是身处的环境，"走过西藏"的作者其人之改变何尝不如此。这四本书的采写伴随着个人学习和成长的历程，之后追随青藏高原科考团队，描述过亿万年自然演化史的《青藏光芒》；借助藏学研究成果，写下了藏地人文历史的《风化成典》——回首过往，西藏教给我的可真多。

2023 年 5 月定稿于北京

归程小记

丁青县地处昌都地区西北侧，接壤那曲地区，所以仅仅用去半天时间，我们就从高山深谷边缘"穿越"到高而平的草场旷野间，跨了地区界到达索县。索县境内也有山，整个藏北高原都有山，但我们知道，山与山有多么不同。索县已属藏北高原东侧边地，从这儿一天车程，可径至拉萨——唯此一线，即便从昌都城出发，经由317国道川藏北线转入109国道青藏公路，也可于短短两日内，经历三类地貌单元，一举完成横断山脉、藏北高原、拉萨河谷的移步换景。

离开丁青县城已是过午1时。心里想着就要告别，说再见的对象是丁青人，但透过人群，告别的内容还多。心里这样想着的时候，眼睛就不肯放过车窗外掠过的一切。你看山色殷红依旧，然而较之两月前，那上面的草本植被更其缤纷了——怎么会有如此奇特的蓝色花、紫色花呢，你看每一种蓝无不成片，每一种紫无不成片，并且在蓝与紫之上隐约着磨砂般的光晕，如此这般的温润而浩瀚啊！就这样以殷红山色为本底，在浓绿叶片烘托下，"堆绣"一般装饰了山野。此前我就从未见过此等光色，不由想到今后恐难再次相遇，因为即便有幸再来，也很难在盛花之际恰巧路过，不由感叹美丽会以多种样貌呈现，而机缘则是可遇不可求。

遇见花海之后、遇见孤狼之前，还有一个罕见微景观被遇见：司机师傅特意停车，让我们欣赏公路温泉——没错，就在堂堂 317 国道的路面上，而非路旁边，但见一泓清泉悠然而现，并且恣意流淌开来，安静地注入路边小溪。看它平和而欢快的模样，想来是在下面闷久了，很乐意终有出头之日。若是无人提示，恐怕开车的人、乘车的人，总之不知情的过路人，谁会注意到它，也定然不会如我们这般在水路上驻足片刻，接捧一番，由衷感受来自大地深处的温热。不知这泉眼是何时现身的，鉴于水流之细小不足以造成水毁路害，所以它就被允许继续存在的吧！温泉出露的所在，往往位于大小板块缝合线或说断裂带上；举目大高原，特别是在横断山区一众山脉急转弯的拐角处，并不稀见此类温泉沸泉热水塘。

转过一面山坡，有一匹狼不知所谓，居然毫不设防地蹲守路侧，背对我们。听闻车声，甚至以从容之姿转过脑袋，似是细加研判，然后才是倏然转身，迅速隐没于坡地灌丛。就在对视的瞬间，见其毛发棕黄，体态优美，既壮硕又不失矫健，简直精灵一般。不过记忆走形可真快啊，可能是从第二天起，每想起当时情形，闪过的念头竟然是"那只火狐狸……"

以上所记均为沿途小景，像是铺垫，真正有气派大场面尚在前方等待。

告别横断山区的高山深峡，草原在望，视野开阔。此刻天色向晚，本该夕阳余晖中的牛羊归牧时分，却不料天象骤变：雨云不知从何而起，乌压压涨潮般涌来，迅疾弥满天际；片刻的静默之后，凌厉的闪电分割了天幕，如同枝蔓蜿蜒锃亮于刹那，由远及近，由疏而密；然后雷霆追逐闪电而来，由沉闷到尖厉，从天上到地面。紧跟电闪雷鸣其后的，是大雨暴雨，说瓢泼、说倾盆，或说滂沱滂湃，皆不足以形容眼前雨势之大之生猛，说是重归洪荒、需要补天还差不多。事后想来，格外费解的倒是如此巨大体量的雨云是怎样生成的，又何以能在无风的天气里何其之快地完成集结。

只有停靠路边等待。视野一片大昏暗，能见度为零。车灯是打开的，光芒也仅及车内，是微弱的反射光。雨水倾注车顶，那声音已不叫"拍打"，那声音交融在雷声雨声中根本就是微不足道，而且车身晃动飘摇，犹如置于惊涛海面。一时之间，除去这统治了一方天地的雷电雨，其他一切仿佛按下了暂停键。

但是，某种异样的响动传来，起初隐约，继而响亮，不属于自然界，居然是发动机的轰鸣——有摩托车疾驰而过！你能相信吗，大雷大闪大暴雨中仍有赶路的人！相同的声音重复了几次，不止一个赶路人！回想刚刚经历过的这个下午，风和日丽的巴青和索县的草原上，我们看到头缠红缨络、黑缨络的牧民汉子，得意扬扬，至少是显得得意扬扬的样子驾驭着这款新型骏马，在草原上轰响着往返。只是此刻并非寻常时刻，旷野上固然没有聊避风雨处，至少可以停下来，等待暴雨稍息吧！

当然这只是我这个旁观者的想法，想多了，当地人家应该是司空见惯，全不在意，相反唯其如此，更尽雨中豪兴罢！

草原上极端天气来去匆匆，暂停与重启之间总共不过大半小时。当雷电渐远、雨势渐小，世界回归，渐渐看清了停车之地景物：前方不远处一座小塔，一座小山，小山上纵横扯挂有经幡。你知道那些五种颜色的经幡为什么总是泛白显旧了吧，正是历经了如此这般的风雨洗礼，另有烈日和霜雪加持。

重新上路，雨势已呈强弩之末。可见一骑人马款款行来，马背上端坐一位妇女，包裹了全身上下的雨具，是那种常见的红蓝白三色的塑编篷布。她看我们，我们看她，不知她孤身一人在骤然而至的暴雨中是如何度过的。草原上的雷总像是平地而起，不知她是否感觉惊恐。当然这也是我这个旁观者的想法，恐怕也是想多了。

想多了的可不只是这些。经历过生平所见最大雷暴现场，可谓振聋发聩，感觉深受触动，一度以为这其中是否包含了什么天机之类，尤其是在告别昌都这一天，在返程途中的这个地点时间点，上天以如此激烈的方式是否有甚深奥义启示于我？想来想去没头绪，不由发笑：不过一场天气过程，何以从中得蒙天启，也太把自己当回事了吧！

想多了的还有一例。自从相遇紫色花海之后，后来每想起越发感觉美极了，最终记忆定格为影视特效般的仙境，那花儿自然天成世外仙株。忍不住打听究竟是什么花，因何仅见于丁青的山坡，还好多年后问到了明白人，原来是人工种植的苜蓿，紫花苜蓿！知情人说，丁青人种植苜蓿多年，生长良好，当地人特别喜爱。

证实了只是寻常苜蓿，没关系，不妨碍印象中的美感，特别是在横断山区，在那样的地貌之上、天光之下，寻常苜蓿也极尽所能地呈现出在别处不曾有过的极致之美。这么说吧，无论天然的人为的，尽皆以美为好；特别是你美好年代路过的风物景致，尤其值得珍视。换一个角度考虑，大至山川小至花草，无论有没有被人看见，它们就在那里。或许它们并不在意路人的感受，但是我愿意相信它们是有灵性的，是乐意被欣赏被赞美、被拍摄下来被写进书里的。庆幸的是我路过了看见了，欣喜过感动过，并且把所见所闻所思所感用文字表达出来。

（本文为《藏东红山脉》篇末结语，完稿于 2002 年初，2006年 9 月、2022 年两次修改。）

西藏的两处旧石器时代旷野遗址

之一：专访夏达错

夏达错位于日土县城以西 50 公里处，班公湖（措木昂拉仁波湖）以南，曼冬错（斯潘古尔湖）以东，呈东西长、南北短的湖面大约 8 平方公里，海拔 4368 米。1992 年西藏自治区文物普查队在夏达错东北岸发现旧石器，计有刮削器、切割器、尖状器、砍砸器等等多种类。就当时西藏自治区域内发现旧石器地点而言，该处石器数量及品种之多，堪称"之最"。而且县城至夏达错沿途，从几千年前的岩画到上万年前的石器，可以奢侈地一路看过。

如果说 1990 年来日土只待了两天算是走马观花的话，时隔 23 年的再访时间更短，当天打来回——从狮泉河镇到日土县夏达错，本次出行体现一个"专"字：行署专车接送，县上专车接力，尽享专家待遇，尤具专题特点：特请长期在西藏尤其阿里地区从事田野考古的李永宪教授陪同，主宾是中科院地质所的古环境专家吕厚远研究员，以及我这个"资深的西藏考古发烧友"，专程前往夏达错，现场体验"捡石器"。特别值得一提的是吕厚远先生这位孢粉学家，借助显微镜下的新介质新手段，多年前初涉青藏高原考古，就曾一举确认了 4000 年前的面条成分（小米 + 黄米），创下一个最古老面条的世界纪录；近年初涉阿里考古，同样出手不凡，在刚刚闭幕的阿里"2013 象雄文化论坛"上，他发布了对噶尔县出土的 1800 年前的茶叶的确认过程，给出了茶叶进藏的最早时间点。来日土之前，我们一行已经到访过茶叶出土之地故如甲木寺，观摩了正在进行中的考古发掘，现在北上日土，目的差不多，那就是让从事环境考古的专业人士直观面向史前人群活动场地，由此触发一些什么样的灵感也说不定。

日土县专车由县文化局的"本地通"加曲先生亲驾并兼导游——留着两撇蒙古式胡须的加曲熟知全县每一岩画点、石器点和文物古迹，沿途生怕漏看了少看了，因而不时驶离公路，随机停车，方便我们就近观察拍照。就这样顺访了一般游人少见的鲁日朗卡岩画和阿垄沟大石墓岩画，中途他还把车开抵一处岩丘介绍说，此地正是古人制作石器取用石料的地方。

所以此行直奔主题，主题也不止一个，而是包含了岩画和石器两大内容——从县城西去百余里，一路有岩画可以领略，终点有石器等待我们。

加曲先生相当自豪，声称全西藏唯有我们日土县发现的岩画点数量最多啊，画面图像也是相当丰富。李永宪教授肯定了这个说法的同时，提供了自己多年考察所得：粗略统计，青藏高原仅青海、西藏两省区现已发现岩画遗存 200 处之多，北部大致集中在青海湖周围，南部则散布于雅鲁藏布江中游地带，但这两大区域 40 余处岩画都还不算最主要的，尚有 150 余处集中分布在高原西部的班公湖一带到藏东昌都的澜沧江、青海玉树的通天河（长江河源段）、四川甘孜的雅砻江与鲜水河流域，其中日土县的岩画的确最多，超过 50 处！

听讲至此，不禁请教岩画的计量依据。李教授说，所谓的"一处岩画"，是指不论此处画面多寡，与其他岩画群的距离若超过数百米至千米以上呢，就应算作两处。当然某一处岩画可以包括多个相距数米乃至一两百米的岩石面。说得专业一些，"一处岩画"应该在古代牧人观念中有着特定的"地点"意义，因而会出现多人、多次在同一地点刻制图像行为，成为有着特定文化意义的"制画行为发生地"。总而言之，岩画图像的多少、岩面岩块的多少，并非划分"一处岩画"的主要依据。

李永宪教授是较早关注并研究西藏岩画的学者之一，他还是中国岩画学会的现任副会长。岩画研究在国内原本比较冷门，随着20世纪80年代之后西藏岩画的相继发现，吸引来更多关注目光。在我写下这篇小文的2021一年中，青藏高原上考察岩画的专业团队就有好几个，新发现岩画点时见报道，各家团队统计方法也不尽一致，若有人精确到按个体图像统计数量，差别更大。

就这样沿着县乡道路走走停停，像极了当年文物普查队员的行迹——李教授话说当年，正是这一路的岩画和时隐时现的石器，指引着他们一步步接近夏达错，终于在东北岸完成了这个激动人心的"一眼万年"！时在1992年，是为期9年的西藏全区最大规模文物普查的最后一年，也是四川大学青年教师李永宪和霍巍赴藏参加文物普查的第三年。春末夏初之际，西行阿里的小分队除了他俩，另外两位是早年毕业于川大考古系的西藏自治区文管会学者更堆先生和极其热爱考古的司机旺堆次仁。这四人在午后明晃晃的大太阳底下，面向白茫茫的湖滨荒滩，第一眼望见的是一枚黑色的"手斧"，再一眼就见各式各样的石片、石核、刮削器简直就像是摆放在面前。大家跳起来叫起来，然后在几千平方米的范围内，仅仅半个下午的工夫，就拣选出各类打制石器近百件！

现在轮到我们这群人欢呼雀跃了。相对于不可移动的遗存、仅限于"壁上观"的岩画，夏达错湖畔之格外生动，就体现在石器遍地，随处可以亲见、亲捡、眼到手到的同时附加一声欢呼——就是这样一个可以让你轻易斩获田野考古成就感之完美体验的地方，且是一再重复感受。这不，很快我就捡到一片殷红色细石叶，纤薄而温润，难以想象蛮荒时代也不缺乏精致的心情和手艺啊！连忙请教李教授，是否够格到博物馆展示级别？他端详一番后予以肯定和鼓励，同时没忘提醒一句，地面采集的石器仍属于国家的文物哦！于是乎当场上交。跟着专家涨知识，这样的受教过程简直不要太欢乐。不过话又说回来，虽说这些加工过的石头属于文物也姓"公"，但相比其他文物的管理却不太严格，也不用担心流失，因为它们在西藏"珍而不稀"，论经济价值没市场，论审美价值又不足以被收藏——只有从事史前考古的人拿它们当宝贝。

所以游客朋友们前往夏达错或者类似的石器点，看见了，捡起来，体察一番古之幽情，再摆放原处就是了。

夏达错偏南，班公湖靠北，两湖之间仅隔了一道不太高峻的山梁，加上夏达错西侧的曼冬错（斯潘古尔湖）的存在，令人不由得联想到数万年前暖而湿的气候环境，当整个高原处于"大湖期"（亦称高湖面期、泛湖河期），这三湖当为同一水体，而这道山梁么，或许就不时隐现于巨大湖泊的水中央。从夏达错到班公湖，湖滨多有石器发现，说明在气候适宜的间冰期，湖畔湿地定然生机盎然，全不似如今的不毛之地，否则史前人群凭什么留居下来，渔猎采集，以至于将生存必需的各类石器悉数遗落于此。特别令人称奇的是，自此处石器地点被发现之后，考古团队纷至沓来，无不满载而归，竟仿佛聚宝盆一般。其中川大年轻一代考古学教授吕红亮所率团队一直工作在夏达错，2011年他在《考古》发表论文《西藏旧石器时代的再认识——以阿里日土县夏达错东北岸地点为中心》，还在围绕手斧的器型探讨使用者来路，近年又发掘出距今 8000 年的文化堆积层，从中居然发现了一枚磨制石针！只是多年考察下来，心存一大缺憾：可能埋藏有更早期生活痕迹、又能提供测年的原生地层为何至今不见呢？而万年以来正值全新世温暖期，旧石器翻篇，石针的主人与手斧的主人已然分属两大时代。

之二：遥观尼阿底

尼阿底遗址位于西藏自治区申扎县，海拔 4600 米，是一处规模宏大、石制品分布密集、地层堆积连续的旧石器时代旷野代遗址。尼阿底遗址科考纳入正在进行中的中科院第二次青藏科考研究项目，并经国家文物局批准，由中科院古脊椎动物与古人类研究所高星课题组和西藏自治区文物保护研究所合作，历经数年发掘和研究的这项重大成果，改写了夏达错旧石器点专享 20 余年的 "之最"，深达 1.7 米的地层所揭示的，不限于石器的数量和石器技术类型的特别，更在于它提供了令人信服的若干 "之最"： "最早年代"，距今 4 万—3 万年前西藏地区人类史纪录； "最高居留地"，海拔 4600 米的全球史前人类生存地纪录；然后由中国最权威的 "国家队" 发布于最权威学术期刊《科学》，一举刷新人类挑战高海拔极端环境的既往认知。尼阿底遗址入选 "2018 年度中国古生物学十大进展"，2019 年荣列第八批全国重点文物保护单位名单……

就在我们一行来日土的前一年，2012 年，夏达错还曾迎来中国科学院古脊椎动物与古人类研究所的专家。这个由年轻女将张晓凌所率专业团队奔着寻求地层年代而来，尝试探方发掘，可惜未能如愿。后来听随行者陕西省考古研究院张建林教授解释原因：地表之下尽皆流沙，只得放弃；然而正是接下来的继续东行，才在藏北高原申扎县境内的色林错南岸发现了尼阿底遗址——在名为"尼阿底"的小山附近，大片开阔之地，大大小小的石器散落地表，数量之多远超预期！不仅如此，地面以下还难得地保存着专家们所期待的——掩埋石器的原生地层深达 1.7 米，就仿佛被埋藏之物也想要重见天日，所以才这样善解人意配合默契吧！美中不足也是有的：深部探察过程未见烟火痕迹的炭屑之类，甚至未见可供碳 14 检测的一应生物有机物材料，所以唯有借助同时出土的石英石颗粒，用光释光测年新手段得出距今 4 万—3 万年的埋藏时间，合并考虑该遗址石器毛坯多、成品少的情况，专家们确认尼阿底遗址其实并非当时的生活基地，其实它只是一处大型的石器加工场地！

即便如此，这处古老遗址的面世也为扩张迅速、刚刚晋升为西藏第一大湖的色林错加分不少，古人类活动的印迹也为正在论证阶段的色林错国家公园平添一抹人文色彩。追溯起来，色林错湖畔多石器也为"业内"所周知，早年沿湖畔捡石器的，也包括尼阿底遗址发现者的前辈们。1975 年古脊椎动物专家首次参加青藏科考，就顺带了捡石器任务。由于矿物和化石可入药的缘故，所以他们照例直奔申扎县藏医院，从矿物标本堆里一眼认出了打制石器——这种燧石材质的石核从前常被当地人捡来当打火石使用。按照藏医指点，专家们来到色林错流域珠洛勒等谷地，果然丰收。其后从色林错到藏北高原，不时听说这儿那儿有石器发现，只是像尼阿底这种规模的还是罕见，尤其能够确定年代的，更是唯一。

当我面对一幅比例尺为 1：200 万的青藏高原冰川湖泊大地图，以尼阿底所在的色林错为坐标，向左看直线上千公里，是班公湖和夏达错；右边呢，不远处接续怒江源头并沿江流方向看去，拐弯横断山区又是一个千里一线。就在这一打眼的工夫不由心动，有一些什么好像被触发了激活了，知识碎片如同粼粼波光浮现脑海，渐渐定格为一系列画面——先说结论吧，就在这一瞬间我好像忽然弄明白了某些因果关系：你看西藏地区陆续出土的新石器时代定居点，几乎全部集中在南部低地河谷地带，那更早期的人群却凭什么能够活跃在更高海拔的阿里—藏北高原？

为此我兴冲冲做了功课，尝试解答。包括整理出与班公湖—色林错相关联的背景资料、与古人类主要是尼阿底人相关联的环境信息，其中地质地理和古环境资料来自20世纪70年代开始的第一次青藏科考成果，古气候信息来自后续至今的研究所得。

地质方面：从班公湖到色林错，恰好处于"班公湖—怒江缝合带"，此带为连接多地块同构青藏地区的五条缝合带之一；它与以南的雅鲁藏布江缝合带同属最后一期古大洋消亡后的产物。大地构造学家说，因为本期大洋间隔拉萨地块分为南北两支，故而遗留两条缝合线。"班公湖—怒江缝合带"是新特提斯大洋"次"一级的、且表现为多岛洋盆格局的北支海洋，待大洋关闭促成拉萨地块与羌塘地块相接，之间这一断裂带—缝合线从阿里高原穿越藏北高原和横断山区，在中国境内全长2500多公里。

地理地貌方面，为"班公湖—色林错槽地"。其下是深大断裂带，地面表现为低洼槽地；断裂带上地壳发育相对薄弱，易聚水成湖成河，所以大地图上可见"上千公里一串湖泊"景象，正如《西藏地貌》所描述：班公湖—色林错深断裂槽带"是藏北海拔最低、形态最清晰、延伸最长的一条巨型低洼地带，它们自班公湖、仓茶卡、洞错、达则错、至色林错，然后转向北东，向东经过兹格塘错、错那，而达下秋卡，由此转向南东，与怒江深断裂谷地相接续。全长超过2000公里。带内的湖泊长轴方向和槽地方向完全一致。如果把这串珠状湖盆连接起来（事实上湖泊发育的全盛时期，许多湖泊是相互贯通成为延展很长的条形湖泊的），那么，它们的线性特征将表现得特别明显"。

气候：距今 4 万年前后的尼阿底人存续期间对标的古气候曲线，是从事青藏科考的冰川学家经由西昆仑古里雅冰帽的冰芯记录重建的——第四纪冰期的末次冰期划分为距今 7.5 万—5.8 万年早冰阶，距今 3.3 万—1 万年前的晚冰阶。两冰阶之间即 5.8 万年之后、3.3 万年之前，存在过长达 2.5 万年的间冰阶温暖期。从中判读出异常高温时段，甚至高于现代平均温度 5℃之多！而同期全球升温值较今不超过 3℃，体现了极高海拔地区对于气候变化的放大效应。不要小看了这 3℃和 5℃，最近几十年来全球变暖还不到 1℃，便足以引发世界范围的危机感，担忧现有生态系统的可能崩溃。由此可以肯定的是，尼阿底人是在格外暖和的天气里踏上高原的，他们眼中的藏北景象，肯定跟今天全然不同。

所以古环境常与古气候相提并论，虽然自然演化史上不乏暖干、冷湿的组合，但是尼阿底人生活年代对应的定是暖湿无疑。研究古湖泊的专家告诉我们，距今 5 万多年前开始的间冰期暖时段，整个藏北高原湖泊数量很少，只不过每每动辄数万平方公里而已，就连如今名列前二的色林错和纳木错都曾通连而为同一座超级大湖，被追认为"东羌塘古湖"；后来统一大湖解体，色林错古湖盆日渐显露，其上湖泊星散，面积 10 平方公里以下的小型湖泊至今仍达 500 多个（《青藏高原地图集》20 世纪 80 年代数据）。而今肉眼可见色林错古湖岸线 13 级，最高一级海拔 4600 米。有意思的是，尼阿底遗址就出现在湖南岸海拔 4600 米的地方，这是否可说明这群无意中开创了"最早""最高"纪录的先民生活于此的年代，暖湿的气候环境峰值已过，古湖泊有所退缩而进入"次高"湖面时期；但古湖依旧辽阔如海，或有潮汐现象；且是淡水的海，因为当今仅凭二三十年扩张，被归类为"咸水湖"的色林错湖水已可饮用。

代表着天时和地利的条件具备，那么人群从何而来？换言之，从夏达错到色林错，在这条巨长槽地——古人类迁徙通道上，行走其间的旧石器时代人群是何模样？

由于同时期生物检材的缺乏，暂时无法确知答案。但是专家们根据先民所处地理环境和石器的技术系统初步研判，夏达错讲述的可能是"西南边"的故事，而色林错尼阿底人，从人群到器物，也许来自"北方"。

年轻时游历藏北，多番路过色林错——仅仅路过而已，有所涉笔，也不过转述了当地盛传的颇多微词，因为从前它作为纳木错神湖的对立面，顶着"魔鬼湖"名号，长期被打入另册。现在好了，伴随着以保护珍稀物种黑颈鹤为主旨的国家级自然保护区荣耀和"第一大湖"的地位提升，以及将要进行的西藏第一座国家公园的建设，色林错早已被"正名"，被重新审视，并且由于尼阿底遗址的重现特别增补了亲和力。这种亲切感足以促使我坐下来，将相关的资料信息整理出来，一来可视为对自己多年所学自然科学新知的一次检阅，二来比这重要的还在于，文章写给别人看，希望为未来前往藏北和阿里一游的人们展开另一时空，给喜欢怀古并感叹沧桑的同好们提供"脑补"画面的线索和素材。说起时空，不免想到自己的几番阿里之行，以日土为例，1990 初识，2013 再访，待 2021 写下本篇夏达错追记，外延及于尼阿底，算来竟是历时 30 年之久，这节奏也是没谁了。

2021 年 7 月初稿

2022 年 7 月定稿

阳光与风的作品

从芒康县城南行 110 公里是盐井。那一路沿滇藏公路 214 国道，翻越海拔 4000 多米的红拉山滇金丝猴自然保护区，盘旋而下，直到海拔 2000 多米的澜沧江河谷。1978 年初访盐井，季节在深秋 11 月中旬，刚刚经历了冰封雪裹的北部山区，乍见盐井，眼睛和心同时充满惊奇。彼时玉米已经收割脱粒，在藏式房顶上金灿灿地铺满。各种树木一如盛夏时的繁茂，丝毫不打算黄枯和落叶。听说柳树只在冬季凋零，一个月后复又萌发新叶，大约只为遵循新陈代谢这一自然规律罢了。核桃、梨子、石榴已收获完毕，只有橘子还在枝头青绿着；再早些还有葡萄、桃子、杏子和枇杷。那时的盐井是个区，区公所菜地里的山东白菜肥硕鲜活，听说露天菜地权作储藏室，经历一冬也不至于冻伤。还听说就在那一年，盐井区的大水公社试种水稻 20 亩，其中 8 亩未能成熟，其余 10 多亩总产量 4000 多斤……

那些"听说"大都为时任区文书的小尹告诉我的，那时我一边吃着新鲜的核桃，一边听他讲盐井，讲来讲去也没提到天主教堂，因为其时至少在形式上不存在了。小尹是我们 1976 年同批进藏的山东同学，山东同学 130 人分配在西藏除阿里以外的各地市，有的在高寒之地的藏北高原，有的例如小尹则身居"西藏的江南"。处境差异大，但也各有利弊。在西藏，气候良好的地方通常偏远，信息闭塞，外来人难耐那样的寂寞。后来听说小尹就是 10 年后首批内调干部的一个。

就眼见来说，23 年后的重访与印象中的盐井有所不同。时在 2001 年 6 月下旬，凭高远眺，发觉盐井空旷了许多：小麦已在一个多月前收割，新一茬玉米尚未成长起来。视野中可见小片林木，更大片则是裸露的荒地，难与绿荫覆盖脑海的记忆重叠。不知是记忆有误还是期待值太高。此地纬度偏南，在北纬 28°—29° 之间，加上低海拔，按说应是青山绿野满目。总之刘赞廷在《盐井县志》中描述的清末民初时"觉陇山北部老树成林，皆数千年之松柏，濯濯山麓以傲岁月"之类景观，至少在眼下村庄密布的澜沧江两岸不复存在了。

盐井史话

盐井的自然地理和人文地理都很特殊，从地形地貌说来较之高原面下降了一个阶梯，地处滇、川、藏三省区交界，藏、汉、纳西多民族杂居；历史上或归云南、或归四川，民国年间名义上又属西藏；天赋盐业资源，难免各方势力争夺。迄今盐井的盐业生产多为纳西族妇女操作，当系丽江木天王时期遗存。《格萨尔王传》中曾有一部反映了争夺盐田的一场战争，说的是丽江的"黑姜国"国王萨丹，如何起兵抢夺盐田，格萨尔王如何与之斗智斗勇，终于夺回的故事。史诗描述了这场战争，双方各动用兵力居然达 180 万之多，可见该史诗的夸饰之风。凡战争必受利益驱动，资源之争，战争故事折射出古代各地对盐田的觊觎与争夺。除此之外，清末《盐井县志》中列举的关隘尚有平西王吴三桂的关卡遗迹，未知彼时是否和平统治，是否有战事发生。

清末赵尔丰改土归流前，盐井归属巴塘土司管辖，但实际上地方势力尾大不掉，统治者鞭长莫及。光绪三十二年赵尔丰在盐井专设一县治，想必出于规范盐业管理的考虑。县治不仅限于盐井当地，还包括了北部的红拉山及徐中乡、西部的碧土、西南闷空等广大地域。盐井设县，派驻盐井委员，建盐局盐卡，盐利收归国有。此举锋芒直指既得利益集团，重大战事难免。

其时盐井的澜沧江右岸有个腊翁寺，腊翁寺喇嘛既兼寺商，亦兼武僧，贩运私盐，久霸盐利，有了钱就购置武器装备，又有宗教的旗帜招摇，诚为当地最大的地方势力。从前不服任何人管束，"藏问之则曰属川，川问之则曰属滇，规避差粮，几同化外，该处盐利，久为该寺霸据。"盐局盐卡设立后，腊翁寺依然故我，继续贩运私盐。是年冬季，守卡官兵接连截获该寺私运的盐驮，双方由此开战。这场战事历时一个月，大小战斗数十次，朝廷军队由后营管带程凤翔指挥，最终官兵完胜。

改土归流，靖绥地方，是风雨飘摇的晚清政府边疆施治的最后努力。一系列改流举措并未包括西藏腹地，仅限于川西、藏东康巴地区，业绩如昙花一现，随时移事易而消失无踪。我从故纸堆里翻捡来一些断简残片，忽有苍茫的命运感袭来。

盐井设县从清末到民初存在了几年时间，不能不说是有所作为的几年。改流之始，不遗余力地推行赵氏一系列改革措施。例如兴办教育，一个县设了两处"官话"小学，到宣统元年又设立碧土小学。适逢改朝换代，到民国元年官银断绝，学费无着，只好裁减，只保留了县城一所县立小学，学生仅有 50 人；小学生坚持到毕业，大部从商，少量留校当教师。其中有一个当地藏族学生名叫华庆，幼年出家甘达寺为僧，后来就读小学，以敏而好学而知名；毕了业依然勤读诗书，痴迷到几近悬梁刺股。几年里遍读汉文经典，还以荀子《劝学篇》为题著文立说，数千言据说文义甚佳。这些都是刘赞廷在《盐井县志》透露的，可惜原文不见。更可惜的是这位少年华庆最终未能完成自己——县财政所官员陈鸿图赏识华庆的用功，举荐他赴京就读京师大学，何其有幸；然而不幸降临，告别盐井不久，竟病故于路途……命运就这样几度反转，犹如昙花一现。华庆的事迹在当时的盐井广为流传，县小学老师每每拿华庆做榜样，激励学生用功苦读。

短命的盐井县一度繁荣："临城附近半为汉人……药铺、剃头店、银楼、小饭馆、铁匠、木匠、裁缝铺形同内地。唯（澜沧）江西各地仍守旧制，而亦知有几种牛痘、有病请汉医治疗，较喇嘛符咒治病之有效也。"难得的是《盐井县志》还为汉商名叫王绪的杂货铺门上对联立此存照："说什么天涯地角，总是为安家立业；哪管他异域奇城，只求得贸易通商。"

短命的盐井县还提倡垦殖业，垦务局从四川招募来40名拓荒者，安顿在县城附近，开荒种田，引进稻谷、高粱、马铃薯、大豆、黄豆、绿豆，同时带来先进的生产工具和技术。后来盐井县令王会全，专程踏勘了县境，把适宜开荒的地段一一统计在案，呈请再派移民。然而第二批移民尚未到达，清王朝终结。

参与垦殖的内地农民本来面目不清，百年前往事现在很难得知其详，恰好任乃强先生记录过一位姓吴的盐井开荒者事迹，可作细节补充。

这位吴氏垦夫系四川资中人，应当局招募偕其妻先至巴塘，分派至盐井，所垦之地在澜沧江边台地上。当时的开垦政策为：对于每家开垦数量不加限制多劳多得，三年后开始升科纳粮。垦夫们本一无所有，好在这位吴姓农民的妻子擅长针线裁缝。此时盐井新设税卡，驻军一营，众多官兵制衣全赖吴妇，属于副业收入。吴家有了钱，就雇当地人开荒，两年里开出两百多亩土地，已经小有收成。生逢末世，天下大乱，藏军攻打盐井，吴姓夫妇随所有垦夫弃地而走，逃难至巴塘。几年后见天下稍稍平定了些，惦记着辛苦开出的田亩，遂重返盐井。孰料世道已变，虽汉官仍在，但势力大不如前，土地被当地人占据要不回来了。吴氏夫妇无奈，从盐井贩了盐去往更为荒僻的怒江边阿空一带，天高皇帝远的地方，未设官府，原住民是温和的怒族，不存在排外思想。吴氏得以安身立命，重操垦荒旧业，竟成一方大户。农闲时往来于盐井，每来一趟便带回几户汉民，后来听说那地方竟聚起数十家汉人，形同"世外桃源"。

现在的盐井人、盐井汉人后代已记不得20世纪初年的往事，记忆中只是"爷爷"一代以后的故事。爷爷的爷爷是赵尔丰的兵，流落盐井生了根，与当地人通婚，子孙繁衍几代人。这样的人家加上做生意陆续定居的汉人，足成一个小社区。此前盐井无街市，定居下来的人按照内地模式修出街道，道旁水渠，渠畔植柳。内地的生活方式也移植过来传播开来，使用筷子、吃蔬菜，炸油条的技术世代相传。汉人社区中有两个互助性的民间组织，一是"哥老会"，一是"兄弟会"，各有所属，也有人同时参加两会。据说兄弟会的形象比较好，相互帮助更多些。哥老会时常要求集资，每逢汉族传统年节聚餐，舞狮子耍龙灯热闹一番。民国年间，相邻的云南德钦县成立国民党组织，向北发展，盐井有人为获取活动经费的钢洋，就把两会成员填进表格，冒充国民党员。"文革"中这两个民间组织被追认为"反动组织"，尤为严重的是集体参加国民党事件，那些老人及其后代莫名其妙地遭受到一番冲击，最终查明不是那么一回事儿，方才偃旗息鼓，不了了之。

汉人小社会最大的不良习俗是抽大烟，成年人中多有瘾君子。那时盐井上方的整条山谷都种满了鸦片，夏季里遍野盛开诱人的罂粟花。1950 年人民解放军进驻盐井，明令禁烟，瘾君子们无计可施，砸了烟枪泡水维持过几天。爷爷一代赵尔丰的兵最后一个死去的时间在 1970 年代。

盐井这地方，与汉人社会相对应的是纳西族群体。现在的盐井正式名称是"西藏自治区芒康县盐井纳西民族乡"。按照 2001 年访得数据，全乡农业人口 3879 人，约四之有三为藏族，纳西族实际不足千人。明代木天王时期从云南境内迁来，集中在下盐井一带村庄，多以盐业为生。盐井的纳西族使用藏文，半个世纪前通行的本是纳西语，老人们还记得那时开大会，先把汉语译成藏语，再从藏语译成纳西语。不知何时起，纳西语渐被遗忘，藏语通行，生活方式也基本藏化。

最具纳西特色的是保留了"纳帕"天猪节仪式，一年一度，在冬季藏历年举行。此为纳西村庄最盛大敬神仪式：献祭一头猪做牺牲。此猪需事先物色好，纯黑色，在节日的前一晚饲以酒糟，使其大醉昏睡，第二天清晨抬往祭坛。祭祀中最重要的环节是取其心肺肝胆观察迹象，以期预测今年的丰歉收成；熬煮骨头看纹路，预测今年是否出现天灾人祸。然后焚香祈求神灵护佑。纳西人集体参加，仪式完毕一起聚餐，餐罢分了祭品各自还家。

不过这一传统仪式一度险被放弃，原因是民众缺乏积极性。本来属于改革开放初期才复兴的传统习俗，起初热情高涨，规定每年轮流由村中一家负责主办，这一轮下来还剩下四家。村民商议，四年之后就别再举办了吧！不料地区旅游局闻讯表示不赞成，动员勉励继续办下去，从大处着眼是为保护民族文化遗产，具体的考虑也为文化旅游保留一景。这些情况是昌都地区旅游局陈子良书记告知的，他出生在盐井，爷爷正是赵尔丰的兵。

似乎不仅是本民族语言的渐失，生活方式的藏化，以及唯一保留的敬神仪式无意坚守，甚至更改民族属性也是有的。向我讲述老盐井历史的黄国生老先生，自小在盐井长大的纳西族，在个人履历表"民族"一栏中填写了藏族。因为——他说了一个理由连自己也觉得好笑：为了后代，政策原因——在西藏，藏族享受某些优惠，例如表现在升学高考的录取分数线，而纳西族却享受不到，等同于汉族学生。

盐井说盐

> 沧江水灏淼，中蕴泻盐泉，
> 未识通咸海，翻来喷大川。
> 浮云低霭护，修埂汲兰田，
> 天意怜民苦，随风共日煎。

这首清人为盐井所写咏物抒情诗作被收录在《盐井县志》中。在我两次去过盐井之后才看到这首诗，不由叹服此诗的概括能力，犹如盐之于卤水那样的结晶浓缩。想来诗人当年定是亲临江畔盐田，目睹盐民劳作，否则很难状写盐田一带的宏观地貌，卤水何来，盐田的生产方式与苍天好生之德。尤其最末一句，盐井既是大自然怜惜民生之苦所赐的特别资源，由卤水而盐的过程仍在于自然：阳光和风。

有了这首诗，不免觉得自己再写散文盐井似乎多余。

澜沧江畔有盐矿，是人文盐井存在的载体依托。若是没有盐矿，此地至少不会叫作盐井了。盐井地名在藏语中称"擦卡龙"，"擦"即盐，"卡龙"为河谷渡口。据任乃强先生观点，"擦卡龙"应译为"盐泉"或"涌盐"更恰当些。

盐从何来？当地人说不清，我费了好大工夫，才从一本由自然科学家撰写的科普游记中查到了来历：这一带属于地壳上升强烈的地带，岩层受到来自东西方向的剧烈挤压，形成褶皱带和大断层。盐井地区的断裂构造线在三叠系含盐地层，沿断裂带出露的温泉水溶解着含盐地层，源源不断喷涌而出，便成富含盐分的卤水。

盐矿何时被何人发现，产盐的历史从何时开始？当地人也说不清，有说几百年的，有说几千年的。我揣想盐矿的发现者未必人类，大约喜欢舐舔盐类的动物比人类更敏感吧，随后是人跟踪野生动物的足迹来到江边，发现岩窝周边的白色结晶体。靠人工之力汲水而盐，转化为可换钱换物的商品，则非人类莫属了。

盐井的盐与藏北的盐很不相同，一为岩盐，一为湖盐，生产方式也不同。盐矿很奇异，只在江边某些特定地点的岩石上凿出坑洞，自有咸水充盈，那景象就如民间传说中的聚宝盆。但并非江边皆有盐水自流，迄今人们只在下盐井这地方的江两岸发现了两大片，盐井地方也仅有三个藏族和纳西族村庄从事盐业生产。由于地质的差异，彼岸一侧为红盐，此岸一侧为白盐。白盐被视为上好优质盐，红盐质差但牧民喜欢，红盐打出的酥油茶色味俱佳，而且据说喂养的牲畜易长膘。

盐井的盐业生产迄今保持着原始人工方式。盐民在江岸上层层叠叠建起几千块盐田，每块盐田面积大致为6—8平方米，每次灌满卤水，三两天即可在每块盐田上收获盐结晶20多斤。盐棚建筑倚崖而设，其下以林立的木料支撑，其上的棚顶平面以当地红土涂抹而成。作为晾晒场地本意是取其不渗漏之意，公社化时期有人曾尝试用更"高级"更清洁的水泥取代，结果一个星期过去还是液体状，看来红土的通透性有利于干燥。

下方临水的岩石上凿出了深井，经过一夜的充盈，黎明时分迎来身背大木桶的盐民妇女。她们上上下下往返于数百米陡坡，把公共盐井盐坑里的卤水背往自家盐池，再从盐池将卤水分送到每一块盐田。这是一项强体力劳动，三个村庄的妇女代复一代重复这项劳作，从母亲到女儿，再到女儿的女儿；盐民家的女儿代复一代地望着天气，心里盼着风大太阳好，盼着桃树开花荞麦开花。风大太阳好的日子里，盐田里头天清晨灌满的水，第二天清晨即可收获晶盐；桃花荞花季节盐质最好，可以卖个好价钱。再苦再累也不喜欢夏季和冬季，那是盐民的停工季节：夏季里澜沧江的洪水淹没了井口，只得望水兴叹；冬季寒冷会结冰，卤水长时间不易晾干。然而天意怜民苦，盐井的气候适宜盐业生产：地属干热河谷，阳光灿烂，气候干燥，气温也高；沿着澜沧江水汽通道，南来疾风强劲——假如某一天你来到盐井，请注意观察这一带树冠枝丫是否朝向北侧生长。

销售由男人们完成，这工作并不轻松。在盐井镇上就地成交者有之，更多的是结伴成骡帮盐驮，跋山涉水销往川滇藏的巴塘、德钦、昌都一带，换粮换茶换钱。由于方圆数百里仅此一家，所以从前方圆数百里的人、畜都仰仗着盐井的盐，喝茶助餐维持生存必需。据说1959 年前后有一段时间，由于道路不畅，断了盐路，云南境内的牛羊还成群结队投奔盐井的江边盐田而来。

从古而今盐井的盐产量稳中有降。《盐井县志》中可见百年前盐田产出：澜沧江以东有井 30 余口，江西为 20 余口；产量论驮，每驮 120斤，年产 2 万至 3 万驮，总计两三百万斤。公家设局征税，每年盐税为五六千藏元。想来这一产量足使周边供应平衡，也就长期稳定。县志还说，若以科学安管汲水，产量还会更高。

旧时盐民多为"差巴"，所谓差巴就是自身并不拥有资源和生产资料，只是在盐田主手中租用盐田，盐产的 2/3 交给主人，所剩份额中还包括了纳税部分。以至于所剩无几，"盐民无盐"。到了解放后，产量并未增多，反而有所下降。为什么？因为统而言之，这是一种珍而不稀的资源，交通发达运输方便，传统市场受冲击被分割。到1970年代初公社化前，年产仅百万余斤。公社化后，盐井区10个公社中特设一个盐业社，由上、下盐井和加达三社的各一个生产队合并而成。资源收归集体，把传统的盐洼往深处开凿，机井深度可达7米，真正成为"盐井"。水电站的建成为盐业生产机械化提供了条件。公社化后盐产量大增，1977年成立的盐业社当年产量250万斤；1978年的前3个季度已产盐235万斤，计划全年350万斤。当年我去参观时，不巧正赶上水电站出故障，抽水机被迫停止提水。借助电力，当地人还设想以索道吊篮运送卤水以便减轻劳动强度，提高生产效率，尚未来得及实施，因为一个致命的打击而付之东流。

集体化有集体化的好处，那时盐业社社员的粮、油均由国家供应，所产之盐也由国家统一收购，可谓购销两旺。1980年代进入市场经济，国家不再统购统销，盐业社撤了，盐民的国库粮也随之取消。致命打击并非来自市场经济，不可克服的来自于盐本身。若干年前经有关部门检测，盐井的盐含碘量不够国家标准，已确定在取缔之列，因而政府不仅不再投入资金扶持，甚至明令杜绝进入流通市场。一个统计数字促使政府下了决心：昌都地区60多万人口中，碘缺乏者竟达三成。地区强调指出碘缺乏病的危害，发展下去有可能导致后代克汀病，粗脖子，弱智等等；要求本地区全社会每一成员都要重视其危害，坚持补碘服药，自觉不食用无碘盐，同时劝诫身边的人不食用无碘盐。对此盐井人颇有些不服：吃了上千年的盐，何以现在出了问题！不服气也只敢私下议论，至少还可提供家畜饲用。眼见得盐井盐的出路仅限于少量的盐粮交换，近产量萎缩到年产不过几十万斤，而盐价也眼睁睁看跌。

盐民中的大部家户有土地，盐、粮兼营，东方不亮西方亮，旱涝保收：水大了好种粮，天旱了好晒盐，只有无地可种的纯盐民由于销路不畅顿时陷入困境。2001 年的加达村有纯盐民 21 户，一个 5 口之家拥有 4 块各 6 平方米的盐棚，年产大约上万斤。家人每天背上一二十斤到街上卖，上好的盐每斤 5 毛钱，差一些的只卖到 3 毛 4 毛钱。有牲畜的人家驮上盐巴到丽江一带的偏僻山区进行远途交换，到更偏僻的傈僳族聚居地送货上门。例如去迪庆的维西，往返需要 20 多天，在家休息几天，再一次上路。从前盐粮交换比价最高时为 1 斤盐巴换 9 斤青稞，现在上门去换也才是 1 斤换 1 斤的等量交换。①

两番去盐井，都没能看到盐女们汲水晒盐的场面。第一次公社化时期，因电站出故障抽水机不能使用而停工，只到了盐田现场，目睹了鳞次栉比的盐棚景观这一另类建筑；这一次却连盐田也没能接近：一大早直奔江边，不知何时从崖上滚落一块石头，恰好挡在路中间。看起来那石头并不很大，全车四人八手一起上，那石块却是纹丝不动。这条路并非要道，只是乡里通往盐田的汽车道，当地人几乎不走它，前张后望不见一人影，只得作罢。步行走到前方拐角处，从那儿可遥观江两岸密密层层的盐棚。心里在想，两番来盐井间隔了 23 年，不知往后哪一年还能再来，再来的时候这种人工晒盐原始劳作的景象可能也就消失了吧！好在听盐井人说，当地打算把盐田作为旅游景点之一保留下来——澜沧江河谷自然风光、有关盐的传统生产方式、天主教堂、曲孜卡温泉、多民族聚居地的特别风情，异情异色神奇之地的盐井，的确是横断山区的另一种表情。

---

① 盐井手工制盐的传统保留下来，并成为西藏昌都旅游名片，滇藏线上一景。打听到 2018 年盐价：白盐 3 元／斤，红盐 1.5 元／斤，包装精美的优质晶盐 10 元／斤。

盐井有个天主教堂

与盐井天主教神父鲁仁第也算是有结识之缘。起先听说有访者未遇，说他去了内地；一段时间过去，在昌都镇采访和立仕先生，听他顺便说起不久前曾与鲁仁第不期而遇，心里还挂念着到盐井能否见到他。那次赶夜路到芒康，第二天一早拜会县长。没想到这位新任县长公秋江村居然是老朋友帕巴群增（时任那曲县县长）的弟弟，多了这层关系，于公于私都让公秋县长格外热情地为我安排去盐井采访事宜，并说在前一天见过鲁仁第。芒康县城不大，说话间请人找来了这位神父。对于天主教堂的采访是前所未有的新鲜经验，此刻的我一点儿也不打算掩饰，好奇地打量眼前这位非常人物。鲁仁第一副面无表情的表情，话不多，第一印象是他所具备的与30岁年纪不很相称的沉稳，与当地风格不甚相宜的严谨，沉稳中透露出训练有素的气质。至于他所具备的坚定不移的信念、坚忍不拔的品格则是在其后的采访中得出的结论。

你走遍西藏，唯在此处捕捉到历史上西风东渐的一丝讯息，面对一处基督"飞地"，一个生自本土而代表其他宗教的人物。

正可谓奇迹中的奇迹，脑海中闪过那个著名的"上帝悖论"并加以延伸：上帝若是万能，何以未将更多藏人变成他的子民？上帝若非万能，何以在盐井建起了教堂？西方传教士历经艰难困苦数百年努力，在佛教精神浸透的土地上顽强传播基督天主福音，每每被藏传佛教的畏怖之神所败，而今只在这个边远的弹丸之地让唯一的天主教堂独存；寂寞独存于藏传佛教盛行之地，说是无异于逆流而上、逆风而为、逆势而为也没错，假设没有一个坚强而有能力的领导者，恐怕随时都会自行解体，随波逐流吧！当然，这个领导者的背后，还有一个为数虽不多，但韧性强度同样超常的群体，还有一个生命力依然旺盛的世界性宗教做后盾。

那天中午早早到达下盐井，在小餐馆里品尝过盐井特有的"加加面"①，去乡政府接洽并要了些数字，又到街道一侧的和家做客，大吃一通刚从树上摘来的杏子和枇杷——和立仕老两口正好在家小住几日。再去上盐井的天主教堂时日头已斜，鲁仁第乘坐的拉柴大车正好抵达。此刻鲁仁第作为主人，表情不再严肃，热心地引我参观教堂，露天院内的圣母玛利亚塑像，然后端坐客厅接受采访，此时便有上了年纪的修女端来自酿的葡萄酒作招待。酿酒工艺是随着法国传教士的进入，于 19 世纪中叶同时带来的。

上、下盐井是两个大村庄，相距约 3 公里远。当年法国传教士踏上这片土地时，这里还是荒莽一片。相传那位传教士请求当地头人只须给一张牛皮大的地皮，一牛角粗的水。当地头人心想这有何难，满口应承下来。没料到的是，聪明的传教士将一张牛皮剪成细条状，连接起来圈起一面山坡的土地，一牛角粗的水则是一条小溪。

这当然只是民间传说，当地人笑谈。盐井天主教堂历史上隶属康定教区，传教士均由法国巴黎外方传教会派遣。在毗邻的四川康定、巴塘、云南的德钦等地陆续建立教堂之后，1856 年两位法国传教士先在九家村发展了几位信徒，随后买下了上盐井的大部土地，以慈善施惠的手段，收容了四方孤寡乞丐，分地盖房，帮助他们在上盐井安下身来。上盐井就此有了人迹，上盐井人理所当然地成为天主教民。所

---

① 加加面是芒康盐井的特色美食小吃，其特别体现在在每碗仅盛一筷子一口面条，需要不断加一碗再加一碗，以示热情加热闹。自从出镜央视《舌尖上的中国》，有了名气，盐井加加面馆便成游客必到之处，"网红打卡处"。网传店家声称有人最多吃掉 147 碗！估计是夸张了。

以说传教士不仅在此建立了一座教堂，还建成了一座村庄。

天主教就成为这个后起村庄的信仰，坚守这一信仰对于当地人来说多么不容易。旧时盐井各教派佛寺 20 余座，道不同不相为谋，因信仰不同而引发的冲突不断，置身于敌意的环境是其生存常态。这一不成比例的抗衡中，吃亏的显然是外来异教。单单 20 世纪上半叶，此地发生的重大事件至少 3 起以上。1905 年从巴塘蔓延而来的教难中，盐井的天主教徒被杀害者 10 余人；三四十年代之交又有过一次冲突动乱。总之每有风吹草动，必群起而攻之，且每一次都伴随着驱逐神父、抢劫教堂。敌对情绪自然是双向的，我听说天主教信徒普遍存在优越心理，自视较之藏传佛教更先进文明；还听说下盐井扎古徐地方松赞干布及其二妃的石刻浮雕，就是被天主教徒们砸掉了鼻子的，不知是真是假。对此《盐井县志》也有记载："城北三里许有法国教堂。在未设治以前其教民借势凌人，百姓怀怨尤。……至光绪三十四年腊翁寺喇嘛作乱，扬言战胜汉人，先诛教堂。教民大惧，即求救汉官保护。时统领为赵渊，即令驻防军队保护，并发告示晓谕百姓云：无论汉番有损坏者格杀毋论。由此司铎丁成莫竟将此文翻印，每教民赠一张佩带于身，以为安慰。至宣统二年此告示悬挂教堂。"县志并附打油诗一首：大道不同两相殊，神仙一样画葫芦；慢说慈航渡鹫岭，不为天主共桃符。

盐井天主教自开教以来共派遣过不同国籍的教士 17 人，其中包括一位来自四川的汉人。解放前最后一任神父名叫杜仲贤，教名茂士利，瑞士人，34 岁时即来盐井负责教务，5 年后的 1949 年 10 月，这位即将离职卸任的神父由一名教徒陪伴，徒步几天去德钦的教堂安排工作。此行踪迹被一名佛教徒侦知，密报甘达寺。甘达寺派出 4 名武装喇嘛追至怒江山，将主仆二人杀害。此前川滇藏教区已改由瑞士小奥斯汀教会管辖，该教会后又派出一名瑞士籍神父，行至云南，再未到达盐井。

杜仲贤的遗体被德钦的一名教徒掩埋在家中，1988 年迁葬于盐井的教堂公墓。几百年间西方传教士在西藏的活动史由一系列常规之外的事件所组成，传教士们的足迹曾遍及拉萨、阿里、藏东南波密等地区，以超乎常人的信念和毅力，想要把神佛治下的人们引荐给上帝，多年的努力甚至一度成功，终至功败垂成。无论动机如何，我们看到的首先是为信仰献身的精神。

　　对于藏族人的天主教信徒来说，何尝不需要同样的勇气！这样一群另起教名为马克、约翰、玛丽之类的"另类"，背离和割舍血脉相连的本土生长之物，迎向并接纳异域外来移植之物，这种离经叛道首先意味着一系列的放弃：放弃诸神，脱离曾经弥满雪域天地人间诸多神灵的庇佑；放弃来世，无穷来世中生而为人的机会，中止灵魂在无尽时间流转中的生生不已；放弃传统，例如抵制迷信行为，例如婚丧嫁娶和节日庆典从形式到实质的变异。总而言之，放弃的是作为传统藏人的一应宇宙观、生死观、灵魂观和价值观，选择的却是血缘同胞们从未走过的另一条布满荆棘的救赎之路。

　　一个半世纪里百折不挠。自从最后一任神父杜仲贤被害后，天主教徒的活动似乎中止了 30 余年，天主教堂也在此间做了盐井第二小学的教室。说"似乎中止"，是指信仰仍存，地下活动从未停顿。鲁仁第这一名字是成年后才取的教名，在他少年时代的经历中，是不允许取教名、读圣经和做礼拜的，他的母亲只能在被窝里偷偷地念圣经，圣像和十字架也只好砌在墙壁里保存。直到 1983 年，随着整个西藏地区宗教政策的落实，上盐井的宗教活动也自发地恢复了，教徒们集中在某家聚会，举行仪式，做礼拜。1987 年，国家拨了款，教徒们出劳务重新盖起天主堂；1998 年，自治区再次拨款，加上鲁仁第向国内同学教友征集的募捐，盖起了附属楼，天主堂形成了一个很像样的院落。旅游开发规划启动后，作为一道特别风景，盐井天主堂也在重点建设之列。

即使在上盐井乡，600多名教徒仍然是少数派。但20年间天主教与当地佛教相安无事，相互理解并尊重对方的信仰。佛教徒尊敬神父鲁仁第等同于活佛高僧；不同信仰的家庭之间相互通婚，一家人中有的去佛寺烧香祈祷，有的去天主堂做礼拜，各行其是，和睦相处；或者改宗转奉了对方家庭的宗教情况也是有的，鲁仁第的表姐夫出身于天主教家庭，入赘到表姐家后，改信了佛教。

从外貌形式方面，盐井天主堂也是与本土文化结合的产物，异质同构：建筑形式为藏式，室内装饰也吸收了民间和佛教的某些样式，哈达，圣像唐卡等等。但实质内容是天主教的，年复一年的圣诞节、复活节、圣母升天节，等等。每周一次的礼拜聚会，用藏语读圣经，用藏语咏唱赞美诗，不定时的忏悔。如同对于其他传统的继承，对于做忏悔，总是老年人虔诚而热心，青年教徒就少得多，每年仅两三次的不在少数。

作为天主教信仰者，鲁仁第与生俱来地接受了并皈依了。昌都地区二中高中毕业后，由自治区安排去了北京的中国天主教圣哲学院学习近5年时间；作为牧灵布道者，于26岁那年在西安李笃安主教的主持下晋升为神父。此举是神品的提升，向着一个宗教职业者毕生理想的一步迈进。但是作为一个人来说，也意味着必须恪守严格的戒律，似乎丧失了某些自由，甚至可称为牺牲。

概述过一个半世纪的苦难历程后，谈话变得轻松多了。此时又多了一位来访者，云南青年作家范稳，他在盐井采访多日，就借住在教堂里。云南作家对盐井似乎怀有格外的兴趣，有关盐井的盐业生产和天主教堂之类多为他们所报道，先是李旭，再是范稳，鲁仁第说起某年桑吉扎西来过，此人也是我的老朋友了。我们喝着本教堂自酿的红葡萄酒，那酒颜色深红，味道醇厚。便询问制作工艺，鲁仁第不厌其烦地详细告之。其实本人一向不胜酒力，才饮了半茶杯就觉得晕眩，神父说这酒的确容易醉人，但也易清醒。

我对天主教教规知之不多，只大概知道是比较严格保守的旧派，就此多多地请教了。鲁仁第肯定了这一印象，解释说任何教派都有自己特别固守之处，否则必然缺乏权威性和凝聚力。不过成规并非一成不变，也在做着适应当代社会的努力，以求得继续生存和发展。重要例证是，严谨的天主教传统通行的语言文字为拉丁文，至少神父必须精通。1963 年才予以改革，随和了各国各地语言习俗。近几年来罗马教廷正在讨论的议题是，天主教神父可否结婚、修女可否担任神父。

这话题多少有些敏感，还是直言不讳地询问他有关婚姻的看法。天主教不同于基督教，前者的神父不允许结婚，而后者的牧师则可娶妻。而且天主教徒夫妇遵守终生不得离异的契约，直至另一方死亡。当年鲁仁第在晋升神父时曾向主教发过终身愿，终身不娶的愿。4 年过去，是否动摇过呢？

人非草木，人之常情，鲁仁第承认几年来有过思想上的波动，但杂念都在排除之列，这对一位现代青年来说的确不容易。他说每一次都靠了坚强信仰的支撑，内心只想着一个天主，以拯救人类灵魂、传播福音为唯一己任。不过若是真的为了爱情决定不再坚持的话，也有还俗之说，只要表明态度，征得主教的宽宥。

告别时天色已晚，把剩下的杯中物一饮而尽后，即刻感到了醉意。令人难为情的是，本人的醉态标志便是急于讲话，驱车去往曲孜卡温泉的一路上尽在复述采访内容，大谈天主教。这一话题是同车的三位藏族人提起的。如果说我对天主教知之不多的话，他们简直可说是一无所知了。从信仰的是哪一神到有哪些禁忌之类 ABC 问题无一不问，充满好奇。不免使我想到藏地佛教的信仰实为自然承袭使然，不似其他许多地方，对于多种宗教信仰尚可经过了解比较之后，去自行选择或不选。此外，无意间还发现了不同宗教信仰之间的隔膜，使我想起"大道不同两相殊"这句诗：当鲁仁第迎出大门，盛情邀请一同前去天主堂大院时，我的几位藏族同伴没有去，并且谢绝了红葡萄酒。只是由于难耐大太阳底下的酷热尤其车内蒸烤，方才踱进大院，就座于凉棚下，喝着茶耐心等待。

往返于盐井，夜宿曲孜卡。穿越盐井的这条地质大断裂带上不仅有岩盐出露，众多温泉的出露也是其标志产物。曲孜卡温泉位于澜沧江畔，号称温泉一百零八眼，实属旅游休闲胜地，天赐最佳资源。海拔两千多米的高度，沿江绿影婆娑，温泉房屋设施尽在绿荫掩映中。风景极佳，感觉更佳。紧张赶路或采访一天，晚来温泉沐浴过，坐在江边凉亭里，看江水滔滔涌流，其声悦耳，任沿江而来的疾风扑面，连日连年的紧张疲惫豁然松弛，有句话脱口而出：不工作多好！没有工作压力的心情多好！休闲对于这个人来说已是久违，也过于奢侈了。

往返于盐井，是因其间跨省去了云南迪庆，采访了州长齐扎拉，重点了解的正是该地近年间如火如荼的旅游业。作为藏区旅游这一支柱产业开发的样板，迪庆的今天但愿是西藏的明天。芒康县依据所拥有的旅游资源：红拉山滇金丝猴国家级自然保护区、盐井的人文景观、莽错湖、尼果寺等等实属得天独厚，在昌都各县中最先成立了旅游局，其中率先开发了这处温泉，贷款修建了招待所级别的宾馆和浴池游泳池，招收了附近村庄的女孩子当服务员。相比迪庆旅游业来说，开发程度很低，亟待招商引资合作联营，成规模上档次，只能算是刚刚起步吧，距离资源本身所应产生的价值和效应相差很远。就这，西藏境内和云南相邻县份德钦的游客还纷至沓来，迪庆的旅行社也组团前来，观光和沐浴。而且餐桌上常规菜肴系本地特产的炖土鸡，土鸡蛋，蔬菜和果品；不远处是县林业局的百亩果园，夏季有桃杏油桃葡萄西瓜，秋季有橘子梨枣石榴板栗提供。晚间联欢会上当地服务员拿当地民间歌舞以飨游客,至于主题的沐浴,沐浴之后枕着轰响的澜沧江涛声入睡,则是神仙般的享受了。

离开盐井后就心存了一个愿望,一个理想,打算在猴年马月实现:邀约三五好友同去曲孜卡,什么工作任务都不带,专事休闲,泡过温泉就坐在江边凉亭里打扑克,听闻着江涛,一任江风扑面。

（本文节选自《藏东红山脉》,2002 年完稿,2023 年修订。）

要写就写非常经验

——《如意高地》创作谈

创作一部长篇小说的愿望由来已久，对于题材的选择也颇费了一番思量。你看我在西藏度过了纯属有效生命的那么多年，从空间说来，几乎访遍了这片大高原的每一角落；至于时间，当然指的是涉笔过的时间，则上溯到自然界的亿万斯年、文明史的千几百年。按说相关这片高地的素材积累早已是满满当当、满而外溢了，按说从中截取某些片断情节作为故事构成并非难事，为此也曾考虑过若干方案。出于我本人常怀的阅读期待，以己度人，我的写作也格外偏向选择属于稀缺的、非常的资源和经验：要写就写得与众不同。当我感到有些什么让我长久地耿耿于怀的时候，那一场荒远之野上的噩梦浮现——就从这里开始。

还记得二十多年前初读《尤野尘梦》时的震惊和感动。此后的多年里，有意无意地接触到同一时期的历史，人物和事件。经过漫长的时日，终于理清了其背景的来龙去脉，史称"民（国）元（年）藏乱"的混乱时世差不多完整地在眼前铺展开来。此时的我已不再停留在仅仅被个人命运遭际所打动，而是经由非常时期事关群体和民族的命运看到了许多，某些扭转了或决定了历史走向的事端及其缘由令我耿耿于怀思之长久。

隔岸观火看历史，不免轻松。尤其经过了选择性的重述和阐释的历史转折时段，看上去何等的波澜壮阔复加五光十色。或有遥观者就此看到诸多千载难逢的机遇、创建历史的可能、放手一搏的快意，恨不生逢当年，可以理解。但换一个角度再想，如果真的成为在场者——其实作者我也曾一度深陷其中，用心地体会过身为某一历史人物：是陈渠珍，西原，是谢国梁或钟颖，甚至是当时的西藏地方政府某官员——假如我是在场的他或她，我将如何抉择，如何自处。设身处地的结果，我知道了，剧烈动荡的社会环境里，更多地存在着无所适从的困惑、茫然，放眼不见路径，是盲目的，无序的，自危的，属于血与火，是玉石俱焚的。当辛亥革命的惊涛骇浪波及边疆，由于地域、民族和宗教的特殊性，致使这一时期的西藏历史呈现出奇异的荒诞色彩。中央政府与西藏地方政府的统治者之间，蓄之既久的矛盾借此总爆发，继拉萨围困战之后紧接着为时数十年的康藏边界的烽火硝烟，终致两败俱伤，百年后仍觉伤痛；祸及当时的藏汉各色人等，命运轨迹急转直下，被抛向深不见底的渊薮——满篇皆为苦难史，百年俱是可怜人。

那些真真切切发生过的故事，极限生存的惨痛经验，其本身所具备的要素，几乎无需作者向之添加许多，就比任何想象力所能及达的更强烈、更典型、更具戏剧性。所以，史实部分系忠实描述。与历史一线相对应的，是当今的一群，似乎在寻找、其实并未刻意寻找的一群。这条线索看起来是为纾解历史的紧张而设置，其实不全是。这一群与历史人物似有或深或浅的关联，其实不全是。"我"是我，其实也不全是。过往与当下，真假虚实一炉熔煅。这条若即若离的线索的设置其实占有与历史等量齐观的份额，他们就是我们，是当代的眼睛对于从前的回望，铜山西崩，洛钟东应，是历史信息的承载者和人文精神的传递者。作者试图通过这一群，使这部长篇贯穿一种温暖的理想，不知道是否做到了，这取决于读者是否感应到了。至于本书借助了诸种理念和表现手段，如平行世界种种，小术而非大法，首先是与非常经验的内容相匹配的结构方式所要求的，同时作者也愿意承认，是为取悦于读者所作的友善之举。再至于这一悉心建构之物为何最终垮塌，的确不是作者有意为之，是它们认为使命业已完成，自行瓦解了的。

2006 年 4 月于北京

荣归记忆之乡

——《风化成典》对于藏汉文史料的应用

一

随着 20 世纪的到来，敦煌千佛洞的藏经石室洞开，尘封千载之久的"敦煌遗书"重见天日并远走他乡——相当一批文献文物被掠往英、法，或辗转流向俄、日。这一事件本属国耻，正如陈寅恪先生所言"敦煌者，吾国学术之伤心史也"，然而始料未及的是，作为重大考古"发现"，不期然催生出一门国际性的热门学科——敦煌研究，敦煌学。在吸引了西方百年间好几代学人的同时，中国学者也走出伤痛，加入到这一研究行列。起初是远赴海外查找资料、带回胶卷，随着这批文献在国内整理出版，敦煌研究的主力军回归故乡本土。

敦煌遗书中约有七千件吐蕃时期的藏文古卷，从文献经籍到告牒契约，大多流散国外。经过藏学家多年努力，重要文档已经王尧、陈践践先生等专家译成汉文，有《敦煌吐蕃历史文书》出版。其中的"大事纪年"起讫于公元 650 年—763 年，虽不足以反映吐蕃时期全貌，却为史家重整吐蕃史提供了难得的可信依据；正因其要言不烦，也为后来的作家预留出想象的空间。

《风化成典》自第一讲到第五讲，举凡神话—传说—英雄时代的描述，从这批古籍汉译中借取甚多。其中藏地上古神话里的天地之战、铜铁之战、松石之战，以及家马的起源、亡者之乡及祭司超荐种种，那些传播过不知几千年，现今在故事原产地也被遗忘了的精神生活，居然来自老旧宗教的仪轨书。作为民间社会的重要职业，苯教师负责沟通天地人神，致力于终极关怀，他们的仪轨书不仅仅是其职业活动的广告说明，透过内中案例所涉及的，是早已失传的高原社会场景，虽然很有限，却属绝无仅有。这些故事被辑录在《东北藏古代民间文学》中。

由于藏文的创制与佛教的传入同期到达，这类口口相传的仪轨故事形成书面文字的时候，西藏高原一统的战争正在进行，原有的秩序受到扰动，死后的世界开始改观，所以故事中不时可见对于"美好的黄金时代已逝，灾难的捐税时代开始"的慨叹，不时可见对于"这一切均不属于新教，而是属于从前的古老习俗"的强调，不时可见的还有"坚忍属于神和铁，人的思想没有一刻是坚定的"之类格言。不变的是改变，而改变中亦有不变："从前行善的人现在还在行善，过去有用的东西现在仍然有用。"伴着这样的一唱三叹，仿佛有苍凉凄美的古风来袭。它就像是一面镜子，映照出人类各族群大致相似的童年。

通过《敦煌吐蕃历史文书》传递的信息，可见从吐蕃开启到鼎盛时期的血性生猛，活力激荡。唐蕃并立两百余载，共同了兴衰，战争固然是主题之一，但高原和内地之间、汉藏及多民族之间的文化交流叠合却是空前的繁密。藏文古卷中既有《尚书》《战国策》等名典的藏译本，也有《孔子项橐相问书》的直译和改编之作，其中最富有想象力的版本，是这位儒家圣人最终成为苯教的"百变之王"。另有《史记》中"毛遂自荐""脱颖而出"的典故，也被照搬在松赞干布平息属部叛乱的征战过程，自荐者名叫米钦……凡此种种，有许多尚未纳入这部文史故事中，那是需要计划单列的。

吐蕃时期的敦煌，集中了一批藏、汉等多民族的文化精英，《风化成典》突出了一个人物，从事佛经藏汉文互译的法成法师，陈寅恪先生曾将其与玄奘并列，并称为"一代文化所托命之人"。虽说这位法成的族别是汉是藏，目前藏学界仍存不同意见，但他显然超越了民族属性，成为中华民族文化交流史上的标志性人物，理应青史留名。

"请为我唱一首出塞曲，用那遗忘了的古老言语。"

从史前走来，身后的风景渐渐斑驳，古老的故事连带古老的言语，一路失落——时至今日，全球仍有数以千计的语言正濒临消亡，已经消亡的则无从计量。只有文字可靠，即使变化也有迹可寻。藏文系拼音文字，这批珍藏于敦煌的古卷以古藏语写成，且是在公元 9 世纪对于古藏文重新厘定之前写成，大大增加了辨识翻译的难度，为此格外感谢付出了心血的翻译者，让我们这些被阻隔在藏文门外的读者，共享了珍品的盛宴；追本溯源，尤其感谢敦煌遗书的创作者和保护者。

二

当帝国的吐蕃崩解，对外扩张的征战消歇，佛教复兴的火把从下路的甘青、上路的阿里相向而来，西藏社会开始转型：从武力称雄转向佛祖在上，舞动的经幡取代了飞扬的战旗。到正式纳入元朝政府治下，藏传佛教已经覆被了雪域大地。这一时期直到后来，大量的佛学专著问世，就连文史体例，也或多或少地涂布了宗教的色彩。这是由于执笔者多为佛门中人，或有贵族世家为文者，通常也是居士身份的缘故。

这样的古典通常难以走向大众阅读层面，但若有，必定奇异，这其中首推《汉藏史集·贤者喜乐瞻部洲明鉴》。

这部文史哲合璧之作，是一个名叫达仓宗巴·班觉桑布的学者于1434年前后写就，由陈庆英先生于1980年代汉译出版。借助此前来源不同的史料，书中简述了"瞻部洲"各地王统世系，其中汉地王统从周朝写起，另有印度、于阗、木雅王统，主写吐蕃王统；精神文化涉及佛法源流、教派传承及藏医学史，物质文化涉及茶叶和碗如何来自汉地。与汉文史籍不一样，它并非严格意义上的史书，半是神话、半为史实，是其特质；时间越靠前，神话色彩越浓，有史以来的故事，也显见民间传说经过文人加工的痕迹。例如唐太宗七试请婚使，禄东赞胜出的故事；例如文成公主上观天象、下辨地理，得出吐蕃乃一魔女仰卧形状的结论，遂建寺以镇之。早在十多年前，当我开始关注茶马古道、采写《藏东红山脉》时，就从中引用了茶叶被发现的过程、茶碗识别的学问，以及茶和碗实用功能之上的精神属性；从中引用了元世祖忽必烈（藏语称其为薛禅皇帝）派员赴萨迦时，绘声绘色的传神一笔："使我听到人们传诵强悍之吐蕃已入于我薛禅皇帝忽必烈治下，大臣答失蛮已到萨迦的消息。"《风化成典》从中撷取的尤多，吐蕃七良臣、桑哥的故事、宋朝末代皇帝赵㬎的结局、皇帝的金面等等吉光片羽，均为拙著出彩的装饰。

不一样，奇异感。惊奇于故事本身，更从中学习作者从心态到行文的谦和厚道。同时不由得想到，所谓历史，难道仅仅是由一系列缺乏体温的事实构成的？对于大众来说，准确程度真就那么重要吗？相关态度和情感，包括传说和想象，是否应当作为历史的一部分，同构了过往的景象。不排除一种可能：也许历史它自己无意于严肃，也许它更想让后人感觉亲近。

集中使用了藏文史料的《西藏通史·松石宝串》，本为西藏社科院恰白先生等人以藏文原创的汉译本。在我看来,这是一部融会贯通西藏历史的教材读本,已难辨《风化成典》此书的哪一些来自彼书的哪一些,说是亦步亦趋地跟从追随,并不夸张,那本来就是历史的轨迹、前赴后继的人物故事。值得一说的是,这部史书有些资料来源偏僻,难得一见。试举一例:吐蕃王室后裔流落边隅,在喜马拉雅山下建起贡塘小王朝,本属一历史地理名词,前些年才被考古学家确认了王城遗址,就因一部《贡塘赞普世系》的打开,存续了几百年的小王国忽然生动起来。在这个关于萨迦小女子的故事中,作为兄长的帝师八思巴虽是配角,却罕见地表现出任何汉文藏文史籍中都不曾表露过的一面,就是说,不是以往一味的高高在上,而是人间烟火中的生动活泼——这故事经由"松石宝串"的传递,进而"风化成典"。

所以说,假如没有这部巨著的先行问世,我是否还有勇气、有能力涉笔藏史,还是一个很大的疑问。学习和转述的过程中,想通了一个问题,多了一份认知心得:历来的文化传播,不同群体之间的交流,很可能就像这样从一个人到另一个人,从一本书到另一本书,就像这样辗转而来。

三

现在该说到对于汉文史料的借助了。西藏高原与黄河流域、西南山地之间,史前文化的交流远早于历史记载,但在古代中国,从夏商周到春秋战国,风云激荡,逐鹿中原,似乎未见大高原的消息。直到秦汉之际,与雅隆部落迎来前吐蕃第一代王——聂赤赞普的时间相对应,《中国历史地图集》才在今天西藏的位置标出"羌"与"发羌";随后是中华各民族朝气蓬勃的初兴时段，"唐"与"吐蕃"几乎同时出现，对于雪域藏地的记载骤增，从此不绝于史。就如天下大乱的宋代，也不乏萃集了吐蕃往事的《资治通鉴》《册府元龟》问世。这里特别需要说明的是其珍贵之处：成书所凭借的诸多唐书，后来大部亡佚。

相关记载散布于浩如烟海的汉文史籍里，如何打捞？多亏有前辈藏学家辛勤拣选整理，几十年间出版有《全唐文全唐诗吐蕃史料》《通鉴吐蕃史料》《册府元龟吐蕃史料》，以及四卷本的《藏族史料集》，三卷本的《明实录藏族史料》和十卷本的《清实录藏族史料》等等，成为了解和研究西藏历史的案头必备。

前文提到面对藏文史料时感觉不一样，皆因作者本人成长于汉文化，潜移默化中形成思维定式，以此为坐标，方才有惊奇。不一样就是不一样，两相比较，各有特点：那边厢是灵动飞扬，这边厢是正襟危坐，对于普罗大众，力求客观的纪实传统严肃有余，趣味性不足——这样的比较并无褒贬之意，差异成就距离之美，尽可以"各美其美"。但是说来惭愧，汉文典籍中如此丰厚的资源，写作中却未能善加利用——正因是母语，可以信手拈来，反而少下了工夫，通常只是为了印证某事才去查找。待到书稿完成了，往往随手一翻就见可用的资料，徒增遗憾罢了。类似的情况还有以往的积累，也常常被忽略，这道理如同灯下黑，如同熟悉的地方没有风景。

对于当代藏学研究成果的借鉴也是显而易见的。考古发掘充填了西藏地区史前史的空白；文献学的进展补充了作为信史的不足；《藏族简史》和《西藏佛教史略》，推而广之，连同《中国大历史》《万古江河》，这类作品提供了宏观观照；断代史及各领域的专著论文则是对于各局部的照亮。从各领域研究成果中获取的，不仅有合适的素材，学者们的分析和观点也使我获益良多。相关藏学著述及其作者并不陌生，从有所了解到非常熟悉，乃至随时随地可以请教探讨，是个人独具的优势之一。有时就想，一本书的写作凝聚的是群体的智力成果，多少人、多少年的努力，才能真正成就一部作品。

说到素材的选用标准，在顾及重要人物、事件以维系历史脉络之外，并不讳言"猎奇"。历史中的逸闻趣事，我们都喜欢。以汉语的美妙对应藏史的精彩，则是对自己的基本要求。

另外的借鉴和启发还有许多，在此只打算提到其中一点。众所周知，当初爱因斯坦提出相对论，未曾料到引爆了文学艺术的反应堆，这一超越人类常识经验的理论被喜出望外地拿了来，科幻、玄幻、魔幻、穿越，时空隧道、时间机器、平行世界、异度空间，晚近再加一个蝴蝶效应，风行一时。分明经不起推敲，却也别开生面，引人无限遐想。而所有的想象基于一个假定：曾经的一切一直就在那里，包括尚未发生的，尽皆被存储，只要条件具备，你可以去往任一点。

遐想诱人，明知当不得真，并不妨碍我作为"穿越"情节的欣赏者，并且宁愿相信"从前"真的存在，实际上也的确存在——存在于故纸史册里，老旧的文字中，所以才说：他们一直就在那里，等待文笔接应。

"请为我唱一首出塞曲，用那遗忘了的古老言语。请用美丽的颤音轻轻呼唤，我心中的大好河山……"席慕容作词、蔡琴演唱的《出塞曲》这样唱道——"而我们总是要一唱再唱，向着草原千里闪着金光，向着风沙呼啸过大漠，向着黄河岸、阴山旁，英雄骑马壮，骑马荣归故乡。"

响应。就让我们借助文字典籍的魔力，盛邀古代的英雄和智者，荣归——自遥远的忘川之畔，荣归我们的记忆之乡。

2009 年 3 月 3 日于北京

背倚山东的面向

　　南宋少帝赵㬎，在萨迦寺一住二三十年，都修成藏传佛教高僧大译师了，都坐上该寺总持的高位了，还是难逃被元朝皇帝问斩的厄运。在藏族史家的笔下，这位皇家僧合尊大师"流血成乳"——写书写到这里，很自然地联想起"白血汪"，接下来一句议论："藏人传说，凡蒙奇冤而死者，鲜血才是白色的，汉地也有类似说法。"

　　汉地的说法是不用查资料的："白血汪"是个地名，位于郯城县城，来自感天动地窦娥冤的故事。郯城自秦朝起即为东海郡首府，西汉年间出了一位孝妇，遭人诬陷，刑场上痛陈其冤，并预言必流白色血以证清白，其后果然应验。有狱吏于公曾为之申辩，不成，最终协助新任太守为之平反。后来于公之子于定国拜相封侯，这一事迹遂昭彰于《汉书·于定国传》；待到关汉卿据此原型创作了《窦娥冤》，"东海孝妇"的故事从此家喻户晓。

　　当年文成公主远嫁吐蕃，丰厚的嫁妆里是包括了蚕种的。但史料有载，其后赞普仍向唐皇再请蚕种，请来请去没了下文。尽管藏南有大片桑树林，而蚕丝衣又是吐蕃人的最爱，移植何以未能成功？无须查访分析，就明白了症结所在：皆因生命周期短促而路途遥遥，所携蚕卵或蚕茧沿途非孵化即蝶化，始终未能抵达。或者就算快马加鞭送到了，工序繁多且精益求精的细活儿也不宜于高地生产方式：养蚕与放羊的不同处，正好比丝绸与氆氇的质感差异——写书写到会心一笑，就因接通了个人经验：小时候在郯城蚕场一住好些年，曾在每一个暑假里做小工，从采桑到养殖到抽丝剥茧，无不亲力亲为过。

以上两个段子来自本人新作也算代表作《风化成典——西藏文史故事十五讲》，类似的联想轻而易"举"，只是罗列再多的实例也不足以说明过往经历、早期教育之于后来的影响。我出生在济南，长大在郯城。郯城在哪里？山东最南端，紧邻江苏。境内有沂蒙山余脉马陵山，不过山势不高，制高点仅只180多米。广大平原上，农业开发甚早，可以溯往上古，龙山文化，东夷之地，太皞、少皞族裔；县境内多见商周遗迹；由"炎"而郯，春秋初期称郯国，国君郯子，后归属鲁国，有孔子师郯子的佳话流传——孔子的确向郯子请教过比他们更早的古代，曾以鸟名为官名的问题；其后发生过军事史上的著名战例，"齐鲁马陵之战"：在马陵山的隘塞死地，孙膑大败庞涓；秦、汉年间，此地又为东海郡治驻所……直到隋唐之前，由于地处古中国南北贯通的要道，此地曾长久繁华，大约由于运河的开通，方才冷落。郯城历史上的文化名人，非儒者即诗人，典型的农业社会，汉文化腹地，所以当代美国史学大师、汉学家史景迁才选中了这个穷乡僻壤，借助《郯城县志》和官绅笔记，不时穿插以《聊斋志异》片断，以一位农妇的悲惨命运为线索，从郯城出发，揭示出17世纪乡村中国底层社会的方方面面及其群体苦难，由此成就了其人成名作《王氏之死》。

对于生长其间的乡土，以及乡土的给予，是不是需要隔着时空距离方能看得真切。多年前当"走过西藏"的四本书在海峡彼岸出版，编辑告说，台湾读者喜欢你以汉人的眼光看西藏写西藏，感觉亲切云云。这一提点让我若有所悟——历尽沧桑的大地，我本是你的生长之物，无论走得多远，都随身携带着初始原点的印记。

回望一代人的成长历程，一般都会提到"文革"的阻断，在我，还要外加每遇运动父母必受冲击的家庭影响，其中包括跟随"右派"母亲下乡的经历，所以童年少年有忧有虑，半是灰色记忆。这类体验，谁经历过谁知道。然而不幸之中有大幸，我所接受的基础教育敢说是一流的。齐鲁之邦古史之地，县城小学的师资力量棒极。永远怀念敬爱的启蒙者，他们所灌输的，是积极入世的生活态度和相当扎实的文理知识。当我以全县第一名的成绩考上初中，执教的各科老师多半是从省城济南大专院校"下放"而来的。后来集体调往临沂师专（现为临沂大学），我又做了该校中文系的学生。好老师们以深厚的学养和高尚的品格言传身教，在我离开母校的三十多年里始终关注，而我这个"爱徒"固然常怀感恩之心，形式上的回馈总是有限……

就这样，从山东获得了我自己，所谓长大成人不仅仅是塑身塑形，知性学识的养成至关紧要，从价值观念到行为方式，皆被母体的汉文化装备起来。即使在西藏比在家乡生活得更长远，也还是客体一个。但是话又说回来，每想起连《诗经》《山海经》都没能系统研读过，叫我如何不汗颜！这也是自己多年来不时想要下山，想要脱离繁杂工作，想要补课并从头再来的动因。一句话，想要回归。

这类话题说来严肃，不妨轻松一些。《中华读书报》出了题，问我写没写过山东，怎样看待山东人，把我归为山东籍作家是怎样的心情，有无归属感，云云。因为舒晋瑜查访到老马家的祖籍在苏北的邳州，不过那儿似乎也曾归属过历史上的东海郡。现在就来回答：是写过山东，不过写得太少，其中有很多年前的诗作《老郯城，我这样把你写进诗行》。自我定位，一个背倚山东面向西藏的人。可算是山东作家群的编外成员——既然习惯以"籍"划分，不参与的岂不是无籍之人。况且山东援藏有大半个世纪的传统，在藏族人那里口碑不错，说山东人既忠厚又豪爽，很能吃苦，容易交往，与藏族人性格相仿。当然，讲义气的说法系全国公论。所以我在自称山东人时，声音响亮。山东人也有毛病，就不说了吧。我本人基本秉承了山东人的性格特征，相应的缺点一辈子都在努力克服中。其实那大都是优点的另一面，比如说，讲义气经常是为了要面子；心直口快的同时往往忽略别人的感受；至于忠厚，那是什么的别名。不过，为人厚道总是好的。

再把话说回来，所有的按地理或按民族的分类，都是为了表述的方便，旨在说明出处，来历。其实从前相对封闭时各群体的特征还算明显，现代社会流动性强，影响不再单一，差异就缩小了许多。任何地区和民族都可分为各色人等，哪能一概而论，这些浅显的道理不言自明。

2009 年 4 月 19 日于北京

异域异色格萨尔

不瞒读者诸君，我们的确是怀了猎奇之心去造访巴尔蒂斯坦的——从好奇出发，经历寻奇，果然惊奇。

巴尔蒂斯坦在哪里？现今巴基斯坦北部，两列伟大山脉喜马拉雅和喀喇昆仑之间，印度河及其支流希约克河、希格尔河流经之处，史书所载唐蕃时期的"大勃律"是其曾用名，从自我体认到外界公认，古今皆称"小西藏"是其别名，总之这个实体存在包含了一言难以蔽之的人文史地。

巴尔蒂斯坦何奇之有？宏观说来，从周边各地理单元、各文化圈角度观望，此地均属边缘结合部。现今三四十万人口中，90%以上为藏裔主脉；自千年前脱离吐蕃，五百年前全面伊斯兰化，精神世界转轨，外来文化植入，犹似大树，从根茎到枝叶，一再嫁接，最终以特异面貌示人。具体到民间生活，那许多古有、故有、固有的本土元素，已经或正在改变着成分结构，其中作为藏文化标签的藏文、藏历、藏传佛教，皆被一路丢弃，但是另有一些标志物，即使零落成泥碾作尘，尚存于基因中。例如现已被称为巴尔蒂语的基础方言，至今仍可与藏语作基本的交流；巴尔蒂语的《格萨尔王传》传唱至今，其中韵文部分至今保持了原初的音义。对于传奇英雄格萨尔的认同，历经千年而不渝，可不可以算得上奇中之奇？

对于"小西藏"向往已久，欲猎之奇多多，就本文主题所涉的格萨尔，就有一系列待解之惑，最大的悬念是：藏语史诗《格萨尔》，其实是一两千年来藏族地区民间文化堆积层，从本土宗教的天地人神到藏民族风俗大全，还有佛教内容的加入，例如格萨尔王被视为莲花生大师的化身，或是"松玛"护法神；格萨尔王的第一夫人珠牡则是度母化身，凡此种种，请问穆斯林的演唱家是如何处置的？

2010年5月10日，我们到达巴尔蒂斯坦中心城镇斯卡杜的第二天，就见到了当地的格萨尔研究者阿巴斯先生。疑问甫一提出，就得到了十分干脆的回答："全部删除！"这里面自然有对相异宗教的看法问题，但阿巴斯先生强调的则是：中国的格萨尔宗教气氛太浓，大英雄唯神佛之命是从，仿佛配角从属；而我们的格萨尔，故事情节皆围绕第一主角展开，是真英雄。他说，通篇看来，"喇嘛"仅有一次出现在篇首——

一个郁闷的人寂寞独处，因为他的十二位夫人，各自为他生下一个兽首人身的儿子。一位喇嘛前来安慰，让他无须烦恼：十二位超人必有作为，往下一代还将出现一位盖世英雄。后来果然，生有山羊头的那位成为格萨尔之父，其余鹰首、兔首、虫首、狗首、豺首等等各位叔父们大都成为格萨尔手下大将，虽然有忠有奸。

阿巴斯先生解释：即使喇嘛，也非一般所认为的高僧，而是圣人智者。

终生热爱家乡并从事乡土文化搜集整理工作的阿巴斯先生，可以说是巴尔蒂斯坦非遗代言人，由他展示的本地民间音乐和舞蹈，曾获得过国际奖项。上世纪80年代，他参加了中国有关格萨尔的研讨会，携来域外格萨尔的消息，为此获得国家民委和西藏自治区的两个嘉奖。早在1980年，他应邀陪同来自海德堡大学的一位女教授，采录了当地格萨尔说唱艺人阿卜杜尔·拉赫曼的演唱，总共10个小时的十二章节。遗憾的是，这只是巴尔蒂语格萨尔的部分内容，由于演唱者少年时代尚未学到全部，传授者就去世了，同时带走了当地流传千年的完整记忆，时在上世纪四五十年代。此后阿卜杜尔·拉赫曼就成为唯一，独自传唱数十年，在录音工作完成后不久即辞世而去。现在当地还在讲述格萨尔的故事，但都是片段了。

那一天是在阿巴斯先生的家里，他从书柜翻找出古埃及、古希腊神话的图册，解释这些半人半兽形象的出处。换言之，格萨尔在当地流传过程中，从故事起始处即被另一些文化系统介入，参与了改造。阿巴斯视野开阔，使用了比较研究的方法，寻找史诗在传播中的流变痕迹。而这一序幕，在藏语格萨尔中不存。

英雄如何来到人间，与藏语格萨尔大同小异：人间妖魔横行，天神之子下凡，降妖伏魔，拯救人类。不同处在于，天神之子提出了条件，让自己的亲妹子也同至凡间做他的妻子。天神允准，兄妹俩被烧成灰，撒在河里，分别被他们在人间的母亲饮下而怀胎。至于格萨尔的出生地，与藏区一样的众说纷纭，这里的人说他出生在巴尔蒂斯坦的哈尔达斯村，近邻地区的拉达克人则说出生地在他们那儿。同藏区一样，所有这些出生地点、征战地点，以至于史诗人物日常生活点滴遗迹，皆有实地实物可以指证。

第二个悬念，结局。藏语格萨尔的结局为：英雄完成了使命，与王后珠牡一起重返天庭。巴尔蒂语的格萨尔似乎更现实一些：功成身退，格萨尔与珠牡二人隐居在喀喇昆仑的冰雪世界。一直以来，这位王后还不时现身，为迷途的猎人和登山者指路。为登山者指路，显见是新添加的说法，因为斯卡杜是K2即乔戈里峰攀登者的当代大本营。

但我们在卡布鲁村访到的另一版本却说，格萨尔最后选择了遁世，是独自一人永久地待在一个名叫索斯果波罗的神秘之地。卡布鲁是巴尔蒂斯坦境内几十年前尚存的一小王国，为我们演唱了格萨尔史诗片段的，正是王室叶护家族的后人。这位老人解释格萨尔何以遁世，说，那是因为名气太大，无论敌人还是拥戴他的人太多，难免总被人惦记。这对于一个人来说，都是莫大的负担，压力，难承之重。

为何独身避世，王后珠牡哪里去了？老人的回答令我们惊讶：因为王后另有所爱。所爱之人是谁？格萨尔的敌人啊！

怎么会是这样！接下来，老人为我们当场演唱了相关一段情节，我们的惊讶随之变为惊骇，读者诸君或许也将有同感——

格萨尔的对立面之一巴嘎尔杰布，他是霍尔或说是突厥的国王。此王决意把珠牡抢来作妃，便派将军潜入岭国。此时格萨尔外出不归，将军碰巧遇到格萨尔王的鹰首叔叔，此人相当于藏地所说的反面人物晁同。晁同向来者细说了此地的名称，格萨尔家住此地云云。（讲述者旁白：为什么要说这些，因为这位叔叔想要篡权，欲借他人之手挫败格萨尔。）

在此之前，王后珠牡做了奇怪的梦，梦境中异样的犬吠鸟鸣都显示了不祥之兆，现在果然应验。按说被劫持本是坏事一桩，但这位王后转念一想，不禁心喜：格萨尔一年到头不在家，若我能嫁给敌国之王，说不定还会生几个孩子呢！（讲述者旁白：女人们好奇怪啊，真是永远搞不懂她们。）

珠牡被掳走，正面人物虫首叔叔父子两个争相前往营救。这一段韵文唱词表现争执，典型藏式风格，主题是老年人和青年人谁更胜任。

儿子："你何时看到过老狗看家胜过年轻的狗；旧弓之箭射得远还是新弓之箭射得远？"

父亲："年轻的狗虽有力气但老狗更富有经验；旧弓箭虽未必锐利

但新弓箭更易折断。"

儿子不听父亲劝告，策马而去。格萨尔的这位堂弟也是一位无敌的英雄，但就像阿喀琉斯的脚踵一样，他的致命玄机在铠甲护卫的肋下。珠牡知道这个秘密，假意让这位年轻人枕着她的腿入睡，悄悄解开铠甲，示意敌人一剑刺入，可怜这位少年英雄就此毙命。

——是不是吓你一跳？再吃你一惊的还有格萨尔随后的作为。就此又引出了第三个悬念：为什么格萨尔先后娶了十三位夫人而无一子嗣？

珠牡如愿以偿，与敌国之王生下二子。在阿巴斯先生搜集到的版本里讲道，格萨尔终于解救了珠牡母子，返回家园途中，在一个叫作"希里木石门"的地方，格萨尔挥剑砍下两个孩子的脑袋，在石门前献祭。珠牡痛心疾首，把奶水挤在地面时发出诅咒：让格萨尔永无后代。据说诅咒被接受，并且生效。

为什么英雄美人会是这样？藏语格萨尔也是这样讲的吗？降边嘉措老师为我释疑解惑，说这段故事的主线出自《格萨尔王传·霍岭大战》，藏文版中的确有珠牡被掳并生子、格萨尔手刃其子的情节，但是并未见到珠牡帮助敌人灭了亲人的说法。对此降边老师也觉得惊奇，是否巴尔蒂语的格萨尔更加原始原貌原生态呢？有意思。

降边老师还提供了一个信息：当年这部《霍岭大战》译成汉文，考虑到读者的接受程度，尤其顾及英雄形象的完美，出版时竟将这一段删改为：珠牡被迫从了敌人，格萨尔也未对无辜生命痛下杀手——这样的删改当然不符合民间文学的整理原则。

困扰来自我们这些听众读者头脑中的正统观念、固有模式：男主角必忠勇正直，女主角必美丽贤惠，男女主人公的爱情必忠贞不渝。而在另外的民间传统中，人们津津乐道的，是英雄在征服世界的同时征服芳心。你看巴尔蒂语的格萨尔不仅处处留情，即使在营救珠牡的途中还与人成亲，一边寻欢作乐，一边等待解救时机。另有妒忌、狡诈种种我们所认为的不义之举，甚至于起意谋夺弟媳之类。藏语格萨尔何尝不是如此形象：英勇善战、江山美人。人们似乎更喜欢欣赏这类瑕瑜参半的真实人性吧！或者根本不以为瑕，是人之真性情吧！

而王后珠牡不爱英雄爱魔头的表现，也让人错愕。在这一方面，藏语格萨尔中要含蓄得多。多年前我在西藏索县听当地人说，此为珠牡出生地，本来盛产美女，就因珠牡的一句诅咒，女子的容貌才变得普通：珠牡被掳，盼望营救，而格萨尔正在别处耽于美色，迟迟不至。珠牡自怜红颜命薄，咒曰：就让后来的女子长得连我的脚后跟也不如吧！

我们在"小西藏"仅住了三天，一知半解不足以更多比较。本该就此打住，忍不住还想再补充一段趣闻。阿巴斯为我们演唱的片段，与叶护家老人所言正相反，这一回是某敌国之王的王后背叛，在协助格萨尔王谋害了亲夫后，做了英雄的王妃之一。敌国之王临死前仰天长叹：本王占领了高山森林，如此伟大又有何用，还是斗不过女人的小计谋！演唱者讲到这里，也像叶护家的老人那样以旁白感慨：女人啊，你的身体看似柔弱，但是头脑却是多么的聪敏！

前不久，我才相见恨晚地读到乌尔都语专家陆水林老师所译阿巴斯论文《巴尔蒂斯坦地区流传之＜格萨尔＞传说概况》，从中获知了相当多的信息，这里仅谈及体会之一二。首先是坚守的不易。按照当地的正统观念，格萨尔属于乱神之列，是不允许传播的，但这并未影响到听众的热情，特别是在当地人酷爱的马球赛场上，由格萨尔史诗衍生而来的音乐、舞蹈和唱词，成为必备的仪式；其次是传播的广泛，格萨尔王的事迹星散于周边非藏裔地区，甚至在别名"小塔吉克"的罕萨，也以布鲁沙基语讲述，并有格萨尔所建水渠和他的罕萨王妃所在的山峰等等遗迹为证。

不过，传播到巴尔蒂斯坦之外的其他语种的格萨尔故事，从形式到情节已被简化——只说不唱，韵文部分全部省略，也是因地制宜的结果吧！

阿巴斯先生所从事的这一口承文学整理工作实属不易，需要从巴尔蒂语译为乌尔都文，再转译为英文等文种。而千年不变的韵文部分实为古藏语，有一些音义难解；同时发现如欲忠实再现，其他语言均词不达意，非藏文不可。于是他又回过头来潜心学习藏文，出版了一册乌尔都文与藏文对照的教材。在斯卡杜，像阿巴斯先生这样珍爱当地历史文化的学者还有几位，尤为可贵的是，他们都不是世居此地的本土藏裔，而是几百年以来陆续迁入者的后代，血脉与文脉合流，重组整合，蔚成奇观，本身即该地文化变迁的象征。最终经由这一群，向外部世界展现了古今"小西藏"的特别风采。所以在这篇小文结束的时候，就让作者我再一次地向他们举手加额，致敬并祝福！

写于 2010 年 9 月

2017 年 8 月略作修改

一个人的阅读经历

说到这个话题，个人的阅读经历，的确值得回顾一番，结果归纳出一个极简三段式：一二十岁"穷读"，三四十岁"泛读"，四五十岁以来以"定向"阅读为主。

少时"穷读"之"穷"，是相对"达"而言，在准书荒年代还有尽一己所能、穷尽了搜索之意，是有限阅读，好在算得上有效阅读，因为同样在看书，早年所读岂是后来可比，不光记忆深刻程度有别，尤关个人成长。十几岁前读过的书大都记得：名著有《三国演义》《红楼梦》，现当代小说从巴金到柳青看过一些，或者看经过连环画转化的再创作——我读小学那些年，上世纪 60 年代初国内正值连环画黄金年代；科普有《十万个为什么》，译作少之又少在小县城里难得见到，不过还是读完了《钢铁是怎样炼成的》。最难忘《中华活页文选》合订本，忘记了何种机缘之下所得，好几年时间里视若珍宝，大厚的一本都翻烂了，其中荀子的《劝学》篇全文背下来，那些精到比喻、金句嘉言从此烙印，不仅会适时闪现在个人的不同年龄段，有时还会感叹，正因幼时就接触到此类美文，才选择了终身沉迷于汉字吧！说到这里，不禁怀念起从前近乎裸装但十足含金量的那类出版物。

后来的"泛读"实为"乱读"，至少起初有几年是这样，何以至此，因为时也势也，是恰逢其时"赶上了"：一方是豁然开启，一方是潮涌而入，让你不由自主被席卷其中，来不及选择，甚至来不及思考，便已心甘情愿就范——同时代人大抵有过相近的阅历体会吧！总之相伴改革开放进程，那些年里最兴奋最忙碌的业界必定包括了出版界，五花八门的海量图书扑面而来，只有想不到的，没有求不得的，思想视野空前开阔，大可以"东"张"西"望，连带"南北"呼应——上世纪 80 年代我在《西藏文学》当编辑，置身于文坛的合唱与群舞，不仅与北京与成都谐频共振，且与遥远而陌生的南美高原忽然间有了关联，不过并非互动而是单向的：诗歌读聂鲁达，小说读马尔克斯，并且魔幻现实主义风行一时。其时文学名作之外，所见最多的要数哲学，你看欧洲的哲学家从苏格拉底到萨特，一两千年里的学问一并译来呈现给你。具体到个人，此类阅读纯属附庸风雅性质的跟风，其结果只能是徒增困扰，诚如"劝学篇"所言，火就燥，水就湿，物各从其类；通俗说来那不是你的"菜"。所以说书籍和读者同样需要相互寻找、相向奔赴，即便面对同一个作者也不例外，这一点在我有过经典案例，事关一位顶级人物：先是听从朋友推荐，购得《野性的思维》，甫一开读，便觉太难，竟连一页都没看完；过几年又读同一作者非学术的《忧郁的热带》，这次对了，如获至宝，读了又读，叹为观止、高山仰止的那种。

毕竟成人阅读，"泛读"只是某一阶段，喧嚣过后定下心来，适读的也就渐渐显现出来，就如汤因比的《历史研究》，他可是用了较长篇幅针对"环境决定论"予以剖析，我却从一系列负面评判中，反向体悟到环境条件举足轻重的作用，这对于建构心目中的人文地理大有助益，也即从此有了自然背景的考量。再进一步，后来读黄仁宇《中国大历史》这本原本写给西方人看的书，他势必要阐明一个基本问题：中国文明几千年，何以始终秉持"大一统"观念？他就说了，首先与土壤、风向、雨量有关："易于耕种的黄土、能带来雨量的季候风，和时而润泽大地、时而泛滥成灾的黄河，是影响中国命运的三大因素。"然后他再详解因果链所以然，让老外感觉有道理，让国人感慨真乃天造地设大中华！读这本书的时候，我已经开始跟访青藏研究事业，已知黄土、黄河、季风雨这三大自然元素的存在与中国地理地貌的形成相关，而且正是由于青藏高原隆升导致的。回头再看一部演化史和科考史，自是有了可感的温度，平添了一份人文情怀。

另一大部头，弗雷泽的《金枝》属于人类学经典，译本初版于1987年，差不多同时阅读的还有人类学专业通用的国际范围的教科书，让我对于该学科从研究内容到思想方法有了大致了解。结合后来读到《忧郁的热带》中对于原始人群的现场描述，让我深心里震动，意识到"文化相对论"恐怕只是人类学工作者必备的态度吧，是良好愿望吧！遍观世界，林林总总的文化现象乃至文明程度，真的不适宜也不可能等而视之。这一认知确立，有助于个人在其后的观察思考和书写中发展进步主题的展开。

从"有读无类"不经意间过渡到"定向阅读"，似乎越发偏向知性，以非虚构为主了，因为不经意间个人写作也告别了诗歌进入纪实领域，或曾有过写小说的愿望，但试了一下水又退了回来，自此"收拢想象的羽翼，迈步于坚实的大地"。以至于相应的"定向阅读"反而简单多了，看看后来本人几本书，每每附上参考书目清单就知道了。虽然为数不少的人认为围绕写作的专题性阅读不失为一种读书方式，甚至更富成效，但总归急功近利，急用先学，实用主义。十年前刚退休时十分振奋，以为总算有时间了，一度考虑过宏大读书计划，简直要从"四书五经"开始补课，做笔记，写心得，结果呢，最终没实现，今后更不可能完成。若说原因，自有托词，是手机开启了另类"泛读"，带来各种便捷的同时，也不由分说占用了时间和精力，且将阅读最大限度碎片化。

《中华读书报》为"枕边书"组稿，可是案头书和床头书在我这里区别不大唉，以前都可以挑灯夜读，区别在于能让我彻夜"悦"读的，以前有悬疑小说和武侠小说，特别是金庸的武侠；至今江湖情结尚在，只是看纸质书的时候不多，熬夜盯着的是手机屏，苦等盼更的是玄幻，为什么，因为喜欢惊奇。

提问中有关于可带三本书到无人岛问题，记得多年前见到过同问，当年答复是准备带《辞海》。现在的主张还是带一套（五本）彩图版的《辞海》，工具书，大百科。限于学识，你能起意去查询的毕竟有限，而《辞海》以文字录入人类文明发展至今的一切，有时间的话，尽可以当作教科书认真学习做功课。我已从中受益良多，时有惊喜，试举微末一例。有一回去查某词条，似见"秋英"二字，定睛一看，原来是波斯菊的学名哪！"波斯菊"本是拉萨遍地盛开的花，俗称"八瓣梅"，也称"张大人"——典出清末，有一段佳话。若非辞海偶遇，有谁会想到去查找它的身世大名。

关于向青少年推荐书目，早年我曾在贵报发表《总关阅读》一文，举荐了对个人成长有益的几部译著。如今十六年过去，又一茬年轻人成长起来，重温当年建言，感觉依然有用；历经岁月淘洗，好书愈发隽永。固然翻阅不再那么频繁了，但它们只要待在书架上，就是底气所在。

斯蒂芬·茨威格的历史特写《人类的群星闪耀时》（三联书店，个人所藏是舒昌善译本），按时下分类法，可列入纪实或励志一类，不过任何名目的包装物都难遮挡那一星群自身的光芒：从载入史册的过往人事中选出十二个瞬间，每一瞬间都或深或浅地影响到历史的进程或当时的社会，正如作者所形容的，"就像避雷针的尖端集中了整个大气层的电流一样"，"那些平时慢慢悠悠顺序发生和并列发生的事，都压缩在这样一个决定一切的短暂时刻表现出来"。所谓表现，有非凡壮举，有荒诞错愕，历史充满了偶然性的吊诡；功败垂成的，虽败犹荣的，崇高与卑微，荣耀与毁灭，一闪即逝，十足命运感。当然，历史只是西方的历史，星空也只位于大洋彼岸上方。文笔译文均佳，篇篇皆精品。长久以来我不时翻阅，甚至影响到行文风格。以往茨威格的小说备受推崇，对于这本书议论不多，我的看法是，无需多言，阅读就是。

科学人文类有斯蒂芬·杰·古尔德的《自达尔文以来——自然史沉思录》（三联书店，1997年版）等系列作品。作者是科学史学家兼科普作家，在他的笔下，科学是神奇的生动的，一部自然演化史之精彩，一点儿也不亚于人为的神话与奇迹；已经、正在、将要进行的自然史及其发现过程之激动人心，则无与伦比。我想这一面向大众的写作也是作者"科学即艺术"观点的实践吧。这个观点是我归纳的，古尔德的原话是："科学并不是无情地探讨客观信息。科学是一种创造性的人类活动，天才的科学家更像艺术家，而不是信息的拥有者。"同类作品还有《万物简史》（接力出版社，2005年版）也值得一读。可能的收获在于：一、在阅读快感中获取必要的知识；二、有助于在成长的年代确立科学史观；三、在潜移默化中经由科学历程学习思想方法。不过这类科普读物存在过时风险，因属科学发现领域，昨是今非是常态。

同属科学人文类的还有法国人类学家列维-斯特劳斯的《忧郁的热带》（三联书店，2000年版）。此书在西方被称为人类学游记的"终极之作"，似更适合对人类文化较有研究的人读，因为内中所涉宗教、哲学、历史、文学和艺术等等，思考够深，提出的问题比给出的答案要多，年轻人未必能够感同身受，但可从中了解有那么多学问，不仅仅是学问；了解到何为人文关怀，从而如我这般体会一番高山仰止的感觉。

文学类，首推博尔赫斯，《博尔赫斯文集》（多家出版社，多种版本）。尤其小说，诚为人类想象力的高级实验：想象力可能及达的边际，是无边际；那些子虚乌有、无中生有的世界和人物究竟有着怎样的魅惑，同时证明了文字可以这样集合，情节可以这样展开。有关博氏小说，国内已热了多年，铁杆"粉丝"居多，在此不赘。但也有人说他是"小众读物"，我想，若能跻身于这类小众倒是很能说明问题，值得祝贺。

综上所述，忽然发现本人竟成三联书店出版物的传播者了。不过我们这一代人中有个说法，谁能自称"三联书店的忠实读者"，那还是自视甚高的表现呢！当我们读过许多经典，有过更多经历，或许我们就有资格像《忧郁的热带》结尾一段所说的那样，"可以短暂地中断其蚁窝似的活动，思考一下存在的本质以及继续存在的本质，在思想界限之下，在社会之外之上；对一块比任何人类的创造物都远为漂亮的矿石沉思一段时间；去闻一闻一朵水仙花的深处所散发出来的味道，其香味所隐藏的学问比我们所有书本全部加起来还多"。

2023 年 12 月 23 日

西藏大湖新传奇

新传奇，是相对于老故事而言。从前当我有机会在西藏走来走去的时候，每每热心于搜集各地"神谱"，尤其对山啊湖的拟人神话陶醉其中，有闻必录。近些年来依然热心且有闻必录，不过却是另外的话题内容了——前者浪漫可以进入文化史，后者严谨可以进入自然史，这是因为有机会接触到另一拨人，从事湖泊研究的专家们。朱立平研究员从做研究生开始，就赶上了第一次青藏科考"末班车"，在西昆仑考察中打下甜水海第一钻，继而转战西藏南部的沉错，面向高原湖泊迄已数十年；当中国科学院青藏高原研究所 2003 年成立，他把团队从地理资源所带了进来，从此将西藏全区范围内的大小湖泊纳入视野。几年前，他的大弟子王君波博士向我出示了一份清单，上列青藏所已经和正在进行定点研究的西藏湖泊主要有：藏南地区沉错、普莫雍错、羊卓雍错；藏西南的玛旁雍错、班公错；藏东南的然乌湖、莽错；藏北高原的纳木错、色林错、当惹雍错、许如错、扎日南木错，等等。

不仅在地理方位上有代表性，但凡对西藏有些了解的人，是不是从中看到了闪闪发光的名字，并且无一例外的高颜值？没错，几乎全都是当今上镜率颇高的著名景点。本文所侧重的相关知性话题分享，大多来自这个团队近年间工作成果；当新知转化为常识，且看是否会使我们的审美内涵丰盈起来。

玛旁雍错时隔百年的两度测量

素享第一神湖盛名的玛旁雍错，在阿里地区普兰县境内，与冈底斯西部高峰冈仁波齐结伴，早在史前就被本土宗教赋予了神格。向之膜拜的还有古印度人，以梵语唱诵的《吠陀》中，它俩名叫玛那沙湖和凯拉斯山，且因是大神湿婆的道场而被奉为"神圣中的最神圣"。所以它们最先成为苯教和印度教的神圣之地，佛教和耆那教诸教派加入膜拜行列，是后来的事情。而最早对于玛旁雍错进行科学探察描述者，是瑞典人斯文·赫定，这位著名的探险家在1907年7月27日夜晚和8月7日的白天，两次驾船进湖，用绳测方法完成了一项壮举：测量了该湖的最大水深。他在《亚洲腹地旅行记》中记录了这一过程，给人印象最深刻的是这样一个场面：湖面风浪骤起，牛皮小船像"核桃壳一样"被颠上抛下……

此后整整百年，无人再做相同的尝试，即便1976年青藏科考队阿里分队来过，考察了地形地貌，检测了水质水温以及湖水的各项理化指标，但是未能测深。待撰写《西藏河流与湖泊》时，沿用的仍是81.8米的赫氏数据，据此估算总水量为200亿立方米，结论为：玛旁雍错是全世界高海拔地区容积最大的淡水湖。

2009年夏季，朱立平团队把帐篷扎在湖边，橡皮艇作业在湖面，以密集的调查测线，详细绘制了水下地形分布图。测得最大水深72.6米——百年间湖面下降9米之多！湖水相应减少，计算总水量为146亿立方米。

与水位下降有关，对比1976年青藏队数据，湖水矿化度和PH值升高，直接表现在咸度和碱度增加。在青藏高原大部地区迎来暖湿、尤其北部许多大湖都在扩容的近几十年间，阿里地区却仿佛置身事外，总体暖干，以至于这座第一神湖正在缓慢退缩中。

神湖侧畔是"鬼湖"——地质史上高湖面时期，拉昂错本与玛旁雍错同属一湖，只是随着干旱化进程，水量减少，方才一分为二，从此命运改变：尽管地质和气候条件相同，但是全不似神湖地理位置优越，能够接纳来自北部冈仁波齐的冰川融水和周边多条河流的注入；浅而封闭的拉昂错徒呼奈何，由于湖水太咸，人畜不能饮用，自古背上贬义的"鬼湖"之名，作为神湖反衬。当年赫氏仅对该湖引用传说写过描述性文字，而未曾下水实测。这一次一并解决：拉昂错最大深度49.03米。

高天阔地，雪山蓝湖，如此环境中的考察探索固然艰苦，何尝不是野外工作者独享的大美境界。不过，话又说回来，在富含人文色彩的神湖开展工作，也有不便之处。仅有当地主管部门的许可是不够的，甚至连村长说了也不算数，一旦有转山转湖的朝圣者发出异议，尤其是看见船下水，难免上前阻拦：神湖岂能被惊扰！一旦碰到这样的局面，没什么好说的，理解，尊重，然后等待。王博士说，每当此时，只好停工。所以对玛旁雍错只进行过这一次考察测量，同时仅在水下打钻一次，取得浅岩芯一支。

测量当惹雍错水深的工作顺利多了，有当地政府部门和百姓配合协助，已经多次进行了考察和采样，于北部最深湖区采集约11米的连续沉积物，在南部最深湖区获取3.8米岩芯，可以分别进行末次冰期最盛期（距今约 2.3 万年前后）及全新世环境变化研究。

当惹雍错是前佛教时代本土宗教的圣湖，与紧邻的达尔果神山一道，迄今依然为苯教徒专一信奉。它位于藏北高原南缘，那曲地区尼玛县文部乡境内。除了湖光山色，当惹雍错一大看点，是保存最好最漂亮的湖岸线，一圈圈一层层，当年被有心人数出 16 级阶梯，最高处，距湖面已有 200 多米。迄今为止，没有发现比当惹雍错更深的湖泊，这一纪录不仅是西藏地区，青藏高原，乃至全中国，无出其右者——实测结果，当惹雍错最大水深 230 米！

——或者需要加一限定词：整体在中国的最深湖泊。这是因为长白山天池虽然比当惹雍错更深，但位于中朝之间，是两国间的界湖。

纳木错和色林错的扩张竞赛

同属神湖，纳木错的工作进展格外顺利，得益于青藏所在此建有工作站："中国科学院纳木错多圈层综合观测研究站"，与县乡政府和牧区百姓建立起良好关系。所以自从 2005 年建站起，这里就成为冰川、湖泊和大气、土壤、生态诸学科的研究基地。朱立平团队从 2005 年到 2007 年，依次在纳木错东北岸、南岸和西北岸扎营，泛舟湖上，使用测深仪进行尽可能覆盖全湖的深度测量，所绘等深线足有 20 条。一条条等深线环绕最深处呈不规则排列，向心而不太圆。这是由于湖底自成世界，犹如高原地表的镜像翻版：中心湖区水深大于 95 米（最大水深 99 米），并非峡谷，而是巨大又平坦的湖底平原；南北两侧水下坡度大，几成悬崖峭壁状；东西两侧坡度平缓，类似冲积扇——纳木错湖盆是两千多万年前地质时代产物，随着念青唐古拉的崛起，断裂塌陷而成。

与其他神山圣湖的组合相同，纳木错与念青唐古拉结对，雄踞藏北高原南缘。由于交通方便，每年暖季里人潮不可谓不汹涌，是朝拜圣地、旅游胜地。科研方面，这一山一湖还是气候环境变化的指示器、风向标。近年来从这里传出的最大新闻是湖水上涨了，湖面扩大了。直观可见的是，原先湖中仅有三座小岛，现在增加了——原有的两座陆连半岛，现已被湖水环绕，远离了湖岸。量化数据为：纳木错湖面海拔从 4718 米，1970 年代以来，面积从 1920 平方公里，整整扩展 100 公里，广达 2020 平方公里。

不过，在这场扩张竞赛中，纳木错还是慢了一点点，只得把"西藏第一大湖"的桂冠让出，先前的"亚军"色林错跃居第一。色林错在当地传说中，与阿里地区拉昂错一样是"鬼湖"，且是"威光映照的魔鬼湖"，相传为魔王堆阿穷的领地。这样的安排，一方面源自古老的二元论思想，神与魔或鬼必得相反相成；另一方面，难免出于功利考量：与拉昂错同，湖水太咸人畜不能饮用。不过，听说色林错的湖水现在也可以喝了，如果不是太过夸张，只有一个解释，那就是水量增加，被大大稀释的缘故。色林错是国家级自然保护区，主要保护对象为国家一级保护动物黑颈鹤及其栖息地生态系统。这一栖息地拥有高寒草原生态系统中珍稀濒危生物物种最多。保护区内黑颈鹤种群数量已由保护前的 1000 多只恢复到近年的 6000 多只（一说为上万只），藏羚羊由保护前的 2000 多只恢复到现在的 3 万多只，其他野生动物种群数量也呈现逐年递增趋势。

对于色林错的全方位考察列入国家科技基础性工作专项重点项目"青藏高原资料匮乏区综合科学考察"中，于 2014 年夏季由小王博士率队进行。包括湖泊水深和水下地形测量、水温和水质监测、水样及沉积物样品采集，所提供的实测数据可谓史无前例，尤其是若论面积，借助遥感影像也可计算出来，但求出最大水深与水下地形，非下湖不可，所以迄今网上仍见有估算的色林错水深 30 米的介绍。现在好了，总算有了确切数据——最大水深 50 米。看来所谓夺冠，单指面积而言，若论容积，总水量约 870 亿立方米的纳木错，仍居首席。

寒旱区湖水上涨了，一般而言被视之为好现象。但有喜也有忧：近忧在沿湖一线优质草场被淹，远忧在念青唐古拉冰川融化加速了。湖面上涨固然有雨量增加的因素，同时也付出了冰川消融的代价。环绕纳木错的入湖河流足有 60 条，几乎全部分布在南岸和西岸，念青唐古拉山脚。定点测量，从中计算出湖水补给来源比例，证实冰川融水增量在湖泊水量增加的贡献比率中，可能占到 56%。

历数西藏湖泊之最

对于西藏湖泊的调研虽在上世纪 70 年代由青藏科考队集中进行过，但是由专业团队进行的持续专题研究仅有二十多年，涉笔"之最"种种似乎为时尚早。例如上述知名大湖之外，地处藏北高原—可可西里无人区的众多湖泊，还处于初查阶段——填补空白式的本底调查：2012 年秋冬之际的路线考察和面上河流、湖泊水质调查，从双湖进入可可西里，沿途测量湖泊 13 个；2013 年则从 9 月到 11 月共组织两次藏北之行，小王博士带队的"流域水文状况基础数据调查"课题组分别以许如错和藏色岗日为中心，进行湖泊水文基础资料调查，沿途采集了土样、18 个湖泊的水样和水质参数数据，在 9 个湖泊钻取了沉积物样品，重点调查了许如错、达则错、大熊湖、布若错、雪源湖、拉雄错等羌塘高原南北 6 个湖泊的水深、水质及其流域内的补给河流，填补了该区域湖泊、河流等基础资料的空白。

尽管如此，还是值得一说，随着研究进展，未来我们很乐意将这一清单予以补充更新——

色林错面积最大，2300 多平方公里；

纳木错水量最丰，870 亿立方米；

当惹雍错湖水最深，230 米。

在湖泊岩芯研究方面的最深和最长，要数错鄂湖钻孔，201 米的"透底钻"打到了基岩上，由此建立环境变化最长时间序列为 280 万年。而羊卓雍湖区沉错的分辨率最高，精细到以 10 年计。

藏北高原的错鄂钻孔和藏南羊卓雍湖流域的沉错钻孔是在十几年前，由中科院南京湖泊所和中科院地理资源所在同一青藏研究项目下分别完成的。错鄂湖阶地的沉积物揭示了藏北高原 280 万年以来气候环境的剧烈变化，如何从温暖转向严寒，植被则如何从最初的针阔叶混交林带，相继被暗针叶林、被高寒灌丛和高寒草甸所取代，在古高度和古环境方面具有自然演化史意义。而沉错钻孔与错鄂孔总体要求不同，重在短尺度、高分辨率，首次获得高原南部 2 万年以来连续的湖泊沉积物，据此建立一个历史时期环境变化序列，例如确认了 1400 年以来隋唐暖期、中世纪暖期和 16 世纪小冰期的气候变化事件，划分了公元 650 年以来沉错湖区的冷暖变化阶段和相对强度。在我们文科人士看来，这项研究的意义超出了自然史，具备了人文历史价值：1400 年前的西藏地区风云激荡，吐蕃从藏南谷地的雅隆部落崛起，正处于扩张进程中。王朝的兴衰、社会的演进，现在总算有了自然背景的观照。

至于地质史上的最大湖区、最高湖面的线索，是由地质学家提供的。中国地质科学院地质力学所的专家们，根据藏北高原现代湖岸上方 150 米湖岸线沉积物，确认那是十多万年前高湖面时期的遗物，推断当时大部藏北高原数十万平方公里，都有可能是汪洋一片的超级大湖——"古羌塘湖"！次一级的"大湖期"或称"高湖面期"，约在距今三四万年间。根据湖蚀地貌判断，在这轮丰水期中，纳木错与色林错及附近大小湖泊一体相连，被命名为"东羌塘古湖"；当惹雍错则与现今地跨那曲、阿里、日喀则三地的一众湖泊合纵连横，被命名为"西羌塘古湖"。相关论文发表在《地球学报》2001年第2期《纳木错湖相沉积与藏北高原古大湖》，作者为中国地质科学院朱大岗等。其后这一团队就纳木错地区地质地貌和湖泊演化等，相继有多篇论文发表。

有意思的是，这一时期藏北高原已经出现人类身影，最近在尼阿木底发掘出三万年前大量的旧石器时代遗存，对应高湖面时期，先民们也许正好活动在这两大古湖之间，目睹了藏北湖泊最后的鼎盛荣光……

综上所述，西藏大湖的神秘面纱只是被掀开了一角，就像纳木错的时空纵深尚待探究——从浅层湖底打出一支岩芯11米，可以判读到2.4万年，从中发现了1.65万年以来控制这一地区的季风—西风之间的转折轨迹；另一支3.3米长度的浅岩芯中，也已判读出8400年来冷暖干湿交替的大大小小事件。然而这只是湖水之下所隐藏秘密的一小部分。纳木错湖底沉积层有多厚？现已探明足足780米！这是一份极其宝贵的自然档案，不仅记载着纳木错自身的前世今生之沧桑履历，借此有望重建西藏高原数百万年以来的气候环境演化序列也不无可能。

被西藏湖泊的魅力吸引而来，长期参与合作的德国科学家年复一年在藏北，从纳木错到当惹雍错，一路惊奇赞叹大自然的杰作，尤其是从尼玛县城进入当惹雍错湖区，沿途两侧山崖刻满层层叠叠古水位线，仿佛大看台，仿佛有谁在瞩望。德国专家拍下了这些经典画面，拿回国去展览演示，以此说明地球环境发生过怎样的剧烈变迁——当惹雍错湖区，本身就是一座露天的自然博物馆，从天然剖面到湖泊沉积，所记载的气候环境变化年鉴，有待解读。就在最近，有消息从藏北高原传来：由中国科学院青藏高原研究所湖泊与环境变化团队联合德国、瑞士、英国和美国等多国科学家及钻探技术人员共同实施的"纳木错国际大陆科学钻探计划"，已于 2024 年 6 月 6 日午夜，钻取到第一批湖泊岩芯样本。这项计划将于三个点位共获得 1000 米长度的湖芯为依据，用来研究青藏高原过去 100 万年以来气候环境变化。

就这样，高原湖泊的存在继实用价值、审美价值之后，它所富含的科学价值正在日益显现，还将不断创造着新的传奇和惊奇。

2017 年 3 月成稿
2024 年 6 月修改